Impressum

Deutschsprachige Erstausgabe Juni 2024

Crossover Verlag
by Procon Lang GmbH
L9, 8
68161 Mannheim

1. Auflage

Taschenbuch ISBN: 978-3-949630-97-2
E-Book ISBN: 978-3-949630-98-9

Der nächste Sommer gehört uns

von

Kathy Lang

Prolog

Freitagabend 22.00 Uhr. Die Eltern liegen bereits im Bett, im Haus ist es still. Tom schleicht auf

Zehenspitzen aus seinem Zimmer, die Treppen hinunter bis in den Keller. Vorsichtig öffnet er das Kellerfenster, das zum Garten gelegen ist. Er hatte schon am Tag vorher einen alten Stuhl in die Nähe des Fensters gestellt, was ihm jetzt zugutekommt. Tom klettert leise aus dem Fenster, lehnt es von außen an, damit er wieder genauso hineinklettern könnte, und rennt über die Wiese zu der dahinter gelegenen Straße, wo sein Freund David auf ihn wartet.

Obwohl er bereits siebzehn Jahre alt ist, verbietet ihm sein Vater jegliche abendlichen Unternehmungen.

Golf spielen ist das Einzige, was er machen darf. Seit er sechs Jahre alt ist, hat er seine Freizeit fast ausschließlich auf Golfplätzen verbracht. Sein ganzes Leben hat sich, ausgenommen der Schulunterricht, immer nur um

Golf gedreht. Freunde wurden von seinem Vater nur akzeptiert, wenn diese ebenfalls

Golf spielten. Er wollte aus Tom einen erfolgreichen Golfspieler machen, der sich mit den internationalen Größen im Golfsport messen konnte. Tom sieht das leider anders, er spielt zwar sehr gerne Golf, aber ein Profispieler wollte er nicht werden, den Ehrgeiz hatte er nicht. Heute hatte er sich das erste Mal dem Willen seines Vaters widersetzt, allerdings heimlich. Er würde mit seinem Freund in die Disco fahren und danach heimlich wieder durch das offengelassene Kellerfenster in sein Zimmer schleichen.

„Hallo“, ruft Tom seinem Freund zu, „auf gehts, lass uns etwas Spaß haben heute Nacht.

„Das werden wir“, erwidert David, „ich weiß von einigen hübschen Mädchen, die auch dort sein werden. Wir werden uns bestens amüsieren.“

Tom steigt in Davids alte grüne Ente und sofort machen sich die zwei auf den Weg in die Diskothek „Kiss“, die etwas außerhalb von Cardiff gelegen ist. Nachdem ein Parkplatz für das Auto, das von seiner Farbe her eher einem Frosch statt einer Ente gleicht, gefunden ist, gehen die drei lachend in die Diskothek. Tom entdeckt gleich ein paar Mädchen aus seiner Klasse und geht auf sie zu. Die Jungs amüsieren sich den ganzen Abend, trinken ein paar Bier und tanzen ausgelassen mit den Mädchen. Die Stimmung und die Musik sind genau nach Toms Geschmack und er verschwendet keinen Gedanken mehr daran, welchen Ärger er mit seinem Vater bekommen würde, sollte sein nächtlicher Ausflug bemerkt werden. Als die Musik stoppt, *ist es bereits früh am Morgen und Tom schaut schockiert auf seine Uhr. Er sucht in dem Gewimmel nach David, damit er ihn schnellstens nach Hause fahren soll. Er findet ihn in den Armen eines Mädchens, und David ist von dieser Unterbrechung gar nicht begeistert.*

„Tom, geh noch ein bisschen zu den Mädchen, wir fahren bald, ich möchte noch ein paar Minuten bei Lisa bleiben", versucht David Tom abzuwimmeln.

„David, das geht nicht, ich bekomme den großen Ärger, wenn ich auffliege, also lass uns fahren", drängt Tom.

„Eine halbe Stunde rettet dich jetzt auch nicht mehr, also bleib locker, Kumpel", versucht David, ihn zu beruhigen und wendet sich wieder Lisa zu. Tom steht verzweifelt vor David und versucht es noch einmal.

„David, du hast es mir versprochen, mich rechtzeitig nach Hause zu fahren, damit ich keinen Ärger bekomme, also bitte, lass uns jetzt fahren", bettelt Tom. Lisa mischt sich nun ein und sagt zu David: „Fahr ihn erst nach Hause, ich werde hier auf dich warten, das dauert doch nicht so lange, ich laufe dir nicht weg."

David flüstert Lisa etwas ins Ohr, steht dann auf, geht

auf Tom zu und sagt: „Dann komm, du Nervensäge, damit ich schnell wieder hier bin, mich erwartet noch eine schöne Nacht."

Tom atmet erleichtert auf und folgt David zum Auto. Zum Glück ist die „grüne Ente" nicht eingeparkt und sie können sofort losfahren. David kichert vor sich hin und erzählt pausenlos, was für ein großartiges Mädchen Lisa ist, was Tom allerdings in diesem Moment ganz egal ist. Er will nur schnell und unbemerkt wieder ins Haus klettern, bevor seine Eltern wach werden. David redet die ganze Zeit, gestikuliert mit den Händen und fährt so schnell, dass es Tom schlecht wird. Dann in einer scharfen Rechtskurve passiert es, David verliert die Kontrolle über sein Auto und fliegt aus der Kurve heraus. Die Ente überschlägt sich zweimal und bleibt dann auf der Fahrerseite liegen. Tom kann erst nicht klar denken und tastet nach David. David liegt wie betäubt in seinem Sitz und sagt kein Wort. Es dauert eine ganze Weile, bis Tom den ersten Schock überwunden hat und versucht, sich zu bewegen. Aber sein Bein schmerzt so sehr, dass er sofort damit aufhört und ganz ruhig liegen bleibt. David stöhnt neben ihm, er kann seinen linken Arm nicht bewegen, wahrscheinlich ist er gebrochen.

Beide wissen in diesem Moment nicht, was sie tun sollen. Sich allein aus dem Fahrzeug zu befreien, erscheint ihnen unmöglich. Kurze Zeit später hören sie Sirenen und in Sekundenschnelle sind sie von Polizei, Sanitätern und Feuerwehrmännern umringt. Jemand musste den Unfall gesehen und die Polizei informiert haben. Zuerst werden die beiden Jungs aus dem Auto befreit, Tom wird auf eine Bahre gelegt und das Bein geschient. David bekommt einen Stützverband an seinem linken Arm und beide werden mit Blaulicht ins Krankenhaus gebracht.

Tom kann vor Schmerzen kaum denken, doch er weiß, dass seine Eltern jetzt bald aufstehen und bemerken werden, dass er nicht in seinem Bett liegt. Im Krankenhaus angelangt, bittet er zuerst darum, seine Eltern anzurufen und sie über den Unfall zu informieren. Seiner Mutter würde er den Schrecken am frühen Morgen gerne ersparen, aber dafür ist es jetzt zu spät. Am meisten Angst hat er vor der Reaktion seines Vaters, er wird bestimmt eine harte Strafe zusätzlich zu seinem verletzten Bein bekommen. Im Krankenhaus wird zuerst eine Röntgenaufnahme von seinem Bein gefertigt. Die Diagnose ist ein gebrochener Oberschenkel mit einer kleinen Absplitterung, worauf die Ärzte meinen, dass er noch mal mit einem blauen Auge davongekommen ist. Eine Zeit lang einen Gipsverband und anschließend noch ein paar Wochen Krankengymnastik und Aufbauübungen und sein Bein ist fast wieder normal. Die Ärzte haben gut reden, die kennen seinen Vater nicht. Das Bein wird vielleicht schnell heilen, aber der Ärger seines Vaters wird ihn lange verfolgen.

Als er von einer Krankenschwester aus dem Behandlungsraum geschoben wird, kommen ihm seine Eltern entgegengeeilt. Seine Mutter nimmt unter Tränen seinen Kopf in die Hand und fragt ihn nach seinem Befinden. Sein Vater starrt lediglich auf sein gegipstes Bein und faucht die Schwester an, dass er sofort mit dem Arzt sprechen muss. Die Schwester zeigt ihm, wo er sich hinwenden soll, und schiebt ihn weiter zu einem Zimmer. Seine Mutter hält die ganze Zeit seine Hand und Tränen kullern unaufhörlich über ihr Gesicht. Die Schwester sagt ihr, dass Tom ein paar Tage zur Beobachtung im Krankenhaus bleiben muss und dass er froh sein kann, dass nicht noch mehr verletzt sei.

Als Tom mit seiner Mutter allein ist, erzählt er ihr, was passiert ist und warum er heimlich aus dem Fenster geklettert ist. Seine Mutter versucht immer, allem eine

positive Seite abzugewinnen, sie will wohl nicht sehen, dass das Verhalten seines Vaters Tom gegenüber nicht korrekt ist. Im Grunde weiß sie, dass er Tom niemals weggelassen und erst recht nicht zur Disco gefahren hätte. Als Toms Vater in das Zimmer kommt, schaut er auf dessen Bein und sagt: „Jetzt hast du dir deine Zukunft verbaut, ob das Bein jemals wieder so belastbar sein wird wie zuvor, kann der Arzt nicht sagen. Damit dürfte deine Karriere als Profigolfspieler für alle Zeiten vorbei sein. Jetzt ist mir egal, was aus dir wird."
Er dreht sich um, nimmt Toms Mutter am Arm und geht aus dem Zimmer, ohne ein weiteres Wort zu sagen. Er hat noch nicht mal gefragt, ob er etwas für Tom tun kann oder ob er etwas braucht. Tom

fühlt sich plötzlich einsam und allein gelassen. Es ist nicht zu fassen, dass sein Vater in diesem Moment an nichts anderes denkt als an Toms Karriere, die er gar nicht will. Toms Gedanken gehen wirr durcheinander. Einerseits hat er ein schlechtes Gewissen, anderseits schmerzt die Gleichgültigkeit seines Vaters. Sein Kopf dröhnt, er versucht, ein wenig zu schlafen, doch die Gedanken an die Ungerechtigkeit seines Vaters lassen ihm keine Ruhe.

Sommer1986

Teil 1

Es ist ein wunderschöner Frühsommertag, der Himmel ist schon den ganzen Tag strahlend blau und es hat sich kein einziges Wölkchen sehen lassen. Tom J. Masters liegt im Seebad, im Schatten unter einem Baum etwas abseits von den Menschenmassen, die sich in der Sonne rösten lassen. Der kühle Wind, der zwischendurch aufkommt, weht ihm angenehm um die Nase. Tom genießt diesen ruhigen Sonntagnachmittag, an dem er keine Golfstunden auf seinem Terminplan hat. Der Sommer wird bestimmt wieder lang und arbeitsreich werden und die angenehme Zeit, sich im Seebad zu aalen, wird

sicherlich fehlen. Er liegt jetzt schon seit dem späten Vormittag hier und hat sich außer zum Abkühlen im See nur wenig bewegt. Der See ist angenehm frisch und noch nicht so sehr von Sonnencremes und zu vielen Menschen verschmutzt. Am Himmel und in den Bäumen zwitschern die Vögel, ein wohliges Gefühl durchströmt seinen sehnigen, gut trainierten Körper. Tom hat zwischendurch in einem neuen Buch über Golf geblättert, aber als das zu anstrengend wurde, sich lieber wieder seiner Lieblingsbeschäftigung gewidmet – andere Menschen zu beobachten. Nicht weit von ihm entfernt liegt ein junges Liebespaar, sehr jung sogar. Er beobachtet die beiden schon eine Weile, Tom fragt sich, wie weit der Junge sich wohl traut zu gehen. Die beiden sind höchstens fünfzehn Jahre alt und bis jetzt hat noch keiner der beiden sich getraut, dem anderen einen Kuss zu geben. Tom überlegt, ob er mit fünfzehn Jahren schon ähnliche Erfahrungen gemacht hat, aber seine Jugend ist anders verlaufen; sich mit Mädchen in Bädern vergnügen hätte sein Vater niemals genehmigt, und um es heimlich zu tun, fehlte ihm der Mut. Außer Golf hat er nicht viel machen dürfen. Freunde wurden von seinem Vater erst begutachtet, bevor er etwas mit ihnen unternehmen durfte, somit waren es in den meisten Fällen Jungs, die mit ihm Golf gespielt hatten. Erfahrungen mit Mädchen hatte er erst später gemacht, als sich sein Vater von ihm abgewandt hatte, nachdem er feststellen musste, dass sein Sohn seinen Erwartungen nicht mehr entsprechen konnte.

Tom beobachtet auch schon seit Längerem eine junge Mutter mit ihrem kleinen Mädchen. Das Mädchen ist höchstens zwei Jahre alt und die Mutter versucht, ihr mit aller Gewalt das Schwimmen beizubringen. Die Kleine hat Angst vor dem gewaltigen Wasser und will viel lieber mit ihrem Sandeimer spielen. Doch der Ehrgeiz der Mutter ist nicht zu übersehen, als wenn es wichtig wäre, mit zwei Jahren schon schwimmen zu können. Tom wünscht sich auch eine Familie mit zwei Kindern, einem Mädchen und einem Jungen, doch zurzeit ist in seinem Leben noch kein Platz dafür. Sein Leben müsste dafür von Grund auf geändert werden, und um dazu bereit zu sein, ist ihm die richtige Frau noch nicht begegnet. Die meisten Beziehungen sind nach kurzer Zeit beendet, aus diversen Gründen. Der häufigste Grund ist allerdings sein Beruf. Golflehrer in einem bekannten renommierten Hotel zu sein, in dem viele Prominente und wohlhabende Menschen verkehren, ist nicht immer einfach, hat aber auch jede Menge positive Seiten.

Tom liegt entspannt auf seinem blau-weiß gestreiften Strandtuch und schaut zur Uhr. Es ist inzwischen 17.00 Uhr und dieser schöne Sonntag geht für ihn bald zu Ende. Um 20.00 Uhr beginnt im Hotel die wöchentliche Begrüßungsrunde der neu ankommenden Beautydamen, an der er auf Wunsch der Hotelführung teilnimmt und sich vorstellt. Das ist der Gedanke, der ihn schon beim Aufstehen gestört hat. Aber es geht dabei um seinen Erfolg. Je mehr Prostunden auf seinem Plan stehen, umso mehr kann er verdienen. Er war von Anfang an selbst dafür verantwortlich, wie viel oder wie wenig er arbeitet. Tom arbeitet im Sommer immer besonders hart, um so viel Geld zusammen zu bekommen, dass er im Winter ausgiebig Urlaub machen kann. Am liebsten in einem Land, in dem es schön warm ist, und um noch einige Zeit bei seiner Mutter in Wales verbringen zu können. Die Kosten für sein Apartment und andere diverse Dinge laufen in diesen Monaten leider weiter. Sein Großvater steckt ihm zwar jedes Jahr eine größere Summe zu, wenn er zu Besuch in Wales weilt, aber leider reicht es nicht, um die laufenden Kosten zu decken. Es ist trotz allem schön, zu wissen, in finanziellen Schwierigkeiten immer auf seinen Großvater zurückgreifen zu können. Zum Glück hat er ihn bisher nicht gebraucht, und darauf ist er stolz. Tom ist jetzt seit vier Jahren in Deutschland und die ersten Monate waren wahrhaftig nicht einfach. Die Zeit am Strand vergeht so schnell, während er seinen Gedanken nachhängt. Jetzt muss er los, sonst wird dieser angenehme Tag noch im Stress enden. Er muss pünktlich zur Begrüßung erscheinen. Tom zieht sich langsam seine beigefarbene Jeans, sein blau-beige gestreiftes Polohemd und seine blauen Stoffschuhe an. Ordentlich legt er sein Strandtuch zusammen und packt es in seine Sporttasche und geht entspannt zurück zu seinem Apartment, das ganz in der Nähe des Seebades liegt. Als er die Tür seines Apartments aufschließt, klingelt das Telefon. Seine Tasche mit den Badesachen landet in der Ecke hinter der Tür, eilig geht er ins Wohnzimmer. Das kann nur seine Mutter sein, die fast

jeden Sonntag anruft.

Tom: "Hallo Mum, wie geht es dir?

Mum: „Mir geht es gut und dir mein Schatz?

Tom: "Mir geht es gut, ich komme gerade vom Seebad und habe den ganzen Tag relaxed. Wie geht es Dad?"

Mum: „Du kennst ihn ja, wenn er auf seinem Golfplatz ist, ist er zufrieden. Aber zuhause…“

Tom: "Warum lässt er nicht zu, dass wir wenigstens miteinander sprechen, ich habe es die ganze Zeit bei *meinem letzten Besuch versucht, aber er ist total stur und hört mir nie zu."*

Mum: "Ich weiß, ich komme mit diesem leidigen Thema ebenfalls nicht zu ihm durch. Ich wünschte, es wäre anders. Ich vermisse dich hier...“

Tom: "Mum, ich weiß, dass du mich vermisst, mir geht es genauso, aber es dauert noch einige Zeit, bis ich wieder nach Wales kommen kann, der Sommer steht erst vor der Tür. Wenn du es nicht mehr aushältst, dann komm mich doch hier besuchen.“

Mum: „Das ist eine schöne Idee. Aber ich kann Dad nicht allein lassen.“

Tom: "Was, du kannst Dad nicht allein lassen? Er kümmert sich doch sowieso nicht viel um dich. Na ja, euer Verhältnis zueinander habe ich noch nie verstanden."

Tom: „Wie geht es Großvater? Grüße ihn von mir.“

Mum: „Gut, wie immer. Der alte Knabe ist immer noch superfit.“

Tom: „Okay Mum, love you, bye, bis bald.”

Tom geht in die Küche und holt sich ein eiskaltes Glas Cola und setzt sich damit auf sein weißes Ledersofa im Wohnzimmer. Er hat jetzt noch zwei Stunden Zeit, sich vorzubereiten. Was er sagen wird, ist im Kopf und wird wie eine Schallplatte jeden Sonntag abgespielt. Die Begrüßung der neu angereisten Damen der Beautyfarm des Hotels findet jeden Sonntag von Neuem statt. Sonntags ist, wie er immer scherzhaft sagt, Damenwechsel. Manche bleiben auch zwei Wochen oder lassen sich nur einen oder zwei Tage verwöhnen. Neben der Begrüßung und Einführung durch die Hotelmanagerin stellt er sich ebenfalls vor, referiert eine wenig über Golf und erzählt im Grunde schon mechanisch jeden Sonntag das Gleiche.

Es ist ihm schon sehr häufig passiert, dass sich Frauen für Golfstunden anmelden, aber gar kein Interesse an diesem Sport haben und eigentlich nur ihn näher kennenlernen oder ihn zum Essen einladen wollen, um Unterhaltung zu haben. Schon zu oft hat er sich von gutaussehenden Frauen verführen lassen und sich in diese verliebt. Bisher war er immer nur ein Abenteuer für diese Frauen gewesen, die zu Hause ein solides Familienleben führten und sich aus irgendeinem Grund langweilten. Spaß hatte er zwar auch gehabt, aber wenn mehr Gefühl mit im Spiel war, hat es ihm hinterher oft sehr weh getan, dass diejenige abreiste und er sie vielleicht nie wieder sehen würde. Mit der Zeit hatte er gelernt, dass er Geschäft und Vergnügen trennen muss, sonst hätte er nicht mehr lang hier arbeiten können. Das hält keiner auf Dauer aus. Zeitweise hat er den Spieß umgedreht und ein Spiel daraus gemacht. Schon bei der Begrüßung der Damen wusste er, welche der Frauen es auf ihn abgesehen hatte und seine nächtliche Begleiterin für ein oder zwei Wochen werden könnte. Seit einiger Zeit allerdings kann er dieses Spiel nicht mehr ertragen, eines Morgens als er wieder in einem fremden Bett aufwachte und im Bad in den Spiegel schaute, war es vorbei. Er konnte das, was er da spielte, nicht mehr ertragen. Es ging so weit, dass er seinen Anblick im Spiegel nicht mehr ertragen konnte. Zu dieser Zeit beschloss er, dieses Spiel nicht mehr mitzuspielen, und bis zum jetzigen Zeitpunkt gelingt es ihm auch recht gut. Tom ist inzwischen 28 Jahre alt und sehnt sich nach einer Partnerin, die ihn liebt und für ihn da ist, wenn er sie braucht. Die richtige Partnerin zu finden ist schwierig, meistens überstehen seine Beziehungen die ersten Monate nicht. Seine Arbeit verlangt sehr viel Toleranz von einer Frau, und das in der Anfangsphase zu erklären fällt schwer. Welche Frau *ist schon begeistert, wenn er eine abendliche Verabredung absagt, weil er mit einer anderen Frau Golf spielen muss oder zu einem geplanten Essen nicht erscheint, weil wieder etwas Unvorhergesehenes dazwischenkam.*

Sein Vater würde ihm jetzt wieder Vorhaltungen machen, dass er damit keine Probleme hätte, wenn er es geschafft hätte, ein erstklassiger Golfspieler zu werden. Dann wäre es sogar wichtig, dass seine Freundin bei den Matches dabei wäre und seelische Unterstützung geben könnte. Dass er sich in all den Jahren nach seinem Unfall mit damals gerade sechzehn Jahren nicht mit seinem Vater aussprechen und wieder versöhnen konnte, liegt Tom noch immer schwer auf der Seele. Dieses Zerwürfnis war der Grund, dass er Wales nach einigen Jahren verlassen hat und nach Deutschland gekommen ist. Seit vier Jahren nun lebt Tom in Sulzberg und hat gedacht, dass sich der Ärger seines Vaters legen würde, wenn er ihn über eine längere Zeit nicht sehen würde. Im Winterurlaub in den letzten Jahren hat Tom versucht, mit seinem Vater ein Gespräch zu führen, lief aber jedes Mal gegen eine Mauer des Schweigens. Inzwischen fährt er nur noch seiner Mutter zuliebe einmal im Jahr nach Wales. Seine Mutter liebt ihn über alles und Tom weiß, wie sehr sie darunter leidet, dass er nicht in ihrer Nähe ist. Aber die Situation mit seinem Vater war in den letzten Monaten vor seiner Abreise unerträglich für ihn geworden und deshalb bereut er seinen Entschluss nicht. Irgendwann wird er seinem Vater beweisen, dass man auch als Golflehrer erfolgreich sein kann. Dass er den Traum seines Vaters, aus ihm einen der besten Golfspieler zu machen, nicht erfüllen konnte, war wohl Schicksal. Der Bruch seines Hüftknochens beendete den Traum seines Vaters und machte Toms Leben von da an zur Qual. Erfolge bei Golfturnieren hatte er, allerdings konnte er bei hochkarätigen Turnieren nicht mehr mithalten, weil seine Beweglichkeit eingeschränkt war. Als er sich dann entschloss, Golflehrer zu werden, war es mit der Achtung seines Vaters ganz vorbei. Er konnte es nicht fassen, dass man sich mit weniger zufriedengeben kann, als man hätte haben können.

Inzwischen ist es 19.00 Uhr und Tom muss sich nun endlich für die Begrüßung fertig machen. Er geht ins Bad, stellt sich unter die Dusche und geht anschließend in sein – wie fast alles in seinem Apartment – weiß eingerichtetes Schlafzimmer. Das Apartment war damals ein Glücksgriff. Auf Anhieb hat er ein möbliertes Apartment gefunden, das von der Einrichtung her vollkommen seinem Geschmack entspricht. Und dann auch noch in einer sehr guten und für ihn günstig gelegenen Lage. Er sucht frische Kleider aus und zieht sich langsam an. Für den heutigen Abend hat er eine hellgraue Baumwollhose und ein weißes Polohemd ausgewählt. Die Überlegung, zur Abwechslung eine Krawatte zu tragen, was im Hotel bestimmt, gern gesehen worden wäre, hat sich im Laufe des Tages verflüchtigt. Tom muss sich in seiner Kleidung wohlfühlen, sonst kann er sich nicht richtig präsentieren. Vor seinem riesigen Spiegelschrank stehend betrachtet er sich von allen Seiten und ist zufrieden mit dem, was er sieht. Sein Blick fällt auf das Bild über seinem Bett. Ein Schwarz-Weiß-Druck, auf dem sich ein nackter Mann und eine nackte Frau fest in den Armen halten. Er hat es von einer Frau zum Abschied geschenkt bekommen, die er sehr geliebt hatte. Doch auch diese Beziehung war nach kurzer Zeit in die Brüche gegangen, weil die Momente, in denen sie sich in die Arme schließen konnten, so selten waren. Das Bild soll ihm immer vor Augen halten, nach was sich Frauen sehnen. Er sehnt sich ebenfalls danach.

Tom geht zurück ins Wohnzimmer, packt seine Brieftasche und seine Schlüssel und geht zur Ausgangstür. Hier stehen seine schwarzen Lederschuhe, die er sich nur für diesen Anlass gekauft hat. Echte italienische Schuhe, die gut aussehen, ansonsten aber unpraktisch und unbequem für ihn sind. Seine Haushaltshilfe, Frau Robohm, putzt und wienert die Schuhe jede Woche auf Hochglanz. Schon beim Reinschlüpfen in die Schuhe stellen sich seine Nackenhaare hoch. Es geht doch nichts über bequeme Golfschuhe.

Als Tom zum Auto geht, denkt er nochmals über das Gespräch mit seiner Mutter nach. Er kann sie nicht verstehen. Sein Vater ist auch ihr gegenüber äußerst stur und eigensinnig und hat eigentlich nur seine eigenen Sachen im Kopf. Es muss Jahre her sein, dass sein Vater etwas mit ihr unternommen hat, und auch fragt er selten danach, wie es ihr geht oder wie sie sich fühlt. Wenn es nach seinem Großvater ginge, wäre seine Mutter längst wieder bei ihm anstatt bei ihrem Mann. Aber seine Mutter steht, egal was passiert, immer zu seinem Vater, was für Tom unbegreiflich ist. Vielleicht muss man erst einmal die wahre Liebe kennenlernen, um zu verstehen, was in seiner Mutter vorgeht. Er schließt seinen weißen VW Golf auf, den er von seinem Großvater zum Abschied von Wales geschenkt bekommen hat, und dreht seine Lieblingsmusik –

„Supertramp" – auf volle Lautstärke auf. Auf dem kurzen Weg bis zum Hotel, das nur fünf Minuten mit dem Auto entfernt ist, versucht er sich noch etwas abzureagieren, sonst ist der Abend unerträglich, denn im Grunde ist es ihm zuwider, sich dort vorzustellen und zu präsentieren. Tom hat schon öfter darüber nachgedacht, sich woanders einen Job zu suchen, aber wo hat man mehr Freiheiten und Möglichkeiten als hier. Als er die Auffahrt zum Hotel hochfährt, dreht er die Musik etwas leiser, damit er kein Aufsehen erregt. Der Hotelbesitzer, das Hotel ist noch ganz in privater Hand, hat ihn schon einige Male wegen seinem Auftreten bzw. Benehmen angesprochen. In seinem seriösen Hotel legt man größten Wert auf Etikette. Zum Glück blieb er davor verschont, in traditioneller Kleidung arbeiten zu müssen. Tom schließt seinen Wagen ab und geht durch den Eingang des Sporthotels zum Begrüßungsraum. Es ist ein etwa dreißig Quadratmeter großer Raum, der mit einem weinroten Teppich ausgelegt ist. Die Wände sind mit einer geblümten, in seinen Augen geschmacklosen, Tapete versehen, und es hängen unzählige Ölbilder mit barocken Bilderrahmen daran. Die obere Hälfte des Raumes ist vollgestellt mit Tischen und Stühlen, alles aus braunem Holz, die Stühle mit altrosafarbenen

Sitzflächen und die Tische mit altrosa Tischdecken bedeckt. Auf jedem Tisch steht eine Vase mit einem Strauß bunter Blumen. Der einzige Lichtblick in diesem Raum ist der offene Kamin, der fast immer brennt, auch im Sommer, und mit bunten getrockneten Pflanzen dekoriert ist. Isabelle Scherer, die Hotelmanagerin, ist bereits da und fleißig am Vorbereiten. Seitlich neben dem Kamin sind zwei Tische aufgebaut, auf denen die Sektgläser und der in silbernen Sektkühlern liegende Champagner bereitstehen. Zur Begrüßung gibt es immer den besten Champagner – Moët & Chandon – für die Gäste nur das Beste. Es ist alles so wie jeden Sonntag. Tom geht in den Raum und begrüßt Isabelle.

Tom: „Hallo Isabelle, wie gehts, alles bereit?"

Isabelle: „Hallo Tom, ja, wie du siehst, und du? Bist du bereit

für die nächste Damenrunde?"

Tom: „Klar, du kennst mich doch, immer nett und den Damen gegenüber zuvorkommend. Mal sehen, wer heute alles angereist ist."

Tom geht zu dem Tisch, an dem der Champagner steht, und flachst mit den beiden Bedienungen herum, die dafür zuständig sind, den Champagner zu verteilen und darauf zu achten, dass niemand mit einem leeren Glas am Tisch sitzt, bis die gesamte Begrüßung vorbei ist. Er schnappt sich schon mal ein Glas, lehnt sich gegen den Kamin und wartet auf die Gäste. Tom genießt den Champagner, es ist so ziemlich der einzige Tag, an dem er sich so auf Kosten des Hotels verwöhnen lässt, ansonsten muss er wie jeder normale Gast seine Getränke selbst bezahlen.

Es ist jetzt kurz vor 20.00 Uhr, Isabelle steht an der Tür und begrüßt die nach und nach eintreffenden Damen förmlich und im Namen des Hotels und des Hotelbesitzers. Die Damen begeben sich zu den bereitgestellten Tischen und Stühlen und werden sogleich von den netten Bedienungen mit Champagner versorgt. Hilfe, was ist das! Eine Horde von zehn Frauen im Alter zwischen 50 und 60 Jahren trudelt ein. Diese nehmen sofort den ganzen Raum mit ihrem Gelächter und Geschnatter in Beschlag. Tom kann sein Grinsen nicht verbergen, die Angestellten der Beautyfarm werden ihre wahre Freude mit den Damen haben. Es folgen noch zehn Damen verschiedenen Alters und Aussehens, zwei jüngere, die wirklich gut aussehen und bei denen er sich wieder fragt, warum sie auf eine Beautyfarm gehen. Die Gründe in den Köpfen von Frauen wird ein Mann wohl niemals nachvollziehen können. Tom hält sich noch im Hintergrund und beobachtet das Treiben in diesem kleinen Raum. Das Geschnatter von so vielen Frauen ist schon enorm und der Lautstärkepegel steigt stetig an. Es ist kaum zu glauben, welchen Lärm eine Gruppe von circa zwanzig Frauen verursachen kann. Mit Männern könnte das in dieser Form nicht passieren.

Es ist jetzt zehn Minuten nach 20.00 Uhr und Isabelle schließt die Tür und begibt sich in die Mitte des Raumes. Tom stellt sich jetzt auch etwas nach vorn, damit die Damen ihn auch in voller Größe sehen können. Es würde ihn schon interessieren, was jetzt in den Köpfen der Damen vor sich geht. Er weiß genau, was Isabelle erzählen wird, er könnte diese Ansprache inzwischen für sie übernehmen. Zuerst wird sie die Gäste nochmals auf das Herzlichste willkommen heißen und dann sich selbst genauer vorstellen und ihre Aufgabe im Hotel erläutern. Danach wird sie die drei Hotels mit den dazugehörigen unterirdischen Verbindungsgängen erklären, das Haupt- bzw. Stammhaus, mit dem alles begonnen hat, dann das Seehotel, das vor zwanzig Jahren angebaut wurde und in dem die meisten Zimmer einen Balkon zum See haben, und zuletzt das Sporthotel, das erst vor acht Jahren gebaut wurde und wo sich, sämtliche sportlichen Einrichtungen und die Beautyfarm befinden. Als Nächstes wird sie die Telefonanlage erklären und, ganz wichtig, wie man Tag und Nacht die Rezeption erreicht, die immer sofort die Wünsche zur Erledigung weitergeben, egal zu welcher Tag- oder Nachtzeit. Danach gibt sie die Restaurant-, Tagesbar- und Nightclubzeiten bekannt, wobei diese sich bei Bedarf auch anpassen und auf die Wünsche der Gäste eingehen werden. Zum Schluss zählt sie noch alle Sonderservices, die das Hotel bietet, vom Frühstück im Zimmer bis zum Bügelservice, auf und verweist noch darauf, dass das alles in einer Infobroschüre zusammengefasst ist, die in jedem Zimmer bereit liegt. Im Anschluss wird sie noch einige Fragen beantworten und dann die sportlichen Einrichtungen, den Innen- und Außenpool, die Verbindung von Innen- zum Außenpool, den Fitnessraum, die Saunaanlagen, die Tennisplätze und natürlich den Golfplatz und die Driving Ranch kurz ansprechen. Das ist der Zeitpunkt, an dem sie dann an ihn übergeben wird. Tom konzentriert sich jetzt genau auf das, was Isabelle sagt, denn sie ist bereits bei den sportlichen Einrichtungen angekommen und wird jetzt gleich an ihn übergeben.

Isabelle: „Zum Thema Golf wird Ihnen unser Golfpro Tom Masters etwas erzählen.“

Tom: „Vielen Dank Isabelle.“ Er tritt nach vorn und stellt sich mitten in den Raum.

„Meine sehr verehrten Damen, ich möchte Sie auch nochmals recht herzlich in unserem Hause willkommen heißen und mich und meine Arbeit hier kurz vorstellen. Mein Name ist Tom Masters, ich bin 30 Jahre jung und arbeite seit vier Jahren als Golflehrer hier im Hotel Mayrshof. Ich bin in Cardiff in Wales geboren und spiele schon seit meiner Kindheit Golf. Mit achtzehn Jahren habe ich mich entschieden, Golflehrer zu werden, habe mein Studium beendet und einige Zeit in Wales als Golflehrer in einem renommierten Golfclub gearbeitet, bevor ich nach Deutschland kam.

Das waren kurz ein paar Worte zu meiner Person, nun möchte ich Ihnen noch ein wenig über Golf und die Möglichkeiten, die sich Ihnen hier im Bereich Golf bieten, erzählen. Wie Frau Scherer bereits erwähnt hat, haben wir hier im Haus eine Driving Ranch, es handelt sich dabei um eine zwanzig Meter lange Golfbahn und einen Computer, der einen Golfplatz mit den entsprechenden Löchern simuliert. Für die ersten Stunden ist das der wichtigste Teil des Unterrichts, bevor man sich im Anschluss auf einen freien Golfplatz begibt. Direkt hinter dem Hotel befindet sich ein 9-Loch-Golfplatz und im Nachbarort ein 18-Loch-Golfplatz. Es ist also, wie Sie sehen, für jeden etwas dabei, für den totalen Anfänger und den Könner. Golf ist ein Sport, der sich gerade hier in Deutschland im Aufwind befindet und immer beliebter wird. Auch wenn Sie noch nicht daran gedacht haben Golf zu spielen, sollten Sie vielleicht überlegen, ob es Ihnen Spaß machen könnte. Golf hat zwei unübersehbare Vorteile: Man kann es in jedem Alter und bei fast jedem Wetter spielen. Golf erfordert sehr viel Selbstdisziplin und eine Menge Konzentration, aber wenn Sie erst einmal Gefallen daran gefunden haben, wird Sie dieser Sport nicht mehr loslassen. Es ist jedoch auch ein schwieriger Sport, Sie sollten also nicht allein versuchen, es sich beizubringen. Das Wichtigste beim Golfspiel ist, die richtige Technik zu erlernen, und die kann Ihnen nur ein guter Golflehrer, man nennt uns auch Golfpro, beibringen.

Falls Sie Interesse haben und Golf spielen lernen möchten oder wenn Sie schon spielen können und einen kompetenten Partner brauchen, wenden Sie sich an unsere Rezeption. Die Damen vereinbaren für mich die Termine.

Wenn Sie noch Fragen haben, stehe ich Ihnen gleich nach dem offiziellen Teil gerne zur Verfügung.

Ich bedanke mich für Ihre Aufmerksamkeit und wünsche Ihnen hier im Hotel Mayrshof einen angenehmen Aufenthalt."

„Liebe Isabelle, an dieser Stelle übergebe ich wieder an dich."

Isabelle: „Vielen Dank Tom für deine Ausführungen. Dem habe ich jetzt auch nicht mehr viel zuzufügen. Auch ich stehe Ihnen heute Abend noch eine kurze Zeit für Fragen zur Verfügung und möchte Ihnen ebenfalls einen angenehmen und erholsamen Aufenthalt im Hotel Mayrshof wünschen. Wenn Sie während Ihres Aufenthalts Fragen oder Probleme haben, wenden Sie sich bitte direkt an mich und ich werde Ihnen helfen.

Vielen Dank für Ihre Aufmerksamkeit."

Nach einem kurzen Applaus geht das Geschnatter unter den Damen wieder los und steigert sich wieder sehr schnell. Isabelle gesellt sich zu Tom an den Kamin und bringt ihm ein Glas Champagner mit. Sie sagt, dass es heute eine recht lautstarke und sehr gemischte Gruppe sei. Am lautesten wären die etwas älteren Damen.

Tom: „Ich bin gespannt, ob die eine oder andere von diesen Damen Golf spielen will. Zum Glück habe ich dann immer eine nach der anderen und nicht alle zusammen."

Langsam kommt Bewegung in die Runde und die Damen stehen von ihren Tischen auf und bilden in der Mitte des Raumes kleine Gruppen. Tom merkt, dass er von einer sehr gut aussehenden Dame beobachtet wird, er kann ihre Blicke regelrecht auf seinem Körper spüren. Einige Damen stellen noch Fragen an Isabelle. Er steht allein am Kamin und sieht sich nochmals in der Runde um. Bei einigen ist er sich sicher, dass er sie auf seinem Terminkalender vorfinden wird. Plötzlich lösen sich aus der Zehnergruppe drei schwergewichtige Frauen und kommen auf ihn zu. Eine von ihnen fragt ihn: „Halten Sie es wirklich für möglich, dass wir doch inzwischen schon ziemlich alten Tanten noch Golf lernen könnten?"

Tom: „Natürlich, es ist nie zu spät, damit anzufangen.

Golf ist, wie schon erwähnt, ein Sport, den man auch noch in sehr hohem Alter spielen kann. Es gibt Menschen, die spielen noch mit 80 oder 90 Jahren Golf."

Eine der Damen: „Ja, aber bei unserem Gewicht. Viel laufen können wir nicht."

Tom: „Golf ist kein Sport, bei dem Sie gezwungen sind, viel zu laufen. Sie können über den Platz gehen, es steht nirgends geschrieben, in welcher Zeit Sie von einem Loch zum anderen gehen müssen."

Eine der Damen: „Ja, das hört sich ja sehr gut an. Das wäre mal eine Möglichkeit, unseren Männern zu zeigen, wie fit wir noch sind. Wie viel können wir in den vierzehn Tagen lernen, in denen wir hier sind?"

Tom: „Nach circa vier Stunden auf der Driving Ranch kann man im Normalfall auf den 9-Loch-Golfplatz wechseln, und wichtig ist natürlich, dass Sie danach, wenn Sie zu Hause sind, regelmäßig üben."

Eine andere Dame: „Ich denke, wir sollten darüber nachdenken. Wie läuft das mit Anmeldung und Bezahlung?"

Tom: „Wenn Sie sich positiv entscheiden, was mit Sicherheit für Ihr Wohlbefinden und Ihre Gesundheit förderlich wäre, gehen Sie morgen früh zur Rezeption. Die Damen dort regeln alles für mich und werden Sie über Termine und Kosten informieren."

Die ganze Zeit hat er während seines Gespräches mit den drei Damen gemerkt, dass er weiterhin von der alleinstehenden Frau beobachtet wird. Ihn stören die Blicke und er beschließt zu gehen, bevor diese Dame auf die Idee kommt, ihn in ein Gespräch zu verwickeln, das zu nichts führen würde. Er kennt inzwischen diesen Typ Frau. Anscheinend hat sonst keine mehr Fragen an ihn. Tom geht zu Isabelle und verabschiedet sich leise von ihr, verlässt den Raum und begibt sich direkt zu seinem Wagen. Er setzt sich hinein, stellt wieder Supertramp an und fährt direkt zurück zu seinem Apartment, um den Abend ganz gemütlich mit einem Glas Wein ausklingen zu lassen.

./.

Als Tom am nächsten Morgen erwacht, ist es bereits 8.30 Uhr und er fühlt sich ausgeschlafen und zufrieden. Die Vögel zwitschern von den Bäumen und die Sonne scheint durch die halb zugezogenen Rollos ins Zimmer. Es sieht so aus, als ob es erneut ein wunderschöner Tag werden würde, doch leider kann er diesen nicht noch mal am Strand verbringen. Tom genießt die Ruhe und bleibt noch ein paar Minuten ganz gemütlich in seinem Bett liegen. Er muss an den letzten Abend denken. Es ist manchmal schon erstaunlich, welche Frauen sich auf eine Beautyfarm begeben: einige, für die eine solche Behandlung mit Sicherheit zwanzig Jahre zu spät kommt, und andere, die sich durchaus noch zehn Jahre Zeit lassen könnten. Ob sich einige der älteren Damen trauen, Golf spielen zu lernen? Das würde bestimmt sehr lustig werden. Dieser Frauenclub scheint stimmungsmäßig gut drauf zu sein und ihm würde es eine Menge Spaß machen, die Damen zu unterrichten. Es wäre eine kleine Abwechslung zwischen den zeitweilig sehr steifen Matches, die er mit selbst ernannten Könnern spielen muss, oder den Unterrichtsstunden mit steifen zickigen Frauen reicher Männer, die Golf nur ihren Ehemännern zuliebe lernen möchten. Manchmal muss er sich sehr beherrschen, um diesen Möchtegernprofis nicht zu zeigen, wie man richtig Golf spielt. Aber es bringt ihm nichts, wenn er seine Gegner immer verlieren lässt, das macht keine gute Stimmung und er wird ja schließlich dafür bezahlt, dass er mit ihnen spielt. Er korrigiert manchmal geringfügig an der Haltung oder Stellung mit der Behauptung, dass damit die Schläge noch härter und präziser werden. Vielmehr wollen diese Herren sowieso nichts von ihm hören. Im Grunde wollen die nur nicht allein spielen und sehen in ihren Frauen keinen ernst zu nehmenden Gegner. Was die Frauen dieser Herren betrifft, so kommt es ihm manchmal vor, als ob sie nur Golf spielen, weil ihre Männer es von ihnen erwarten. Für viele ist es ein Statussymbol, Golf spielen zu können, nur selten hat er Schülerinnen, die Golf aus Freude am Sport lernen wollen. Dieses wirkt sich auf den Unterricht aus. Es ist schwierig, Menschen einen Sport nahe zu bringen, den diese nur aus Prestigegründen erlernen wollen. Um richtig Golf spielen zu lernen muss man mit Lust und auch mit dem Herz dabei sein, sonst wird man nie mit seinem Spiel zufrieden sein.

Inzwischen ist es bereits 9.00 Uhr und Tom beschließt langsam, aufzustehen. Er möchte gegen 11 Uhr im Hotel sein und in seinen Terminplan sehen, ob noch einige neue Termine dazugekommen sind. Einige Nachmittage sind bereits in den nächsten vierzehn Tagen von 14 bis 17 Uhr ausgebucht. Herr Peters aus Bad Segeberg, der jedes Jahr zwei Wochen Urlaub im Hotel Mayrshof macht, genießt es, Golfrunden mit ihm zu bestreiten, und hat bereits für seinen gesamten Aufenthalt, außer den Wochenenden, an denen er Wandern geht, bei ihm reserviert. Tom spielt gerne mit ihm, er ist ein schlanker großer Mann von circa 75 Jahren mit weißem Haar und sehr seriösem Auftreten. Er spielt sehr gut Golf und ist nicht gleich eingeschnappt, wenn Tom gewinnt, sondern wird dadurch nur noch mehr für das nächste Spiel angespornt. Tom gegenüber verhält sich Herr Peters fast väterlich, und Tom freut sich, mit ihm zusammen zu sein, sich zu unterhalten, ihn ein wenig zu korrigieren und zu scherzen. Tom denkt danach immer etwas wehmütig an die Situation zwischen ihm und seinem Vater. Er wünschte sich so sehr, dass es zwischen ihnen zumindest so wäre wie mit seinem Golfpartner.

Langsam erhebt er sich aus seinem Bett und geht barfuß in die Küche, um sich sein Frühstück, das aus schwarzem Kaffee und einem Früchtemüsli mit Milch besteht, zu bereiten. Mit dem dampfenden Kaffee und der gefüllten Müslischale auf dem Tablett geht er in sein Wohnzimmer und schaltet das Radio an, um die ersten Neuigkeiten des Tages zu erfahren. Er genießt die erste Stunde des Tages und schöpft hieraus die Energie, die er für den Tag braucht. Nachdem er gefrühstückt hat, duscht er sich, zieht sich an und verlässt sein Apartment.

./.

Im Hotel Mayrshof beginnt der Tag für die Mitarbeiter sehr früh. An der Rezeption wird bereits um 6.00 Uhr der Nachtdienst abgelöst und die Mädchen beginnen mit den Vorbereitungen für den Tag. Ab 7.00 Uhr gibt es Frühstück, aber bis auf ein paar ältere Herrschaften, die ganz in Ruhe frühstücken möchten, ist zu dieser Zeit nicht viel los. Erst gegen 8.00 Uhr fängt der Trubel an der Rezeption richtig an. Die Gäste, die zum Frühstück gehen, haben meistens auf dem Weg zum Frühstücksraum und auch hinterher einige Fragen, die sofort beantwortet werden. Auch das Telefon steht von da an kaum still, entweder rufen Gäste, die im Zimmer frühstücken, an und stellen Fragen, aber auch die Telefonate von außerhalb kommen erst einmal hier an, um dann an die einzelnen Verwaltungsstellen weitergeleitet zu werden. Zwischen all diesen Gesprächen werden auch noch die Termine für Tom vereinbart. Paula, die 23-jährige Rezeptionistin mit dem dunkelbraunen Pagenkopf und den fast schwarzen Augen, erledigt das gerne für Tom und es macht ihr Spaß, sich mit den Gästen dann etwas näher zu befassen. Drei ältere rundliche Damen, die vom Frühstück kommen, steuern zielstrebig auf die Rezeption zu. „Guten Morgen, wir haben eine Frage."

Paula: „Ja bitte, was kann ich für Sie tun?"

Die Dame: „Herr Masters, der Golflehrer, sagte uns gestern Abend bei der Begrüßung, dass er es schaffen kann, uns das Golfen beizubringen. Wir haben uns dazu entschieden, damit anzufangen. Er wird schon noch sehen, was er sich damit aufgeladen hat. Um Termine zu vereinbaren, sollten wir uns an Sie wenden."

Paula: „Ja, einen kleinen Moment, ich hole seinen Terminkalender."

Als Paula mit dem Terminkalender zurückkommt, sagt eine der Damen: „Wir möchten den Unterricht in der Dreiergruppe nehmen, vielleicht muss man dann immer zwei Stunden auf einmal reservieren, damit Herr Masters sich um alle drei intensiv kümmern kann."

Paula: „Normalerweise gibt er nur Einzelunterricht, aber ich denke, er wird bei drei so netten Damen, wie Sie es sind, eine Ausnahme machen. Jedoch muss ich ihn vorher fragen. Herr Masters wird wie jeden Morgen gegen 11.00 Uhr hier im Hotel sein und ich werde dann mit ihm sprechen und Ihnen Bescheid sagen."

Dame: „Wann wären denn die ersten Stunden für uns frei?"

Paula: „Heute geht es leider nicht mehr, da ist er schon ausgebucht. Aber morgen könnte ich für Sie am Vormittag zwei Stunden reservieren."

Dame: „Tragen Sie uns bitte schon mal für diese Termine ein, ich denke nicht, dass Herr Masters etwas gegen diese Form des Unterrichts hat, er ist schließlich schuld daran, dass wir Golf lernen möchten."

Paula: „Das kann ich gerne tun, sagen Sie mir bitte Ihre Namen."

Dame: „Wir sind Frau Weber, Frau Ames und Frau Eller."

Paula: „Alles klar, Frau Weber, ich habe es notiert und werde Ihnen später eine Nachricht zukommen lassen."

Frau Weber: „Vielen Dank, Fräulein Paula, das ist sehr nett von Ihnen."

Die drei Damen drehen sich um und gehen schnatternd zur Eingangstür hinaus. Paula lächelt ihnen nach und schüttelt leicht mit dem Kopf. Was hat Tom den Dreien wohl wieder ins Ohr gesäuselt, dass sie jetzt ganz wild darauf sind, Golf zu lernen. Die sehen alle drei nicht so aus, als ob sie sich freiwillig viel bewegen würden. Na, sie kennt den unwiderstehlichen Charme von Tom und dass er es schafft, jede Frau dazu zu überreden, bei ihm Unterricht zu nehmen. Leider ist sie selbst absolut nicht sein Typ und sie hatten sich darauf geeinigt, gute Freunde zu sein. Sie wollte zwar mehr von ihm, aber die Gefühle waren nur einseitig.

Das Telefon klingelt: „Hier ist die Rezeption, guten Morgen, Sie sprechen mit Paula."

"Hallo, hier ist Saskia Salzmann von Zimmer 335, ich möchte Herrn Masters sprechen."

Paula: „Tut mir leid, Frau Salzmann, Herr Masters ist zurzeit nicht im Hotel."

Saskia: „Ich möchte ihn aber sofort sprechen, ich will noch heute einen Termin bei ihm."

Paula: „Einen Termin können Sie auch mit mir vereinbaren, ich habe seinen Terminkalender vor mir liegen. Aber leider kann ich Ihnen für heute keinen Termin mehr anbieten. Herr Masters ist bereits ausgebucht."

Saskia: „Ich möchte nicht mit Ihnen einen Termin vereinbaren, sondern mit Herrn Masters und ich bin mir vollkommen sicher, dass er für mich noch einen Termin hat."

Paula: „Es tut mir leid, Frau Salzmann, es sind wirklich keine Termine mehr frei. Sollte jedoch im Laufe des

Tages ein Termin frei werden, werde ich Sie gerne anrufen."

Saskia: „Ich will nicht von Ihnen angerufen werden. Können Sie mir seine private Telefonnummer geben."

Paula: „Leider nein, Frau Salzmann, ich bin nicht dazu berechtigt, das zu tun."

Saskia: „Zu was sind Sie überhaupt berechtigt. Wann kommt Herr Masters?"

Paula: „Herr Masters wird, wie jeden Tag, gegen 11.00 Uhr im Hotel eintreffen."

Saskia: „Dann richten Sie ihm bitte aus, dass er mich sofort anrufen soll, wenn er ankommt. Ich warte so lange in meinem Zimmer."

Paula: „Ich werde es natürlich ausrichten."

Saskia Salzmann knallt den Hörer, ohne ein weiteres Wort zu sagen, auf. Paula schaut verblüfft auf den Telefonhörer und wundert sich über die aggressive Art von Frau Salzmann. Was sollte das nun schon wieder? Hatte Tom etwa einen weiblichen Gast verärgert, das ist eigentlich überhaupt nicht seine Art, sich am ersten Abend gleich Feinde zu machen. Nun ja, sie wird ihm auf jeden Fall den Namen und die Zimmernummer sofort übergeben, sobald er eintrifft. Sollte er sich doch mit Frau Salzmann rumärgern und ihr selbst Termine vorschlagen. Sie hatte schließlich alles versucht, aber ohne Erfolg, und sie konnte nicht riskieren, dass sich diese Dame beim Hoteldirektor über sie beschwert, das würde dann wieder eine Abmahnung zur Folge haben, und davon hatte sie wahrhaftig genug, aufgrund ihrer manchmal recht lockeren und offenen Art.

./.

„Hallo, einen wunderschönen guten Morgen wünsche ich den Damen", kommt Tom lächelnd im Hotel an. Paula schaut ihn düster an und erwidert sein Lachen nicht.

Es scheint wohl Ärger gegeben zu haben. Tom geht direkt auf Paula zu und fragt, ob sie keine angenehme Nacht gehabt oder ob sonst etwas ihre Laune getrübt hat. Paula legt ihm den Zettel mit der Telefonnummer von Frau Salzmann vor die Nase und erklärt ihm, dass er diese Dame doch bitte direkt anrufen solle und dass diese Dame der Grund für ihre schlechte Laune wäre, außerdem wäre ihre Nacht sehr schön gewesen und ihre Laune war bestens, bevor sie unangenehm angemacht wurde. Paula erzählt Tom alle Einzelheiten des Telefongesprächs mit Frau

Salzmann und dass sie alles versucht hätte, einen Termin mit ihr zu vereinbaren.

„Von so einer Kleinigkeit lässt du dir den Tag vermiesen, das kann doch nicht dein Ernst sein", sagt Tom lächelnd, „sonst stehst du doch immer über all diesen Dingen und hast immer die richtige Antwort bereit. Du musst heute also doch einen schlechten Tag erwischt haben."

Paula: „Nein habe ich nicht, vorher waren drei netten älteren Damen bei mir und da ging es mir noch richtig gut, die waren höflich und witzig und wollen die Golfstunde zu dritt nehmen. Bist du damit einverstanden?"

Tom fängt an zu lachen. „Das werden wohl meine Nerven nicht aushalten, aber wenn die Damen nur im Rudel anfangen wollen, dann mach mit ihnen einen Termin, aber bitte vormittags, da bin ich noch frisch und nicht genervt."

„Die drei sind sehr liebenswert, das wird dir bestimmt Spaß machen. Jetzt solltest du jedoch diese Frau Salzmann anrufen, bevor die noch giftiger wird und anfängt, im Hotel zu randalieren", sagt Paula lächelnd.

„Gut, dass du jetzt wieder ein wenig lachst, dann gefällst du mir gleich viel besser", erwidert Tom. „Gib mir mal bitte das Telefon in die Ecke."

Tom geht in die Ecke, wo es etwas ruhiger ist, und wählt die Nr. 335. Nach längerem Läuten meldet sich eine laute, aggressiv klingende Stimme: „Hier Saskia Salzmann."

„Guten Tag Frau, Salzmann, hier spricht Tom Masters, Sie baten um meinen Rückruf, was kann ich für Sie tun?"

Sogleich verschwand der aggressive Unterton aus der Stimme. „Hallo Herr Masters, nett, dass Sie mich anrufen. Ich möchte so schnell wie möglich Golf spielen lernen, Sie müssen wissen, mein Mann ist ein sehr guter Golfer und kommt am Wochenende hierher und ich möchte ihn damit überraschen."

Tom: „Frau Salzmann, ich möchte Ihnen sehr gerne das Golfspiel beibringen, das wird jedoch nicht bis

zum Wochenende möglich sein. Haben Sie schon mal

Golf gespielt oder einen Golfschläger in der

Hand gehalten?"

Saskia: „Nein, das habe ich noch nicht, aber ich habe schon oft genug meinen Mann auf dem Golfplatz beobachtet. Außerdem glaube ich fest an Ihre Fähigkeiten als Golflehrer und ich gehöre zu den schnell lernenden Menschen. Also, wenn wir noch heute anfangen und jeden Tag bis am Freitag spielen, werde ich schon eine Menge können und kann meinen Mann überraschen."

Tom: „Okay, Frau Salzmann, wir können es versuchen, aber erwarten Sie keine Wunder, nicht von mir und nicht von sich selbst."

Saskia: „Herr Masters, ich bin ein absolutes Wunderkind und ich möchte meinem Mann zeigen, dass ich auch ein großes Talent habe."

Tom: „Gut, einen kleinen Moment, Frau Salzmann, ich lasse mir eben meinen Terminkalender geben."

Paula reicht ihm den Terminkalender und zeigt ihm, dass der heutige Tag bereits verplant ist.

Tom nimmt den Hörer wieder in die Hand und sagt: „Frau Salzmann, am heutigen Tag ist leider kein Termin mehr frei, ich werde erst am Abend vom Golfplatz zurück sein."

„Okay, dann spielen wir eben heute Abend", erwidert Saskia hartnäckig.

„Frau Salzmann, wir müssen zuerst einige Stunden auf der Driving-Ranch verbringen, um Ihnen einige grundlegende Details zu zeigen, vor 18.30 Uhr bin ich nicht hier, und das wird Ihnen sicherlich zu spät sein."

„Nein, Herr Masters, das passt mir sogar recht gut. Wir sollten dann um 19.00 Uhr anfangen."

„Also gut, wenn es Ihnen nicht zu spät ist, treffen wir uns um 19.00 Uhr vor der Driving-Ranch. Den Weg dorthin wird

man Ihnen an der Rezeption erklären. Dann bis heute Abend."

„Ja, bis heute Abend, ich freue mich sehr."

Tom legt den Hörer auf und schüttelt den Kopf. Eine seltsame Frau, diese Saskia Salzmann, ihre Stimme wechselt von schrill und aggressiv bis weich und betörend, je nach dem, was sie möchte. Er ist gespannt, wie sie aussieht, wenn er sie heute Abend trifft. Vielleicht eine der Damen, die gestern Abend bei der Begrüßung dabei waren.

Paula reißt ihn aus seinen Gedanken: „Hallo Tom, wach auf, hat Frau Salzmann bekommen, was sie wollte?"

Tom grinst. „Ja, sie war sehr überzeugend. Ich kann jetzt verstehen, dass du bei ihr nicht weitergekommen bist, und ich habe jetzt einen ziemlich langen Tag vor mir."

„Tja, ich habe versucht, das zu verhindern, aber wenn du dir das selbst antust, ist das dein Problem. Was hat sie eigentlich gesagt?"

„Dass sie noch in dieser Woche Golf lernen will, egal zu welcher Uhrzeit."

Paula fängt laut an zu lachen. „Tom pass auf, dass die nicht noch was anderes von dir will."

„Nein, nein, sie will am Wochenende ihren Mann überraschen, das ist alles und nicht, was du dir wieder in deinem kleinen Köpfchen ausmalst."

„Wenn du wüsstest, an was ich alles denke."

Tom lächelt und steht auf. „Paula, ich muss gleich los, eine Schülerin erwartet mich auf dem Golfplatz, ich wünsche dir noch einen angenehmen Tag und nur noch nette Gäste. Okay, bis morgen, Paula."

„Ciao, Tom."

./.

Tom begibt sich auf den 9-Loch-Golfplatz hinter dem Hotel, wo er schon von einer Schülerin erwartet wird. Diese Golfschülerin ist eine der wenigen, die wirklich lernen möchten und Spaß am Sport haben. Deshalb macht es ihm auch sehr viel Spaß, sie zu unterrichten. Nach der Unterrichtsstunde beschließt er, im Ort bei Andre ein Mittagessen zu sich zu nehmen, denn langsam beginnt sich sein Magen zu melden. So lange hält ein Müsli dann doch nicht satt und er hat dank Frau Salzmann noch einen langen Tag vor sich. Als er bei André ankommt, macht er es sich auf der

Gartenterrasse gemütlich. Er bestellt sich einen großen Salatteller mit gebratener Putenbrust und eine Cola, wie immer bei André, dieses kleine nette Bistro an der Hauptstraße von Sulzberg, mit der Gartenterrasse direkt zur Straße hin, von der man besonders gut das Treiben beobachten kann. Tom überlegt, was ihn wohl noch an diesem Tag erwartet. Der Nachmittag würde für ihn anstrengend werden, denn er wird mit seinem alten Freund Herrn Peters auf dem Golfplatz in Marienheide spielen und der forderte ihn immer sehr. Aber es machte auch Spaß, mit einem guten Golfspieler über den Platz zu gehen. Er muss heute auf jeden Fall versuchen, möglichst schnell die achtzehn Loch hinter sich zu bringen, damit er pünktlich auf der Driving Ranch ist für seine neue Schülerin, auf die er sehr gespannt ist. Wahrscheinlich wieder eine dieser verwöhnten und gelangweilten Frauen, die ihre Männer am Wochenende erwarten und sich während der Woche in einem guten Hotel verwöhnen lassen. Ein solches Leben würde er keiner Frau zumuten wollen, er hatte jetzt schon Probleme damit, seinen Beruf mit einer Beziehung in Einklang zu bringen.

Der Salat schmeckt wieder absolut köstlich, die Soße, die Andre mixt, ist einfach vorzüglich. Es ist etwas Knoblauch darin, jedoch nur so viel, dass man danach nicht unangenehm auffällt.

Nachdem er seinen Salat gegessen hat, bleibt er noch eine Weile sitzen und genießt die angenehme Luft und die Sonnenstrahlen. Natürlich wimmelt es im Ort wieder von Touristen, was immer der Fall ist, sobald die Sonne herauskommt. Es ist hier in Sulzberg die schönste Jahreszeit überhaupt, überall blühen die Blumen, vor den Häusern, in Blumenkästen, an den Straßen entlang, alles ist bepflanzt. Der See glitzert in seinem schönsten Blau. Rund um den See ist alles schön bunt, teils Natur und teils bepflanzt. Tom liebt diese Zeit und den angenehmen Geruch, der die ganze Zeit in der Luft liegt. Im Winter dagegen ist es eher trostlos in Sulzberg. Viele Geschäfte und Restaurants haben in diesen Monaten geschlossen und man sieht nur wenig Menschen auf den Straßen. Sulzberg ist kein Paradies für Skifahrer, die liegen einige Kilometer von hier und die Sportler suchen sich dann ihre Unterkünfte in den näher gelegenen Orten. Einige Gäste, die Skilanglauf bevorzugten und in den Ort verliebt waren, finden sich auch im Winter ein, aber das ist im Vergleich zum Sommer noch nicht mal die Hälfte. Trotz allem liebt er diesen Ort voll Leben und Trubel und unterschiedlichen Menschen, die ihm auch jeden Tag beruflich begegnen. Der einzige Kummer, den er hat, ist, dass er nicht die richtige Frau für seine Zukunft findet, mit der er endlich eine Familie gründen kann. Mit seinen 28 Jahren fühlt er sich bereit dazu. Doch das ist in Sulzberg gar nicht so einfach und mit seinem jetzigen Leben auch recht schwierig zu vereinbaren. In seinem nächsten Winterurlaub will er sich noch mal mit dem Thema auseinandersetzen und überlegen, wie seine Zukunft aussehen soll. Golflehrer in einem Hotel zu sein, ist nicht das, was er sich für den Rest seines Lebens vorstellt. Die saisonale Abhängigkeit und dieses unstete Leben ist keine Zukunftsbasis.

Inzwischen ist es Zeit, nach Marienheide zu fahren. Herr Peters wird ihn mit Sicherheit schon erwarten. Dieser

alte rüstige Mann kann es kaum erwarten, auf den Golfplatz zu kommen, und ist immer ganz euphorisch beim Spiel.

./.

Als er in Marienheide ankommt, steht Herr Peters wie erwartet schon vor dem Eingang und geht aufgeregt hin und her. Als er von Weitem schon Toms Auto kommen sieht, winkt er ihm gleich zu und kommt zum Parkplatz gelaufen, soweit man dies bei einem 75-jährigen Mann sagen kann.

„Hallo Tom, schön, dass Sie endlich da sind."

„Hallo Herr Peters, wir waren doch erst für 14.00 Uhr verabredet, wir haben also noch etwas Zeit."

„Ja schon, aber wir müssen uns noch mental vorbereiten, damit es ein besonders gutes Match wird. Heute werde ich Sie bestimmt schlagen."

„Das werden wir sehen, auch ich bin heute gut in Form. Also lassen Sie uns rein gehen und gleich loslegen."

„Ja, auf zu einem guten Match."

Das Match war anstrengend. Herr Peters hatte für seine 75 Jahre noch erstaunlich viel Kraft und Energie und vor allen Dingen eine sehr gute Schlagtechnik, die er in den letzten Jahren, durch Toms Training, noch verbessert hat. Tom musste sich sehr konzentrieren, um mit ihm mithalten zu können. Als sie dann am letzten Loch angekommen waren, stand es noch unentschieden. Beide hatten den gleichen Score gespielt. Damit Herr Peters sein Hochgefühl noch für den Rest des Tages behielt, ließ Tom ihn dann gewinnen. Das war zwar normalerweise nicht seine Art, aber er konnte heute diesen gut gelaunten, leidenschaftlichen Mann nicht verlieren lassen. Tom erfreute sich an dessen Art und er hätte es sich gewünscht, so mit seinem Vater Golf spielen zu können, der mindestens genauso gut war und ihm inzwischen auch ein ebenbürtiger Gegner wäre. Doch leider ließ dieser es nicht zu, er wäre dann gezwungen, sich mit ihm zu unterhalten und mit ihm zusammen zu sein, und das würde wohl wieder alte Wunden aufreißen.

Nach dem Spiel setzte er sich noch mit Herrn Peters kurz auf die Terrasse und sie plauderten über Golf und philosophierten über das Leben allgemein. Es sah aus, als wenn sich Vater und Sohn miteinander unterhalten würden. Sie tranken das gleiche Getränk, ein Radler, ein Gemisch aus Bier und weißer Limonade, was nach einem stundenlangen Spiel der beste Durstlöscher ist, den es gibt, und Tom fühlte sich zufrieden und entspannt in der Gegenwart seines Mitspielers. Herr

Peters konnte nicht wissen, dass er Tom mit seinem Verhalten und der Zeit, die er sich für ihn nahm, ein bisschen von dem gab, was er hier in der Fremde vermisste. Das Gefühl, das jemand für ihn da ist, fast so, als wenn ein Teil seiner Familie hier und für ihn da wäre. An manchen Tagen vermisste er seine Mutter und seine Großeltern sehr und würde am liebsten wieder nach Hause, nach Wales fahren. Doch er hatte diesen Weg gewählt und musste lernen, mit den Konsequenzen zu leben, wenn man weit weg ist von der Welt, in der man aufgewachsen ist. Aus diesen Gründen genoss er es, mit Herrn Peters über den Sinn des Lebens zu sprechen oder über andere Dinge, und fühlte sich dabei, ja man kann fast sagen, geborgen. Er würde sich in den nächsten Monaten die Zeit nehmen müssen, die Schwierigkeiten mit seinem Vater aus der Welt zu schaffen. Es belastete ihn zu sehr, dass unausgesprochene Dinge schon seit vielen Jahren zwischen ihnen standen. Tom weiß, dass er einen Fehler gemacht hat, dass er seine Golfkarriere damit verspielt hat, aber sein Vater hatte ihn auch nie gefragt, ob er diesen Weg überhaupt gehen möchte. Ganz selten hatte er seine Meinung äußern dürfen; das, was sein Vater sagte, musste gemacht werden, und das war wohl der Grund, warum er sich gelegentlich abends heimlich mit Freunden getroffen hatte. Bis es zu diesem bedauerlichen Unfall kam.

Nachdem sie ausgetrunken und genug geplaudert hatten, verabschiedeten sie sich vor dem Golfplatz und Herr Peters erinnert an den Termin am übernächsten Nachmittag.

Einen Tag Pause müsse Herr Peters machen, sagte Tom, sonst würden die alten Knochen es auf Dauer nicht mehr aushalten. Tom verabschiedete sich von Herrn Peters und bedankte sich bei ihm für die Runde, stieg ins Auto und winkte Herrn Peters noch mal zu.

./.

Tom hatte noch eine halbe Stunde Zeit bis zu seiner nächsten Unterrichtsstunde mit Frau Salzmann. Er beschloss noch schnell, bei seinem Apartment vorbeizufahren und nach der Post zu sehen. Als er den Briefkasten öffnete, waren lediglich der wöchentliche Brief seiner Mutter und eine Rechnung im Briefkasten. Seine Mutter wurde nie müde, ihm Briefe zu schreiben, das ging jetzt schon seit vier Jahren so, Woche für Woche kam ein Brief von ihr, obwohl er nur ganz selten

Zeit hatte, ihr zu antworten. Es stand zwar manchmal dreimal hintereinander fast das Gleiche drin, doch es war schön, dass sie nie müde wurde, zu schreiben. Tom brachte die Post nach oben in sein Apartment, als er die Tür öffnete, sah er gleich die frisch geputzten schwarzen Schuhe neben der Tür stehen, ein Zeichen dafür, dass Frau Robohm, seine Haushaltshilfe,

da war. Auch seine Sporttasche hatte sie ausgepackt und die Sachen in die Wäsche gepackt. Frau Robohm erledigte für ihn alles, wozu er keine Zeit oder keine Lust hatte, und war dreimal in der Woche vormittags in seinem Apartment, um sich um seine Wäsche und sein Apartment zu kümmern. Tom konnte sich gar nicht vorstellen, wie er das sonst alles allein bewältigen sollte, er war froh, Frau Robohm zu haben. Tom überlegte sich des Öfteren ein kleines Geschenk für Frau Robohm zusätzlich zu ihrem monatlichen Scheck, um sich ihre Freundschaft nicht zu verscherzen, denn er war wirklich die meiste Zeit sehr unordentlich und der Gedanke, dass da jemand ist, der alles wieder in Ordnung bringt, lässt ihn auch nicht weiter darüber nachdenken.

Pünktlich eine viertel Stunde vor Unterrichtsbeginn trifft er im Hotel ein und geht noch mal an der Rezeption vorbei, um die Termine für den morgigen Tag zu checken. Lächelnd liest er, dass die drei älteren Damen wirklich für vormittags eingetragen waren. Also sollte er frühzeitig zu Bett gehen, damit er fit genug ist, das zu überstehen.

Im Hotel ist es zu dieser Zeit recht ruhig, die meisten Gäste bereiten sich auf das Abendessen vor und teilweise nehmen einige Gäste noch einen Drink an der Tagesbar bei Jürgen, dem Barkeeper, der immer für einen kleinen Plausch oder ein Spielchen zu haben ist. Tom

geht langsam in Richtung Driving Ranch, er muss durch die ganze unterirdische Verbindung zum Sporthotel gehen und den Gang, in dem sich die meisten Sportanlagen befinden, ganz durchqueren und dann nach links einbiegen, wo sich lediglich noch ein alter Billardraum und die Driving Ranch befinden. Beim Einbiegen in den linken Gang sieht er schon am Ende vor der Tür zur Driving Ranch Saskia Salzmann stehen. Im bleibt fast der Atem weg, es ist die gutaussehende Brünette von gestern Abend bei der Begrüßung der Beautyfarm-Ladys, die ihn die ganze Zeit angeschaut hatte. Dass sie auch auf der Beautyfarm ist, davon *hatte sie am Telefon nichts erwähnt. Tom geht langsam auf Frau Salzmann zu, die mit einer Zigarette in der Hand vor der Tür steht und ihn direkt anschaut, bis er vor ihr steht.*

Tom: „Hallo, Frau Salzmann, wie geht es Ihnen?"

Saskia:" Hallo, Herr Masters, jetzt, wo es endlich los geht, geht es mir wieder gut. Ich war den ganzen Tag sehr aufgeregt, hoffentlich stelle ich mich nicht zu dumm an, ich bin nicht gerade die Sportlichste."

Während Tom die Tür zur Driving-Ranch aufschließt, sagt er: „Keine Angst, wir werden es langsam angehen lassen. Ich werde Ihnen erst ein wenig über Golf, die Technik,

die Schläger, die Haltung erzählen. Danach werden wir die ersten Übungen mit dem Schläger machen."

Als sie in den Raum tritt, denkt Tom, dass Saskia Salzmann eine wirklich gutaussehende Frau ist. Sie trägt eine weiße enganliegende Jeans, weiße Stoffschuhe und eine weiße Bluse, die sogar etwas durchsichtig ist. Die enge Jeans betont ihre gute Figur, und das Weiß ihrer Kleidung lässt ihre gebräunte Haut und ihre dunklen Haare schimmern. Mit ihren dunkelbraunen Rehaugen schaut sie ihm unentwegt direkt in die Augen. Angst vor Augenkontakt hat die Dame auf jeden Fall nicht. Tom wird es heiß und er versucht, ihren Blicken teilweise auszuweichen.

„Oh, das ist aber ein ziemlich nüchterner Raum, ein bisschen Tageslicht und ein bisschen mehr Dekorationen würden diesem Raum guttun", sagt sie und geht an den mit Golfbildern behangenen Wänden vorbei.

„Ja, da haben Sie recht", entgegnet Tom, „aber man hält sich nicht so viel hier drin auf, dass sich noch weitere Investitionen lohnen würden. Es ist ein Raum, um die ersten Schritte im Golf kennenzulernen und ab und zu im Winter seine Treffsicherheit zu trainieren, ansonsten ist Golf ein Außensport, und das soll es auch bleiben."

Der Raum ist kärglich eingerichtet, denkt er, damit hat sie auf jeden Fall recht. Außer der Anlage mit der circa zehn Meter langen Golfbahn und einem kleinen Tisch mit zwei Stühlen steht nichts in diesem Raum. Die Bilder an den beiden freien Wänden machen den Raum auch nicht gemütlicher. Er sollte sich darum kümmern, ein paar Grünpflanzen aufstellen zu lassen, er kann sich vorstellen, dass das dem Raum ein wenig mehr Flair verleiht, auch wenn diese aus Kunststoff sein müssten, da der Raum keine Fenster hat.

Saskia Salzmann setzt sich an den Tisch, auf dem außer einem Strauß aus Trockenpflanzen noch zwei Gläser und Mineralwasser stehen, und sagt: „Na, dann legen Sie mal los mit Ihren Erklärungen, aber bitte nicht zu viel Theorie, das Praktische interessiert mich sehr viel mehr."

Tom geht zu ihr an den Tisch und füllt beide Gläser mit Mineralwasser und fängt an, das Golfspiel anhand der Bilder, die an den Wänden hängen, zu erklären.

„Bevor wir zu dem praktischen Teil kommen, mit dem wir heute auf jeden Fall noch anfangen, muss ich Ihnen ein paar grundlegende Dinge erklären, ansonsten ist ein richtiges Golfspiel nicht möglich, und ich setze voraus, dass Sie nicht nur einmal ein paar Schläge auf dem Golfplatz ausführen wollen, sondern eine ebenbürtige Partnerin Ihres Mannes werden möchten."

„Natürlich möchte ich das, es ist eine Möglichkeit, ein wenig mehr Zeit mit meinem Mann zu verbringen."

„Es ist wichtig, dass drei Grundelemente sich beim Golfspiel ineinanderfügen – der richtige Griff, die Körperhaltung und die richtige Lage des Balles. Das alles gehört zusammen, wie die Einzelteile eines Puzzles.

Dann noch den richtigen Stand und ein genaues Zielen, und schon sind Sie unschlagbar.“

„Das hört sich ziemlich einfach an, kommen wir jetzt zum Praktischen.“

„Moment, so schnell noch nicht, ich werde jetzt zuerst die drei Grundelemente noch näher erklären, und das werden wir in der heutigen Stunde auch noch praktisch umsetzen, also ein wenig Geduld.“

Tom dachte, dass Geduld anscheinend nicht die Stärke von Frau Salzmann ist, er wird sich jedoch seine Art des Unterrichts dadurch nicht durcheinanderbringen lassen.

„Zuerst kommen wir zum Griff, der die Verbindung vom Körper zum Schläger herstellt. Der Schläger liegt diagonal in der linken Handfläche, dabei ist darauf zu achten, dass er nicht zu sehr auf den Fingern und nicht zu weit hinten auf dem Daumenballen liegt. Der Daumen der linken Hand liegt auf dem Schaft, leicht nach rechts. Bei der rechten Hand wird zwischen Mittel- und Zeigefinger eine kleine Lücke freigelassen, der Daumen liegt nicht unmittelbar auf dem Schaft. Den kleinen Finger der rechten Hand können Sie entweder zwischen den Zeige- und Mittelfinger der linken Hand

legen oder mit dem Zeigefinger der linken Hand kreuzen."

Saskia: „Oh, bitte nicht so schnell, ich kann Ihnen gar nicht folgen, mit linker Hand und rechter Hand und übereinander oder gekreuzt, zeigen Sie mir das doch besser."

„Ja, okay, das werde ich auch gleich machen, nur noch kurz zur Körperhaltung und Lage des Balles ein paar Worte. Die richtige Körperhaltung ist wichtig, damit Sie beim Schwung nicht aus dem Gleichgewicht geraten."

Saskia grinst: „Ich gerate des Öfteren aus dem Gleichgewicht, das hatte aber bisher immer andere Gründe."

„Okay, die können wir später näher erörtern, jetzt bleiben wir beim Golf", sagt Tom scherzhaft. „Die Arme sind gerade, etwa in der Höhe, als wenn Sie jemandem die Hand geben würden. Nicht übermäßig gestreckt halten, sondern locker und entspannt. Als Nächstes geht man ein wenig in die Knie und das Hinterteil wird dabei leicht herausgestreckt. Der Kopf bleibt oben. Ohne den Rücken krumm zu machen, beugt man sich aus der Hüfte heraus nach vorn, bis der Schlägerkopf den Boden berührt. Achten Sie darauf, dass die Arme fast senkrecht herunterhängen."

Saskia: „Achten Sie doch bitte darauf, dass ich das auch richtig mache."

Tom: „Das werde ich auch tun, solange ich dabei bin, aber wenn Sie allein spielen, müssen Sie auch allein daran denken. Um richtig zu stehen, müssen Sie das Gewicht zwischen Fersen und Ballen beider Füße verteilen. Wenn Sie zu sehr auf den Zehen stehen, stehen Sie zu weit weg vom Ball; wenn das Gewicht zu sehr auf den Fersen liegt, sind Sie zu nah am Ball. Daran kann man immer sehr leicht den richtigen Stand erkennen. Noch zu beachten ist, dass Sie die Füße etwa schulterbreit auseinanderstellen, um beim vollen Schwung nicht die Balance zu verlieren."

Saskia: „Ach Tom, ist das nicht für den Anfang ein bisschen zu viel, das kann ich mir doch gar nicht alles merken."

Tom lächelt und sagt: „Ich werde Sie am Anfang begleiten und Ihnen alles mehrmals sagen, bis Sie nachts davon träumen."

Saskia: „Wenn Sie in diesem Traum vorkommen, ist das in Ordnung."

Tom übergeht ihre Äußerung und fährt fort: „Kurz zur Lage des Balles. Die Lage ist abhängig von Ihrer Körperhaltung. Der Ball liegt immer in einer geraden Linie von Ihrer Schulter aus, in etwa vor dem linken

Absatz. Sie müssen dann einen Schritt zurückgehen und dann mit dem Schläger in der Hand die richtige Position herausfinden. Bei richtiger Haltung muss die Sohle des Schlägers auf dem Boden neben dem Ball aufliegen, hier ist dann die für Sie richtige Position des Balles. Es empfiehlt sich, diese Position beizubehalten, egal, mit welchem Schläger Sie spielen. Sie sollten dann die Standbreite verändern also die Lage des Balles, das kompliziert den ganzen Vorgang nur. Wenn Sie die Standbreite verändern, bleibt das linke Bein immer an seinem Platz und das rechte wird sukzessive herangezogen. Die rechte Schulter hängt leicht nach unten, weil die rechte Hand auch tiefer am Schläger ist. Okay, davon jetzt genug. Ich werde Ihnen jetzt noch ein paar unterschiedliche Schläger zeigen und Ihnen erklären, wann diese zum Einsatz kommen."

Saskia: „Darf ich jetzt endlich aufstehen, das ist ja schlimmer als in der Schule, damals ist es mir auch schwergefallen, still zu sitzen."

Tom: „Ja, kommen Sie bitte mit mir zu den Schlägern, die habe ich da hinten in der Ecke stehen." Tom erklärt auf die Schnelle die einzelnen Schläger, denn die Stunde ist schon zur Hälfte vorbei und er will auf jeden Fall noch die ersten Schläge mit ihr üben, um ihr nicht die Lust zu nehmen.

Tom: „Jetzt werden wir mit dem lang ersehnten praktischen Teil anfangen. Sie werden gleich vorn auf der Leinwand das Bild eines Golfplatzes sehen, mit einem Loch. Wir werden zusammen versuchen, die richtige Position zu finden und mit einem schwungvollen Schlag dieses Loch zu treffen."

Saskia: „Ja, da bin ich aber gespannt, ob ich da gleich treffen werde. Mineralwasser ist bestimmt nicht das richtige Zielwasser

für mich gewesen. Wir werden sehen. Also, wohin mit mir."

Tom: „Erwarten Sie nicht gleich zu viel. Wenn Sie mit dem ersten Schlag gleich treffen würden, wäre das mit Sicherheit ein Zufallstreffer. Wir müssen uns langsam zur Treffsicherheit hocharbeiten."

Saskia: „Langsam geht nicht, Sie wissen doch, dass ich am Wochenende schon das erste Spielchen mit meinem Mann machen möchte."

Tom: „Sie sollten ihn nicht herausfordern. Gleich am Anfang ein negatives Erlebnis könnte Ihre Lust am Golfspiel mindern und an seinem Ego kratzen."

Saskia: „Lassen Sie das mal meine Sorge sein, ich werde das schon richtig anpacken. Sehr überzeugt scheinen Sie nicht von meinen Fähigkeiten zu sein."

Tom: „Das habe ich nicht gesagt, das kann ich auch gar nicht beurteilen, Sie hatten noch keinen Schläger in der Hand. Kommen Sie jetzt bitte zu mir an den Anfang der Bahn und zeigen Sie mir, wo Sie den Ball hinlegen möchten. Schauen Sie sich genau das Bild auf der Leinwand an und versuchen Sie, die richtige Position für den Ball zu finden."

Saskia schaut kritisch auf das sichtbare Loch und legt den Ball dann in einer ziemlich geraden Linie dazu auf die Bahn.

Tom: „Okay, das war schon mal sehr gut. Hier haben Sie den geeigneten Schläger, was machen Sie als Nächstes?"

Saskia: „Sie stellen vielleicht Fragen – ich habe Ihnen sehr gut zugehört. Wenn ich etwas wirklich will, bin ich unschlagbar. Ich gehe jetzt als Erstes mit meinem linken Absatz vor den Ball und gehe dann erst einmal ein Stück zurück. So, jetzt kommt der Teil, wo Sie mir helfen müssen, sonst habe ich ganz schnell einen Knoten in meinen Händen."

Tom: „Das ist ganz einfach, ich werde mich mit einem Schläger neben Sie stellen und alles Schritt für Schritt mit Ihnen durchgehen." Tom holt sich einen Schläger und stellt *sich neben Saskia Salzmann, die sehr verführerisch duftet und ihn ganz schwindelig werden lässt.*

Tom: „Schauen Sie genau auf meine Hände."

Saskia: „Sie haben sehr schöne Hände, Tom. Kraftvoll und sehr gepflegt."

Tom lächelt, gibt jedoch keine Antwort darauf und macht mit seinen Erklärungen weiter. „Zuerst legen Sie den Schläger diagonal in die linke Hand, nicht zu sehr auf die Finger, aber auch nicht zu sehr auf den Daumenballen. Okay, jetzt kommen wir zur rechten Hand, das ist ein wenig schwieriger. Legen Sie die rechte Hand unter den Schläger und lassen Sie dabei eine kleine Lücke zwischen dem Zeige- und dem Mittelfinger. Jetzt umschließen Sie den Schläger und rutschen dabei mit dem kleinen Finger der rechten Hand in die Rille zwischen Zeige- und Mittelfinger der linken Hand."

Saskia: „Oh nein, das funktioniert niemals, das geht nicht mit dem kleinen Finger."

Tom: „Versuchen Sie es noch einmal, es ist noch kein Meister vom Himmel gefallen." Saskia versucht es noch einmal allein und hat dann den richtigen Griff raus.

Saskia: „So, jetzt habe ich es verstanden, Sie werden sehen, ich werde noch eine Meistergolferin. Was muss ich jetzt tun, soll

ich jetzt drauflos feuern?“

Tom: „Nein, ganz bestimmt nicht, Sie wollen es doch richtig lernen. Wenn Sie jetzt einfach drauflos schlagen, werden Sie nicht treffen, das kann ich Ihnen garantieren. Sie müssen noch zuerst die richtige Haltung einnehmen, richtig zielen und dann erst schlagen.“

Saskia: „Werden Sie mir dabei auch helfen, mit dem richtigen Stand, das habe ich nicht so ganz verstanden.“

Tom grinst sie von der Seite an. „Kann es sein, dass Sie mir nicht richtig zugehört haben?“

„Natürlich habe ich Ihnen richtig zugehört“, empört sich Saskia, „es war nur ein bisschen viel auf einmal, und jetzt machen Sie doch bitte weiter.“

Tom merkt, dass er sie leicht angegriffen hat, und entschuldigt sich bei ihr. „Ich werde mich jetzt hinter Sie stellen und mit Ihnen den richtigen Stand üben.“ Tom stellt sich hinter Saskia und ihm wird von ihrem Geruch erneut ganz schwindelig. Er muss sich sehr zusammennehmen, um weiterhin ganz konzentriert zu sein. Er bemerkt, dass Saskia ihren Körper ganz dicht an seinen schiebt, und er kann die Wärme spüren, die sie ausstrahlt.

Tom: „Saskia, Sie haben den Schläger in der Hand, stellen Sie sich jetzt erst ganz aufrecht hin und halten Sie den Schläger waagerecht von sich weg.“ Tom legt von hinten seine Hände an ihre Unterarme und bringt diese an die richtige Stelle. „Saskia, als Nächstes gehen Sie ein wenig in die Knie und strecken leicht Ihr wohlgeformtes Hinterteil heraus.“ Er geht einen Schritt zurück, denn sie hat ihr Hinterteil so weit herausgestreckt, dass er sie an seinen Oberschenkeln spüren kann.

Tom: „Nicht so weit Saskia, nur ganz leicht und den

Kopf bitte oben lassen, Ihr Kinn sollte nicht die Brust berühren. So, und

jetzt gehen Sie ganz langsam aus der Hüfte heraus mit den Armen nach unten, bis der Schaft des Schlägers neben dem Ball aufkommt.“ Tom greift wieder nach ihren Armen und lässt diese langsam absinken. Er stellt sich wieder neben sie und sagt: „Jetzt haben Sie die richtige Körperhaltung, am besten machen Sie das Ganze jetzt noch einmal ohne mich.“

Saskia: „Das brauche ich nicht, das ist mir jetzt vollkommen klar. Zeigen Sie mir noch, wie ich ausholen und schlagen muss."

Tom: „Ja, ich werde mich wieder hinter Sie stellen und dann werden wir es gemeinsam üben. Sie bleiben in Ihrer Körperhaltung und schauen immer auf den Ball. Jetzt heben Sie den Schläger nach rechts, soweit es geht, über ihre rechte Schulter hinweg und versuchen, in einer fließenden schwungvollen Bewegung mit der Innenseite des Schlägers wieder zum Ball zurückzukommen. Erst einmal langsam, um die Bewegung zu merken, was mit Ihren Armen, Beinen und Hüften passiert. Schließen Sie am besten die Augen und versuchen Sie, die Bewegung zu fühlen." Tom steht hinter Saskia und führt ihre Arme mehrmals in die richtige Schlagposition und wieder zurück zum Ball und achtet darauf, dass auch die Bewegung in der Hüfte und in den Beinen einigermaßen stimmt.

Saskia: „Da muss ich aufpassen, dass ich nicht in Ihre Arme falle vor lauter Schwingen."

Tom: „Versuchen Sie es jetzt einmal. Schauen Sie auf Ihren Ball und auf Ihr Ziel und schwingen Sie Ihren Schläger nach hinten und versuchen Sie, den Ball zu treffen und ins Ziel zu befördern."

Saskia konzentriert sich vollkommen auf ihr Ziel und auf ihren Ball. Man kann den Ehrgeiz an ihrer ganzen Gestalt erkennen, jetzt das Richtige zu machen. Sie holt weit mit dem Schläger aus und trifft den Ball voll. Auch wenn es kaum zu glauben ist, sie hat getroffen, voll ins Ziel. Vor Freude springt Saskia in die Höhe und fällt Tom laut jubelnd um den Hals. „Habe ich Ihnen nicht gesagt, wenn ich etwas erreichen will, bin ich unschlagbar. Was sagen Sie dazu? Bin ich nicht absolut klasse?“

Tom gratuliert ihr zu ihrem Treffer, gibt ihr einen neuen Ball und ein neues Ziel im Computer ein. „Einmal ist keinmal, also gleich noch mal und lassen Sie sich ruhig Zeit, alles richtig zu machen. Wir werden jetzt noch ein paar Schläge üben und dann erst einmal für heute die Stunde beenden. Denn zu viel an einem Tag ist auch nicht gut.“

Saskia: „Sie glauben immer noch nicht, dass ich ein Naturtalent bin, Sie sind ein gemeiner Schuft. Ich werde es Ihnen beweisen, Sie werden mich noch auf Turnieren bewundern können in einigen Jahren, warten Sie nur ab. Aber Sie haben recht: Übung macht den Meister.“

Tom übt noch einige Schläge mit Saskia und muss ihr natürlich immer wieder bei Griff, Körperhaltung usw. helfen. Das Glück, noch einmal das Ziel zu treffen, hat sie allerdings an diesem Abend nicht mehr, was sie dann wieder auf den Boden der Tatsachen zurückbringt, dass Golf ein Sport ist, den man von der Pike auf lernen muss und nur, wenn man es richtig lernt, auch Spaß macht.

Tom: „Das sollte für heute reichen, sonst tun Ihnen Morgen einige Muskeln weh."

Saskia: „Ich komme dann zu Ihnen und lasse mir diese Muskeln massieren."

Tom: „Oh, da gehen Sie besser zu einem, der Ahnung davon hat, ich mache nur die Muskeln hart; um sie zu lockern, gibt es hier einige andere Spezialisten. Frau Salzmann, Sie waren eine ausgesprochen angenehme Schülerin und ich hoffe, es hat Ihnen etwas Spaß gemacht."

Saskia lächelt ihn an und sagt: „Ja, Tom, es hat mir sehr viel Spaß gemacht und ich könnte mir keinen besseren Golfpro vorstellen als Sie. Ich möchte auch gleich morgen noch eine Stunde nehmen. Muss ich noch mal hier auf die Driving-Ranch?"

Tom: „Ja, noch zwei- bis dreimal sollten wir hier drinnen üben, es gibt noch einiges, was ich Ihnen zeigen muss.

Saskia: „Gut, dann würde ich gerne morgen Abend zur gleichen Zeit wieder zum Unterricht mit Ihnen hier antreten."

Tom: „Wieder 19.00 Uhr - das geht in Ordnung, ich werde es gleich noch in meinen Kalender eintragen." Tom räumt die Schläger und Bälle weg und schaltet die Anlage aus. Saskia wartet bereits vor der Tür auf ihn und lächelt ihn an. Als er die Tür zugeschlossen hat und sich umdreht, steht sie genau vor ihm und fragt ihn mit einem aufreizenden Lächeln, ob sie ihn zu einem Drink an der Bar einladen darf. Tom verneint das Angebot und sagt, dass er es nicht für sinnvoll hält, mit seinen Schülern die Abende an der Bar zu verbringen. Saskia lässt nicht locker: Er solle es als zusätzliche Belohnung sehen, weil sie doch eine recht anstrengende Schülerin sei, und sie wäre ihm sonst böse und würde es ihm morgen noch wesentlich schwieriger in der Stunde machen. Tom versucht immer wieder, Saskia klarzumachen, dass er keine Zeit hat, kommt aber mit seinen erfundenen Ausreden nicht weiter. Nach einer Viertelstunde gibt er sich dann geschlagen und willigt ein, noch auf ein Glas mitzugehen, aber wirklich nur auf ein einziges kleines Gläschen. Saskia strahlt ihn an und sie gehen gemeinsam zur Bar und setzen sich an einen gemütlichen Tisch in der Ecke. Tom möchte nicht direkt von seinen anderen Schülern und den Hotelgästen gesehen werden, sonst würde das wieder für Gesprächsstoff sorgen.

Jürgen, der Barkeeper, kommt an den Tisch: „Hallo Tom, du Glückspilz, ich gratuliere dir zu dieser entzückenden Begleiterin.“ Und zu Saskia gewandt, sagt er: „Passen Sie auf, Tom ist ein absoluter Herzensbrecher, Sie sollten sich besser zu mir an die Bar setzen, da sind Sie sicherer.“

Saskia lächelt und sagt, dass sie gegen ein bisschen Abwechslung nichts einzuwenden hätte, und bestellt eine Flasche Moët Chandon. Jürgen grinst Tom von der Seite an und geht zur Bar zurück. Tom fühlt sich ein wenig unbehaglich, denn diese Situation wollte er eigentlich vermeiden, aber er kann in den meisten Fällen nicht widerstehen, wenn er von hübschen jungen Frauen eingeladen wird. In der letzten Zeit hat er es erfolgreich vermieden, sich zu Drinks einladen zu lassen, heute ist es seit Langem das erste Mal wieder passiert.

Jürgen kommt mit dem Champagner zurück und stellt den Eiskühler mit der Flasche an den Rand des Tisches. Er füllt beide Gläser voll und geht grinsend zur Bar zurück. Dieses gemeine Grinsen geht Tom auf die Nerven. Er kennt Jürgen nun schon seit einigen Jahren und weiß genau, was dieser

jetzt denkt. Saskia hebt ihr Glas und prostet Tom zu. Er hebt ebenfalls sein Glas und bedankt sich für die Einladung.

Saskia: „Ich bin froh, dass Sie doch noch meiner Einladung gefolgt sind, es ist so einsam abends allein in der Bar oder allein in meinem Zimmer. Ich bin so schrecklich viel allein, und um manchmal wenigstens am Wochenende meinen Mann zu sehen, muss ich mich in verschiedenen Hotels einfinden, ansonsten würde ich ihn wohl monatelang nicht sehen. Das Ganze hat zwar auch seinen Reiz, aber manchmal ist es doch sehr einsam. Mein Ehemann ist Peter Salzmann, Immobilienmakler aus Düsseldorf, er kauft und verkauft Immobilien, Grundstücke, Firmen auf der ganzen Welt und ist daher sehr viel unterwegs. Wir sind seit drei Jahren verheiratet, aber ich habe ihn in dieser Zeit nicht sehr viel gesehen. Unsere Villa in einem Vorort von Düsseldorf steht die meiste Zeit leer und ich kenne bald sämtliche guten Hotels in ganz Europa. Am Anfang hat es mir richtig Spaß gemacht, von einem Ort zum anderen zu jetten und mich in Hotels verwöhnen zu lassen, aber inzwischen wünsche ich mir, ich könnte einfach mal eine längere Zeit mit Peter zu Hause sein. Aber, was soll's, ich habe das alles vorher gewusst und will mich auch gar nicht beschweren. Ich habe alles, was das Herz begehrt, und wenn ich zusätzlich etwas haben will, dann bekomme ich das auch. Mir liegt die ganze Welt zu Füßen."

Tom hört sich alles an und fragt dann nach dem Alter ihres Mannes.

Saskia: „Peter ist inzwischen 56 Jahre alt, sieht aber wesentlich jünger aus und ist auch von seiner ganzen Einstellung her sehr jung geblieben, das hat mich an ihm so fasziniert."

Tom denkt, dass es wohl eher das Bankkonto von Peter Salzmann war, was sie so fasziniert hat, und wahrscheinlich fühlt sie sich in ihrer Rolle ganz wohl und genießt, die meiste Zeit machen zu können, was sie will. Er versucht jetzt das Thema in eine andere

Richtung zu lenken und sagt, dass der Moët Chandon einer der besten Champagner ist. Saskia entgegnet, dass es noch weitaus teurere Champagner gibt, aber am liebsten würde sie auch diese Marke trinken.

Saskia: „Ich werde Ihnen jetzt ein kleines Geheimnis verraten. Ich habe vor einiger Zeit in Moët Chandon gebadet. Eine ganze Wanne voll mit Champagner, das hat so wahnsinnig gekribbelt und hat tierisch Spaß gemacht. Peter und ich haben uns dann die ganze Nacht geliebt. Haben Sie das auch schon einmal gemacht?"

Tom: „Nein, bis jetzt noch nicht, aber vielleicht ergibt sich irgendwann einmal die Gelegenheit."

Saskia: „Vielleicht schneller, als Sie sich vorstellen können." Saskia hebt ihr Glas hoch und möchte mit ihm anstoßen. „Wir sollten uns auf ein Du einigen, Tom, das macht die ganze Atmosphäre etwas entspannter. Sind Sie damit einverstanden?" Tom nickt. Sie prosten sich zu und Saskia küsst ihn dann auf den Mund, so schnell, dass er sich gar nicht wehren kann, und besiegelt damit diese Vereinbarung. Tom ist etwas verlegen, denn damit hat er nicht gerechnet. Aber der Champagner zeigt langsam seine Wirkung und er beginnt Saskia tiefer in die Augen zu schauen und lächelt sie verschmitzt an. Er ist sich im Klaren darüber, was heute noch passieren kann und dass er das eigentlich nicht mehr will, aber im Moment ist es ihm völlig egal. Die Unterhaltung zwischen den beiden wird immer lustiger und erotischer und sie können die Blicke nicht mehr voneinander lassen. Die zweite Champagnerflasche geht nun langsam zu Ende und beide haben schon recht glasige Augen und die Luft zwischen den beiden knistert. Plötzlich sagt Saskia, dass sie jetzt wohl ein bisschen viel getrunken hat und sich nicht traut, allein aufzustehen. Sie bittet Tom, sie in ihr Zimmer zu begleiten, damit sie nicht unterwegs umfällt. Es war wohl doch ein Gläschen zu viel gewesen. Tom steht auf und hilft Saskia von ihrem Stuhl. Saskia gibt

Tom ihren Schlüssel in die Hand, auf dem die Zimmernummer steht. Es ist, wie Tom es sich gedacht hat, natürlich bewohnt sie eine der schönsten und größten Suiten im Hotel. Als sie an der Zimmertür angelangt sind, will Tom sich von ihr verabschieden, aber sie fällt ihm um den Hals und zieht ihn ins Zimmer. Der Duft ihrer Haut und ihrer kastanienbraunen Haare steigt ihm in die Nase und er kommt sich vor wie in einem Traumland. Er lässt sich von ihr ins Zimmer ziehen und ergibt sich ihren Liebkosungen. Ihre Lippen drücken sich sanft auf die seinen und er spürt ihre Zunge in seinem Mund. Ohne ihn noch einmal loszulassen, schiebt sie ihn in die Richtung der Treppen, die zu ihrem Schlafzimmer führen, fängt an, sein Poloshirt aus seiner Hose zu ziehen und macht sich an seinem Gürtel zu schaffen. Langsam traut Tom sich dann auch, eine Hand unter ihre Bluse zu schieben und langsam und zärtlich über die seidige Haut ihres Rückens zu streicheln. Tom und Saskia verfallen in ihre erotischen Fantasien und sie lieben sich bis spät in die Nacht hinein.

./.

Am nächsten Morgen erwacht Tom früh. Nach dem ersten Schreck kommt er zur Besinnung und die Erinnerungen an die letzte Nacht kehren wieder. Ihm wird bewusst, dass er wieder einmal gegen seine Prinzipien gehandelt hat und sich mit einer verheirateten Frau eingelassen hat, bei der es keine Hoffnung auf eine Zukunft gibt. Saskia schläft noch tief und fest neben ihm und ihre Haare liegen wie ein Heiligenschein um ihr süßes Gesicht auf dem Kopfkissen. Sie ist eine bildhübsche junge Frau und er muss sich jetzt mächtig zurückhalten, um sie nicht in den Arm zu nehmen, um ihre weiche Haut auf der seinen zu spüren. Aber er ist sich auch bewusst, dass dies nicht geschehen darf, denn von diesen zukunftslosen Beziehungen hat er wirklich genug und er will es nicht noch mal durchmachen. Was in der Nacht passiert ist, hätte nicht sein sollen, aber sein Verlangen nach einer Frau war stärker als sein Kopf. Tom schaut sich im Zimmer um, es ist wirklich eine sehr schön eingerichtete Suite über zwei Ebenen, die Stühle und das Bett sind mit grünem Samt überzogen und er kann durch die offene Badezimmertür sehen, dass sich darin eine apricotfarbene herzförmige Badewanne befindet. Er kennt diese Suite bereits, er hatte schon einmal hier eine Nacht mit einer jungen, reichen verwöhnten Frau verbracht, in die er sich unsterblich verliebt hatte, und hinterher feststellen musste, dass er für sie nur ein Spielzeug war, und so wird es sich mit Saskia auch verhalten. Tom beschließt, sich anzuziehen und nach Hause zu fahren, bevor Saskia wach wird. Er schaut noch einmal zu ihr rüber in ihr ebenmäßiges hübsches Gesicht. Sie schläft noch immer fest und zufrieden. Leise steht er auf und sucht seine Sachen zusammen, die im Schlafzimmer, auf der Treppe und im Wohnzimmer verstreut sind. Auch im unteren Zimmer sind alle Sitzmöbel mit grünem Samt bezogen und die Böden sind mit einem helleren grünen flauschigen Teppich ausgelegt. Überall stehen frische Blumensträuße herum mit weißen Rosen, wahrscheinlich hat ihr Ehemann das veranlasst. Schnell zieht er seine Kleider an und geht ganz leise, ohne eine Nachricht zu hinterlassen, an die Tür. Er horcht noch mal nach oben, doch dort hört man nichts, nur das gleichmäßige leise Atmen von Saskia. Tom geht nach draußen und schließt ganz vorsichtig die Tür. Um nicht an der Rezeption vorbei gehen zu müssen, wählt er den Weg durch das Sporthotel und den hinteren Ausgang, der direkt auf den Parkplatz führt. Schnell geht er zu seinem Fahrzeug und macht sich auf den Weg nach Hause.

Zu Hause angekommen zieht er erst mal seine verknitterten Kleider aus und stellt sich unter die Dusche. Er lässt das Wasser lange laufen, so als müsste er sich die letzte Nacht runterspülen. Es hat ihm zwar Spaß gemacht, aber es entspricht wieder dem, wo er sich ganz fest vorgenommen hat, es nie wieder so weit kommen zu lassen. Aber das Fleisch ist schwach und mit ein bisschen Alkohol wird wohl auch seine Willensstärke gebrochen. Nachdem Tom ausgiebig geduscht hat, legt er sich noch mal auf sein Bett und versucht, noch ein wenig zu relaxen, es ist erst 6.00 Uhr morgens und er hat noch genügend Zeit, bis er wieder ins Hotel muss. Tom versucht, noch ein wenig zu schlafen, denn von dem Champagner fängt sein Kopf ein wenig an zu schmerzen, und das würde ihn dann den ganzen Tag belasten. Er liegt ruhig auf seinem großen weißen Bett und überlegt, wie er Saskia sein Verschwinden erklären soll, ohne sie zu verletzen. Denn sie wollte wohl nur ein wenig Spaß haben und konnte nicht wissen, dass er auf der Suche nach einer festen Beziehung ist und eine Familie gründen will. Sich einfach so aus dem Staub zu machen, war wohl nicht die netteste Art, eine solche Nacht zu beenden. Aber für ihn bei klarem Verstand ist es die einzig mögliche Lösung gewesen, er hätte ihr nicht direkt sagen können, dass das nur eine einmalige Sache gewesen ist und es keine Wiederholung geben wird. Hätte sie ihm in die Augen geschaut, wäre er nicht stark genug gewesen, die Wahrheit zu sagen. Tom grübelt vor sich hin und ihm fallen dann doch noch mal die Augen zu. Als er erwacht, ist es bereits 9.00 Uhr und zum Glück sind seine Kopfschmerzen wie weggeblasen. Er geht in die Küche und kocht erst einmal einen starken Kaffee und bereitet sich sein morgendliches Früchtemüsli zu. Nachdem er nochmals ausgiebig geduscht hat, fühlt er sich wieder fit und geht in die Küche zurück, um zu frühstücken. Der starke Kaffee belebt seine Glieder, und er setzt sich mit seinem Müsli auf die weiße Ledercouch. Er muss wieder an Saskia denken und bereitet sich auf die mit Sicherheit aufkommende Diskussion mental vor. Am einfachsten wäre es, wenn Saskia ebenfalls die ganze Angelegenheit auf sich beruhen lassen würde, aber das wird ihr Stolz bestimmt nicht zulassen. Um 10.30 Uhr packt er seine Sachen zusammen und geht zu seinem Auto, um ins Hotel zu fahren.

Im Hotel wird er schon aufgeregt von Paula erwartet. „Hallo, Tom, guten Morgen. Du sollst umgehend Frau

Salzmann anrufen oder in ihrer Suite vorbeikommen. Sie möchte dich sofort sprechen, sobald du das Hotel betrittst."

Tom: „Guten Morgen, Paula, sofort werde ich das bestimmt nicht tun, wie sieht denn mein Terminkalender heute aus?"

Paula: „Ziemlich voll, bei dem schönen Wetter wollen alle Leute Golf spielen."

Tom: „Trage bitte um 19.00 Uhr Frau Salzmann ein,

für die Driving Ranch."

Paula: „Vielleicht will sie den Termin verlegen, sie hat aber ziemlich erregt geklungen."

Tom: „Nein, ich denke eher, dass sie diesen Termin absagen will."

Paula grinst und sagt: „Tom, hast du etwa mal wieder eine Frau verärgert, du schaffst es aber immer wieder, die Frauen rumzukriegen."

Tom reagiert gereizt: „Ich habe sie nicht rumgekriegt und außerdem habe ich das niemals gemacht, wenn etwas passiert ist, waren es fast immer die Frauen, die mich verführt haben und nicht andersrum. Auf was willst du eigentlich hinaus?"

Paula: „Tommilein, ich wollte dich nicht verärgern, aber du willst doch nicht leugnen, dass du schon einige Hotelbetten kennengelernt hast."

Tom: „Ja, aber das ist schon eine Zeit lang vorbei, es ist nur nicht einfach, bei den vielen hübschen Frauen immer standhaft zu bleiben. Wo kann ich in Ruhe telefonieren.?"

Paula: „Komm, du kannst im Büro hinter der Rezeption telefonieren, ich passe auf, dass niemand dich stört."

Tom: „Okay, Paula, aber ich möchte wirklich ungestört bleiben und keine Horcher an der Tür haben. Welche Telefonnummer hat Frau Salzmann?"

Paula: „Du weißt doch, dass die Durchwahl gleich ist mit der Zimmernummer."

Tom: „Paula, bitte, jetzt hör auf damit, welche Zimmernummer hat Frau Salzmann?"

Paula lächelt verschmitzt und sagt ihm dann die richtige Nummer.

./.

Tom geht in das kleine Büro und wählt die Nummer 335 und versucht, dabei einen gleichgültigen Ton anzuschlagen.

Nach dem ersten Klingelzeichen ist sie direkt am Apparat. Salzmann kommt aggressiv durch die Muschel.

„Hallo, guten Morgen, Saskia", sagt Tom übertrieben

freundlich durch das Telefon. Sofort fängt sie an, ihn anzuschreien, was ihm einfallen würde, einfach so zu verschwinden und sie allein dort liegen zu lassen. Das wäre eine absolute Unverschämtheit, das hätte noch kein Mann mit ihr gemacht und das hätte sie auf gar keinen Fall nötig. Sie sei so wütend, dass sie am liebsten zum Hoteldirektor gehen würde, um sich zu beschweren, aber das wäre ja leider nicht möglich.

Tom: „Nun beruhige dich erst einmal, Saskia, ich weiß selbst, dass es nicht die netteste Art war, sich zu verabschieden, doch ich musste wieder einen klaren

Kopf bekommen und außerdem bist du verheiratet und eigentlich hätte es nicht geschehen dürfen, das weißt du doch selbst."

"Willst du mir damit sagen, dass es dir keinen Spaß gemacht hat", kommt es giftig durchs Telefon.

„Doch das hat es, Saskia, aber es darf nicht wieder vorkommen."

"Was, warum nicht, du kannst mich doch nicht einfach fallen lassen wie eine heiße Kartoffel, ich möchte dich wiedersehen."

Saskia, wir können uns gerne wiedersehen, aber nur zu Golfstunden, wenn du das noch möchtest, aber es wird keinen Drink danach mehr geben, es tut mir leid"

"Was, das ist nicht dein Ernst, ich werde von nun an kein gutes Haar mehr an dir lassen und jedem, der Golf spielen lernen möchte, erzählen, wie schlecht du als Lehrer bist."

„Davon kann ich dich leider nicht abhalten, obwohl du weißt, dass dies nicht der richtige Weg ist. Ich kann sehr gut verstehen, dass du jetzt verletzt bist, aber mein Entschluss steht fest und ich werde daran nichts ändern. Ich hätte gestern Abend stärker sein müssen und der Herausforderung widerstehen, das ist das, was du mir mit Sicherheit als Fehlverhalten ankreiden kannst. Doch geschehen ist geschehen, und ich kann es nicht mehr rückgängig machen, das musst du einfach akzeptieren. Du liebst deinen Mann und der wird am Wochenende wieder bei dir sein und ich werde allein sein, du hast also keinen Grund, unglücklich über die Situation zu sein."

"Ich habe dir doch erzählt, dass Peter nur selten Zeit

für mich hat und mir deswegen oft langweilig ist, und ich dachte, dir geht es genauso."

„Nein, Saskia, ich habe keine Langeweile und ich habe auch keine Lust, als Lückenbüßer zu agieren, ich möchte eine richtige Beziehung und nicht nur ein Verhältnis. Ich habe keinen Spaß mehr an Verhältnissen mit verheirateten Frauen."

„Aber Tom, ich bin doch nur sehr selten hier im Hotel, dann könntest du dir doch etwas Zeit für mich reservieren, ist das denn wirklich zu viel verlangt?"

„Saskia, es tut mir leid, aber ich kann das nicht länger tun."

„Okay, Tom, wie du willst, aber du wirst noch an mich denken, und die Golfstunde heute Abend kannst du streichen. Ciao."

Saskia knallt den Hörer auf, dass es in seinem Ohr nachhallt. Er zuckt zusammen und legt den Hörer ebenfalls auf. Okay, also hat er heute Abend noch eine Golfstunde frei. Tom erhebt sich langsam vom Stuhl und geht aus dem Büro raus und sagt im Vorbeigehen zu Paula: „Du kannst Frau Salzmann heute Abend wieder aus meinem Terminkalender streichen."

Paula schüttelt den Kopf und holt den Terminkalender heraus.

Tom geht mit verärgerter Miene in Richtung Driving Ranch, wo um 11.00 Uhr die Stunde mit den drei Damen stattfinden soll. Von Weitem hört er schon das Geschnatter der drei. Als er näherkommt, verstummen die drei.

„Guten Morgen die Damen“, sagt Tom, „sind Sie bereit für die erste Stunde?“

"Natürlich, wir sind allzeit bereit, sind Sie sicher, dass Sie heute Morgen fit genug sind für uns?"

Tom erwidert, dass er ihnen das gleich zeigen wird. Die beiden Golfstunden verlaufen dann auch problemlos und es hat ihm auch Spaß gemacht. Über die witzigen Äußerungen der Damen vergisst er dann auch das ärgerliche Gespräch mit Saskia.

Der restliche Tag verlief anschließend ruhig und ohne Probleme. Er hatte zwar ein schlechtes Gewissen wegen Saskia, aber er war sich sicher, dass er das Richtige getan hatte. Um 17.00 Uhr hatte er die letzte Golfstunde für heute in seinem Terminkalender und danach würde er auch direkt nach Hause fahren und sich ausruhen, die letzte Nacht steckte ihm natürlich noch ziemlich in den Knochen und er merkte es an seinem ganzen körperlichen Ablauf. Seine Bewegungen waren an

diesem Tag nicht die schnellsten und sein Kopf war auch nicht besonders klar. Alkoholisierte Nächte waren für ihn immer am nächsten Tag ein Problem, aber das kannte er bereits aus seiner Jugendzeit. Nachdem er die letzte Golfstunde glücklicherweise hinter sich gebracht hatte, ging er noch mal zurück zum Hotel, um nachzusehen, ob noch Nachrichten für ihn dort lagen und wie die Termine am morgigen Tag gelegt waren. Wenn nicht so viel los war, könnte er vielleicht noch mal zum See gehen und ein bisschen relaxen, aber das war im Sommer eher selten. Nach dem kurzen Fußmarsch zum Hotel ging er zur Rezeption. Paula hatte bereits frei und er fragte bei der Abendschicht nach seinem Terminplan und ob Nachrichten für ihn da waren. Mit dem Sonnenbad am See sah es schlecht aus für den nächsten Tag, Paula ließ ihm nur wenig Zeit für seine Freizeit, er konnte sich denken warum. Nachrichten lagen, wie er sich schon gedacht hatte, nicht für ihn vor. Tom gab dem Mädchen an der Rezeption, das Verena *hieß, den Terminkalender zurück und verabschiedete sich. Langsam ging er über den Hotelparkplatz zu seinem Auto und unterhielt sich dabei noch mit einigen Hotelgästen, die er schon seit einigen Jahren kannte und die auch Golfstunden bei ihm genommen hatten. Sie unterhielten sich über Golf und das Wetter, jede Menge belanglose Gespräche, wie das so üblich war, wenn man sich unerwartet traf. Als er sein Auto erreicht hatte, beschloss Tom, noch einige Sachen einzukaufen und einen gemütlichen Abend zu Hause zu verbringen. Tom fuhr in den Ort und ging in den einzigen kleinen Supermarkt im Ort, wo man etwas kaufen konnte. Er kaufte Spaghetti, Hackfleisch, Tomaten und noch einige Getränke und fuhr dann nach Hause. Zuerst hörte er dort den Anrufbeantworter ab, aber es waren keine wichtigen Nachrichten darauf. Tom schaltete das Fernsehen an und ging in die Küche, um sein Abendessen vorzubereiten. Er liebte seine scharfe Hackfleischsoße mit frischen Tomaten, scharfem Paprika und Chilischoten. Während er mit seinem Abendessen von dem Fernseher saß, klingelte das Telefon.*

Teil 2

Tom geht ans Telefon und meldet sich. Am anderen Ende hallt ihm ein undeutliches „Allo Tom“ entgegen, „hier ist Khalid aus Riad.“ Khalid al-Sayyran ist ein guter Freund von Tom, der jedes Jahr mit seiner gesamten Familie sich einige Wochen im Hotel Mayrshof aufhält und dann immer, soweit seine Freizeit das möglich macht, einiges mit ihm unternimmt. Der Vater hat mit Ölgeschäften sehr viel Geld verdient, aber lässt sich das nicht anmerken, er ist ein strenger Muslim und lebt nach seinen Glaubensrichtlinien, mit ein paar kleinen Änderungen, wenn er sich in Europa befindet. Seine Frau ist eine Christin, die zwar in Saudi-Arabien geboren ist, aber eine deutsche Mutter hat, und lässt sich von ihrem Mann nichts sagen, eher er von ihr. Khalid ist inzwischen 26 Jahre alt und der älteste Sohn der Familie, danach kommt Amir mit 23 Jahren und das Nesthäkchen Aisha, die inzwischen auch schon 18 Jahre alt sein müsste. Tom hat in den letzten drei Jahren sehr viel Spaß mit den beiden Jungs gehabt, sie haben zusammen Golf gespielt oder abends verschiedene

Diskotheken oder Nightclubs besucht. Auf jeden Fall hatten sie immer sehr viel Spaß miteinander.

Khalid erzählte ihm, dass seine Familie vergessen hatte, im Hotel Zimmer zu reservieren, und dass sie doch wie jedes Jahr wieder Anfang August reisen wollten, weil es zu dieser Zeit in Saudi-Arabien unerträglich wäre. Er bat Tom, sich doch direkt vor Ort darum zu kümmern, dass wieder eine Suite für drei Personen und eins der besseren Doppelzimmer, d. h. mit Balkon und Seeblick und einem großen Bad, reserviert werden sollten für circa sechs Wochen, länger konnten sie dieses Jahr nicht bleiben, weil er jetzt alt genug war, um in das Unternehmen seines Vaters einzusteigen, und der Termin wäre für Ende September vorgesehen, und er brauchte noch ein bisschen Zeit, um sich vorzubereiten.

Tom plaudert noch ein wenig mit Khalid über das letzte Jahr und verspricht, direkt anzurufen, wenn er alles geklärt hat mit der Unterbringung im Hotel. Er lässt sich noch mal die genaue Telefonnummer geben, und die beiden beenden dann das Gespräch. Als Tom dann zu seinem Abendessen zurückkommt, ist das natürlich kalt und schmeckt abscheulich. Er ärgert sich, dass er sich so viel Mühe gegeben hat zu kochen und das Ganze jetzt wegwerfen kann. Trotz allem war es nett, mal wieder mit Khalid geplaudert zu haben, der sich hier immer auslebt, was er in Saudi-Arabien nicht machen kann, dort ist für ihn immer alles viel strenger und nach Plan. Sie hatten jedes Jahr viel Spaß mit verschiedenen Mädchen gehabt, er wird ihm diesmal beibringen müssen, dass diese Exzesse für ihn nicht mehr infrage kommen. Er wird natürlich mitgehen zum Tanzen oder Baden, jedoch hat er inzwischen seine Grenzen in seinem Leben gezogen und die wird er nicht noch mal brechen. Die letzte Nacht und das Gespräch mit Saskia am Morgen kamen wieder unangenehm in Erinnerung, obwohl es jetzt schön wäre, wieder mit ihr zusammen zu sein. Kein Mensch ist für das Alleinsein geboren, sondern für die Gemeinschaft. Er musste auch noch aus einem anderen Grund seine nächtlichen Aktivitäten mit Khalid und Amir einschränken. Die beiden waren nach einigen Wochen wieder weg und lebten ihr normales Leben in ihrem Land, und keiner fragt nach dem, was in diesen Wochen geschehen ist. Er jedoch muss weiter hier leben und er kann es sich nicht leisten, dass schlecht über ihn gesprochen wird. Es gibt so viele Dinge, die man hier in einem solch kleinen Ort nicht machen kann, ohne dass es durch alle Münder geht, das ist in einer Stadt viel einfacher, man kann einiges vertuschen. Das Landleben hat seine Vor- und seine Nachteile, wie fast alles im Leben. Trotzdem freute er sich, dass die beiden wieder eine Zeit lang hier sein werden, sie hatten auch immer viel Spaß beim Golfspiel oder bei gelegentlichem Fußballspielen oder beim Schwimmen. Schade, dass al-Sayyrans immer nur im Sommer kamen, im Winter hätte er viel mehr Zeit und könnte viel mehr mit ihnen unternehmen. Ihm war im Winter oft langweilig. Da er im Sommer keine Zeit hatte, sich um Freundschaften zu kümmern, war er auch im Winter ziemlich allein. Bis auf ein paar wenige Einheimische und die Mitarbeiter vom Hotel, zu denen er keinen privaten Kontakt pflegte, und aufgrund seiner Stellung im Hotel dies auch nicht wollte, kannte er nur wenige Menschen in Sulzberg, obwohl er schon drei Jahre hier lebte. Seine geringe Freizeit ließ es nicht zu, dass er sich intensiver darum kümmerte. Tom gähnte herzhaft, inzwischen war es schon recht spät geworden und nach der letzten Nacht fehlte ihm noch etwas Schlaf und die Nachwirkungen vom Alkohol machten ihm *etwas zu schaffen, er trank sehr selten Alkohol, manchmal ein Glas Whiskey am Abend vorm Einschlafen, deshalb machte es ihn immer ziemlich fertig, wenn er einmal am Abend etwas zu viel trank, so wie gestern mit Saskia Salzmann. Sie hatten zusammen zwei Flaschen Champagner getrunken, und er hatte zum Schluss wesentlich schneller getrunken als Saskia. Dass beide Flaschen auf Saskias Rechnung gegangen sind, war ihm jetzt sehr peinlich, gestern Abend hatte er gar nicht darüber nachgedacht. Vielleicht kann er morgen mit Jürgen sprechen und noch mal eine Flasche von ihrer Rechnung streichen lassen. Solange noch keine Rechnung gestellt ist, ist es bestimmt noch möglich, anderenfalls ist es nicht mehr zu ändern und wird ihr auch nicht weh tun. Was er nach wie vor nicht verstehen kann, ist, warum sich ältere Männer junge attraktive Mädchen zur Frau nehmen und sich dann wochenlang nicht um sie kümmern. Dass dann so etwas geschieht, wie gestern Abend, ist doch fast vorprogrammiert, und er macht sich auch keine Illusionen, da war er nicht der Erste. Wahrscheinlich macht sie das in fast jedem Hotel, um sich die Zeit zu vertreiben. Er konnte sie nur zu gut verstehen, sie war jung, hübsch und vernachlässigt und das machte sie unglücklich. Zum Glück gibt es genügend Männer, die sich damit begnügen, nur ein paar schöne Nächte zu haben, die vielleicht in einer ähnlich unglücklichen Beziehung leben. Unglücklich ist nicht der richtige Ausdruck, unglücklich ist sie nicht, sie ist nur einsam und das macht irgendwann aggressiv. Vielleicht sollte sie ein Kind bekommen, das würde ihr Leben verändern.*

Warum machte er sich eigentlich so viele Gedanken um die Probleme von Saskia Salzmann, er hatte selbst genug. Er war auch mit seinem Leben und dem Alleinsein nicht zufrieden und würde diesen Zustand gerne ändern. Das gestaltet sich allerdings schwieriger, als er sich das vorgestellt hat.

Saskia Salzmann hatte sich nach dem Telefonat mit Tom so geärgert, dass sie sich wieder ins Bett gelegt hatte und nach dem Hörer griff und ihren Mann Peter anrief. Der fragte gleich, ob etwas nicht in Ordnung wäre, da sie so früh schon anrufen würde, normalerweise würde sie zu dieser Zeit doch noch schlafen. Saskia konnte ihm nicht die Wahrheit erzählen und merkte erst jetzt, dass es ziemlich töricht war, Peter jetzt anzurufen. Sie erzählte ihm, dass sie schreckliche Kopfschmerzen hätte und ganz schlecht geschlafen hätte in diesem unbequemen Bett. Peter erwiderte, dass er sich im Laufe des Tages mit dem Hotelbesitzer in Verbindung setzen würde und veranlassen würde, dass sie ein besseres Zimmer bekommt. Da er sich wieder in einer wichtigen Besprechung befand, beendete er dann das Gespräch und Saskia blieb wieder allein mit ihrem Ärger. Sie lag im Bett und überlegte, wie sie sich an Tom rächen konnte. Auf jeden Fall würde sie keine weiteren Golfstunden bei ihm nehmen, somit hatte er eine Schülerin weniger und damit einen finanziellen Verlust. Zwar keinen sehr großen, aber immerhin. Weiter fiel ihr jetzt auf die Schnelle nichts ein und es war auch schwierig, sie wusste nicht, welchen Ruf Tom im Hotel genoss, und es durfte nichts herauskommen, das machte die Sache umso schwieriger. Sie beschloss, sich am Abend mit Jürgen an der Bar über Tom zu unterhalten, vielleicht würde sie dort eine Schwachstelle herausfinden. Auch ein Tom Masters hat irgendwo einen Punkt, an dem er verletzbar ist.

Als Tom an nächsten Morgen ins Hotel kam, ging er direkt zu Rezeption, um die Reservierung der Zimmer vorzunehmen. Paula hatte zum Glück wieder Dienst, mit ihr konnte man schwierige Aufträge immer am besten klären.

„Guten Morgen, Paula, wie geht es dir, du siehst gut aus heute Morgen."

„Guten Morgen, Tom. Hör auf, mir Komplimente zu machen, sonst komme ich wieder auf seltsame Gedanken. Du siehst noch ziemlich verschlafen aus, hast du schon wieder eine lange Nacht hinter dir?"

„Nein, Paula, ich war grundsolide zu Hause und habe mir eine Kleinigkeit zu essen gemacht. Ich habe noch nicht mal ein geliebtes Glas Whiskey vor dem Einschlafen getrunken, ich glaube, du hast mich nicht richtig angeschaut. Ich habe gestern Abend einen netten Anruf erhalten, kannst du dich an al-Sayyrans erinnern, die fast jeden Sommer aus Saudi Arabien hierherkommen, um den Sommer hier zu verbringen?"

„Na klar, die sind immer supernett und haben, wenn ich mich recht erinnere, zwei Söhne und eine Tochter", kam prompt Paulas Antwort auf Toms Frage.

„Ja, genau, Paula, da erinnerst du dich richtig. Die Familie hat nur im Moment das Problem, dass sie noch nicht reserviert haben, und möchten Anfang August für circa sechs Wochen kommen. Natürlich wieder nur die besten Zimmer und wenn möglich alle im Haupthaus. Die Tochter soll mit in die Suite der Eltern. Kannst du mal nachschauen, ob das möglich ist?“

Paula geht gleich zum Reservierungsbuch und blättert vor bis zum August. Sie sagt zu Tom, dass es gar nicht gut aussieht und dass es bestimmt ziemlich schwierig werden würde. Paula notiert sich ganz genau, ab wann die Familie kommen möchte und was sie genau an Zimmern benötigt, eine komfortable Suite für drei Personen und ein geräumiges Doppelzimmer für die beiden Söhne. Sie bittet Tom, am frühen Nachmittag noch mal bei ihr vorbeizukommen, sie würde versuchen, alles bis dahin zu klären.

Tom lässt sich noch mal seinen eigenen Terminkalender geben und schaut, wer als Erstes dran ist. Wieder seine drei Lieblingsdamen vom "Kegelclub", wie er scherzhaft über die Damen denkt, und macht sich gleich auf den Weg zur Driving Range, um alles vorzubereiten, damit er gleich mit den Übungen anfangen konnte, wenn "die drei" eintrafen. Durch das viele Geschnatter der Ladys waren die zwei Stunden immer schnell vorbei und er musste erst noch mal ein paar grundlegende Dinge der ersten Stunden mit ihnen durchgehen, um zu erkennen, was überhaupt davon hängengeblieben ist.

Tom war umso erstaunter, als die Damen voll motiviert eintrafen und ganz versessen darauf waren, mehr zu lernen. Auch von dem, was er in den beiden vorherigen Stunden vermittelt hatte, war erstaunlicherweise einiges hängengeblieben. Er sagte den dreien auch, dass er sehr überrascht sei und damit eigentlich nicht gerechnet hätte. Es wäre in den letzten Stunden so viel gelacht und gealbert worden, dass er davon ausgegangen ist, noch mal alles erklären zu müssen. Frau Weber, die Kräftigste von den dreien, erklärte ihm, dass immer eine aufpasst und die anderen ihre Späße machen, und das immer abwechselnd, sodass man abends beim gemütlichen Beisammensein noch mal alles zusammen durchgehen kann und jede den Teil, den sie mitbekommen hatte, den anderen erzählte, so gehe wenig von dem Ganzen verloren und sie hätten abends immer noch mal ein Thema und ihren

Spaß. Den Spaß sollte das Ganze doch machen, sonst ließen sie es lieber sein

Tom erwidert, dass er das sehr beeindruckend findet und dass das Wichtigste am Golf lernen, der Spaß ist und so soll es auch bleiben. Er freut sich, endlich mal wieder Schülerinnen zu haben, die wirklich mit Spaß, Freude, Energie und Motivation an die Sache herangehen, und hofft, dass es auch so bleibt. Frau Eller wirft ein, dass

es bestimmt so bleibt, solange er ihr Golfpro ist und alles auf eine so nette Art und mit diesem entzückenden Akzent vermittelt. Tom bedankt sich für das Kompliment und beginnt dann mit der nächsten Stunde.

Als die beiden Stunden vorbei waren, ging Tom mit den drei Damen zu Rezeption zurück, um die nächsten zwei Stunden festzulegen. Am liebsten würden die drei jeden Tag spielen, aber am nächsten Tag war schon nichts mehr frei, was die Damen sehr enttäuschte. Sie reservierten dann direkt für den übernächsten Tag und verabschiedeten sich von Tom. Paula lächelt ihn an und fragt, ob er Spaß gehabt hat. Tom antwortet, er wäre froh, wenn er nur so lustige und lebensfrohe Damen zu unterrichten hätte. Es wäre zwar anstrengend, aber sehr lustig.

„Paula, wie sieht's denn aus, hast du Zimmer für al-Sayyrans reservieren können?"

„Ja, Tom, ich schätze, dass ich das Richtige für deine Freunde gefunden habe. Aber auch nur, weil Frau Salzmann umgezogen ist, sie hat sich beschwert, dass die Betten in Suite 335 schlecht wären und sie lieber ein anderes Zimmer haben möchte. Wir haben sie jetzt ins Seehaus verfrachtet, das Zimmer ist zwar um einiges kleiner, aber sie wollte es dann unbedingt haben, weil ihr der Blick auf den See so gut gefallen hat. Also habe ich ab 01.08. die Suite 335 für al-Sayyrans reserviert, dort stehen drei Betten zur Verfügung und ein Doppelzimmer ebenfalls im Haupthaus, allerdings auf einer anderen Etage, was den beiden Söhnen bestimmt nicht so ungelegen kommt."

Tom lächelt und sagt: „Das hast du wieder einmal super gemacht, Paula, ich bin stolz auf dich. Ich weiß, dass ich mich hundertprozentig auf dich verlassen kann. Al-Sayyrans werde ich heute Abend, wie mit Khalid vereinbart, anrufen und ihnen mitteilen, dass ihrer Anreise nichts mehr im Wege steht. Die werden

froh sein, der arabischen Hitze entfliehen zu können."

„Danke, Tom", erwidert Paula, „du weißt doch, dass ich

für dich fast alles tun würde."

Tom winkt Paula noch mal zu und begibt sich zum Parkplatz, um nach Marienheide zu fahren, denn heute ist der Nachmittag wieder für Herrn Peters reserviert.

Im Laufe des Tages zog Saskia Salzmann in ihr neues Zimmer im Seehaus. Nachdem sie alle ihre Sachen wieder in ihre Koffer verpackt hatte, rief sie den Zimmerservice an und ließ alles in das neue Zimmer bringen. Sie konnte jetzt nicht mehr zurück. Nachdem Peter angerufen hatte und sich über die Betten in der Suite beklagt hatte und dieser sich dann dafür eingesetzt hat, dass sie ein anderes Zimmer bekommt. Das Zimmer im Seehaus war bei Weitem nicht so luxuriös wie die Suite, aber auch ganz nett. Jetzt darauf zu bestehen, in der Suite bleiben zu wollen, wäre doch etwas verdächtig und das wollte sie nicht. Außerdem hatte sie von dort einen wunderschönen Blick über den gesamten See und von der Suite aus lediglich auf die Berge, die zwar beruhigend wirkten, aber für sie ohne Leben waren, wobei auf dem See ständig Bewegung herrschte. Nachdem sie in ihrem Seeblickzimmer wieder alles verstaut hatte, was bei der Anzahl ihrer Koffer sehr schwierig war, war Saskia völlig erschöpft und beschloss, zur Entspannung ein Bad zu nehmen. Peter muss seine Kleider im Koffer lassen, wenn er am Wochenende zu Besuch kommt, es ist kein bisschen Platz mehr in diesen Schränken, dachte sie. Das war ihr auch egal, sie brauchte schließlich den Platz und musste sich hier in diesem Zimmer wohlfühlen. Wenn er sie schon ständig allein ließ, musste sie sich ihr Leben so bequem wie möglich einrichten. Manchmal fragte sie sich wirklich, warum sie Peter eigentlich geheiratet hatte. Das große Verliebtsein war schon längst vorbei, und in den Anfangszeiten hatte sie ihn fast öfter gesehen als jetzt, wo sie verheiratet waren. Er hatte sie, so oft er konnte, besucht oder sie zu sich bringen lassen, um mit ihr zusammen zu sein. Er hatte sie mit Blumen und Geschenken überhäuft, das hatte ihr natürlich gefallen und sie fühlte sich geschmeichelt. Sie hatte sich richtig verwöhnen lassen, so hatte sich vorher noch kein Mann um sie bemüht. Eines Tages hatte er sie zum Hotel Mayrshof bringen lassen, von Düsseldorf aus mit einem privaten Hubschrauber, das war wahnsinnig aufregend und am nächsten Morgen hatte er ihr einen Heiratsantrag gemacht und sie hat freudig zugestimmt. Nach ihrem "Ja" hat er sie bei der Hand genommen und ist mit ihr zum Hoteleingang gegangen, und dort stand ein schwarzer Porsche mit einer riesigen roten Schleife, und er übergab ihr die Schlüssel. Das war sein Geschenk an sie auf ihre Antwort. Sie fühlte sich damals wie im siebten Himmel und hätte Peter am liebsten nie mehr losgelassen. Die Realität hatte sie nach ihrer Hochzeit schnell eingeholt. Die ersten Monate hatte sie die meiste Zeit in der Villa in Düsseldorf gesessen, bis es ihr zu langweilig wurde und sie ein Gespräch mit Peter geführt hatte, wie man diesen Zustand ändern konnte, sie hatte ihn in manchen Monaten nur drei bis vier Tage gesehen. Seitdem reiste sie immer in die Hotels, in denen sich Peter am Wochenende aufhalten würde, das machte ihr Leben auch nicht sehr viel interessanter, außer dass sie sehr viel unterwegs war und überwiegend aus dem Koffer lebte. Peter war selbst schuld, dass sie sich ihren Spaß öfter mal woanders nahm, sie war schließlich keine Puppe, die man einfach irgendwo hinsetzen konnte. Was ihr jetzt mit Tom Masters passiert war, entsprach allerdings in keiner Weise ihrer Vorstellung und das würde sie ihn noch spüren lassen.

Saskia lag in der Badewanne und überlegte, wie sie an Informationen über Tom herankommen konnte, ohne Verdacht zu erwecken. Sie würde es erst einmal heute Abend an der Bar versuchen, Jürgen hatte gestern Abend einige Bemerkungen gemacht, die darauf schließen ließen, *dass Tom öfter Verhältnisse mit Gästen aus dem Hotel hatte. Wenn der Hotelbesitzer, Herr Mayrs, das hört, wird es vielleicht Ärger für ihn geben. Aber erst einmal brauchte sie Informationen darüber, ob das auch wirklich so ist.*

Nach dem belebenden, wohltuenden Bad fing sie an sich für den Abend bereit zu machen. Sie beschloss, sich heute besonders sexy anzuziehen, den

sie kannte ihre Wirkung auf Männer nur zu gut.

Nach dem Abendessen ging sie direkt an die Bar und begrüßte Jürgen wie einen alten Freund. Sie bestellte sich ein Glas Champagner und setzte sich auf einen Hocker an der Bar. Es war noch nicht viel los hier, weil die meisten Gäste noch beim Abendessen waren, sodass sie gleich die Gelegenheit nutzte, Jürgen in ein Gespräch zu verwickeln. Alle Versuche, etwas über Tom zu erfahren, was sie gegen ihn verwenden konnte, verliefen im Sand. Hier steckten wahrscheinlich alle unter einer Decke, es kam ihr so vor, als ob Jürgen gemerkt hätte, was sie wollte, und deswegen immer nur in den positivsten Tönen von Tom sprach. Demnach war Tom ein "Wiener Sängerknabe", über den es nichts Negatives zu sagen gab. Nun ja, hier kam sie nicht weiter, sie würde Tom beobachten müssen, irgendwann würde sie etwas gegen ihn in der Hand haben und dann zuschlagen. Ihre Zeit würde kommen.

Tom kam an diesem Tag erst spät abends nach Hause, nach dem Spiel mit Herrn Peters hatte dieser ihn noch zum Essen eingeladen und er hatte dankend angenommen. Da er an diesem Tag noch nichts gegessen hatte, kam ihm das ganz gelegen und sie hatten ein paar zusätzliche Stunden Zeit, sich zu unterhalten. Man konnte mit Herrn Peters so wunderbar über Dinge philosophieren, über die er sonst keine Gelegenheit hatte, zu reden. Die Zeit ging dann immer wie im Flug vorüber, inzwischen war es 21.00 Uhr und er wollte auf jeden Fall noch Khalid anrufen. Hätte er nicht versprochen, heute anzurufen, wäre er bestimmt bis in die Nacht hinein mit Herrn Peters sitzen geblieben. Aber er war jemand, der immer gern einhielt, was er versprach, und das auch in den meisten Fällen umsetzte.

Tom suchte die Telefonnummer von Khalid heraus und wählte langsam die Nummer. Es dauerte nicht lange und er hatte ihn am Apparat, er hatte bereits auf seinen Anruf gewartet. Die Verbindung nach Saudi-Arabien war nicht die beste und man hörte immer seine eigene Stimme am anderen Ende widerhallen. Khalid war erfreut, ihn zu hören, und fragte gleich, ob er für ihn Zimmer reservieren lassen konnte. Tom teilte ihm mit, dass sie am 1. August anreisen könnten und dass eine Suite mit drei Betten und ein Doppelzimmer im Haupthaus auf den Namen al-Sayyran reserviert, sei für sechs Wochen. Khalid bedankte sich bei Tom für seine Mühe und sagte, er freue sich, ihn wieder zu sehen. Die beiden verabschiedeten sich und Khalid versprach, ihm noch mitzuteilen, wann genau sie in Sulzberg eintreffen würden.

Als Tom auflegt und sich auf sein Sofa setzt, merkt er erst, wie müde er ist. Er genehmigt sich noch ein Glas Whiskey, schaut sich die Abendnachrichten an und geht noch mal gedanklich das Gespräch mit Herrn Peters durch. Es ist beeindruckend, wie fit und jung dieser Mann geblieben ist, so kann er sich vorstellen, im Alter auch zu sein. Allerdings kann er auf die Schicksale, die dieser Mann erleiden musste, gerne verzichten, seinen einzigen Sohn durch einen betrunkenen Autofahrer zu verlieren und ein paar Jahre später die einzige Frau, die er je geliebt hat, an Krebs. Das sind Schicksale, die einen Menschen normalerweise aus der Bahn werfen, es zeugt von menschlicher Stärke, sein Leben anschließend wieder gut in den Griff zu bekommen, damit es wieder lebenswert ist. Für Tom ist der Gedanke schon unerträglich, einen geliebten Menschen zu verlieren, und dann auch noch sein eigenes Kind zu verlieren ist das Schlimmste, was er sich vorstellen kann. Er hat Angst davor, dass seinen Eltern etwas passieren könnte, denn beide sind jetzt schon recht alt und früher oder später wird er eine entsprechende

Nachricht erhalten und dann Hals über Kopf nach Wales fliegen müssen. Das würde die schlimmste Fahrt seines Lebens werden, dessen ist er sich bewusst. Er muss sich so bald wie möglich mit seinem Vater versöhnen; ihn zu verlieren, ohne sich vorher mit ihm ausgesprochen zu haben, würde er sich nie verzeihen.

./.

Die nächsten Wochen verliefen sehr ruhig, er hatte sehr viel zu tun und es machte ihm Spaß, von morgens bis abends beschäftigt zu sein. Zwischenzeitlich reiste Herr Peters wieder ab, sodass er auch wieder mehr Nachmittage zur Verfügung hatte, um Termine zu vergeben. Es tat Tom zwar leid, dass sein Golfpartner weg war, denn die Matches mit ihm waren auch für ihn selbst immer ein sehr gutes Training. Zurzeit hatte er sehr viele Anfänger, was zwar sehr *lustig war in den meisten Fällen, denn die anfänglichen Schwierigkeiten und Verdrehungen der Finger ließen ihn immer innerlich lächeln. Das konnte er seinen Schülern nicht zeigen, das würde diese entmutigen. Es war für ihn weniger anstrengend, die Anfänger zu unterrichten, und er wurde dabei nicht viel gefordert. Das fehlte ihm manchmal so sehr, dass er oft abends allein zum Golfplatz ging und einige Loch spielte. Leider verbrachte er mit den Anfängern einige Zeit auf der Driving Range, bevor er mit den Schülern zum freien Übungsplatz gehen konnte. Der diesjährige Sommer war der schönste, den er, seit er in Germany war, erlebte. Es hatte bereits seit Wochen nicht mehr geregnet, höchstens nachts ein wenig. Dadurch war alles trocken, aber die Sonne machte einfach eine tolle Stimmung für jeden und viele Gäste wollten Golf spielen, weil es, bis auf die ersten Stunden auf der Driving Ranch, ein Außensport ist. Die Tage vergingen im Flug, und es war keine Minute langweilig. Saskia Salzmann war noch immer im Hotel, vermutlich würde sie den gesamten Sommer im Hotel verbringen. Sie würdigte ihn keines Blickes mehr seit dieser Nacht. Tom hätte ganz gerne noch einmal mit ihr gesprochen, aber immer, wenn sie ihn nur von Weitem sah, drehte sie sich um und ging in die andere Richtung. Sie verhielt sich ihm* gegenüber wie ein trotziges kleines Mädchen, das verärgert worden war. Immer, wenn er versuchte sie anzusprechen, ging sie stur an ihm vorbei. Also unmöglich, sich noch mal mit ihr zu unterhalten, um diese Geschichte aus der Welt zu schaffen. Am letzten Wochenende hatte Tom Peter Salzmann kennengelernt, er hatte bei ihm eine Golfstunde genommen. Es war ein seltsames Gefühl, den Mann zu unterrichten, mit dessen Frau man geschlafen hatte. Tom hatte immer das Gefühl, dass Peter Salzmann etwas darüber ahnte, aber das war nur Einbildung oder das schlechte Gewissen. Peter Salzmann war eine starke Persönlichkeit, ein großer sportlicher Mann mit bereits leicht ergrauten Haaren. Dass er bereits 56 Jahre alt sein sollte, sah man ihm wirklich

nicht an, Tom hätte ihn auf Ende 40 geschätzt, hätte er es nicht besser gewusst. Auf jeden Fall war es eine angenehme Stunde und Herr Salzmann war bereits ein fortgeschrittener Golfspieler, der nur in einigen Punkten zu korrigieren war. Am Ende der Stunde lud Herr Salzmann Tom auf einen Drink ein, doch er lehnte dankend ab, er hatte keine Lust, mit Herrn Salzmann und seiner Frau zusammenzutreffen, die Situation würde dann unerträglich werden. Peter Salzmann bedankte sich bei Tom für das angenehme Match und *sagte, er könne die Meinung seiner Frau nicht teilen, die der Meinung sei, Tom wäre ein sehr schlechter Golflehrer und könnte überhaupt nichts vermitteln. Tom wurde es bei dieser Aussage schlecht und er hatte das Gefühl, dass sämtliche Farbe aus seinem Gesicht wich. Was sollte denn diese Aussage? Tom musste sich zusammenreißen und versuchte in einem gleichgültigen Ton zu sagen: „Wie kommt Ihre werte Gattin zu einer solchen Aussage?“*

"Sie sagte, sie hätte bei Ihnen eine Golfstunde genommen, aber außer viel geredet, hätten Sie ihr nichts beibringen können und deshalb hätte sie es vorgezogen, sich für das Golfspiel einen professionelleren Lehrer zu suchen.“

Tom erwidert: „Das kann ich nicht verstehen, denn nach der ersten Golfstunde, in der Ihre Frau auch schon einige Schläge auf der Driving Ranch gemacht hat, habe ich sie nicht mehr wiedergesehen, und sie ist mir auch im Hotel aus dem Weg gegangen. Den Grund hat sie mir nie gesagt.“ Tom fängt fast an zu stottern, bei dem, was er von sich gibt. Hoffentlich erfährt Herr Salzmann nie die Wahrheit.

Peter Salzmann entgegnet, dass er sich das nicht zu Herzen nehmen muss, seine kleine Frau wäre manchmal ein wenig launig, und wenn er sie gerade an einem solchen Tag unterrichtet hat, wundert ihn die Reaktion nicht. Er könnte sich allerdings keinen besseren Lehrer für seine Frau vorstellen. "Ich werde noch mal mit ihr sprechen", sagt Herr Salzmann, „vielleicht kann ich sie von dem Gegenteil überzeugen. Okay, Tom, vielleicht habe ich nächstes Wochenende noch mal Gelegenheit zu einem Match mit Ihnen, es hat mir sehr viel Spaß gemacht."

Tom verabschiedete sich von Herrn Salzmann und bestätigt, dass es ihm auch viel Spaß gemacht hat und er sich freuen würde, am nächsten Wochenende ihn wieder zu unterrichten. Als Peter Salzmann gegangen war, musste sich Tom erst einmal im Clubrestaurant hinsetzen und etwas trinken. Was bildete sich diese Saskia eigentlich ein. Er musste künftig vorsichtiger sein, diese Ausschweifungen könnten ihm irgendwann die Existenz kosten. Wenn Herr Mayrs von seinen nächtlichen Aktivitäten Kenntnis erhalten würde, bekäme er garantiert Ärger und das war ihm die Sache nicht mehr wert.

Ansonsten plätscherten die Tage ohne größere Aufregungen dahin, das Hotel war bis auf das letzte Bett ausgebucht und auch die Beauty Farm hatte Hochbetrieb. Die sonntäglichen Begrüßungen verliefen wie immer und es entschieden sich meistens ein oder zwei Beautydamen, mit Golfspielen anzufangen, was seinen Terminkalender noch voller machte. Khalid rief an und teilte mit, dass er und seine Familie am 01.08. um 16.00 Uhr auf dem Flughafen München landen würden und dann mit zwei Taxis nach Sulzberg fahren würden und gegen 18.00 Uhr im Hotel wären. Er würde sich noch bis dahin überlegen, ob er die Familie selbst bei der Ankunft begrüßen wird oder ob er das dem Hotel überlässt. Bis dahin waren noch einige Tage Zeit.

./.

Der erste August rückte jetzt näher und Tom überlegte, was er alles mit Khalid und Amir unternehmen könnte. Die beiden spielten neben Golf auch gut Tennis und er hatte schon längere Zeit nicht mehr Tennis gespielt. Mal abwarten, was die beiden sich überlegt haben, die sind immer ganz wild darauf, Dinge zu unternehmen, die sie in Saudi-Arabien nicht machen können, wohl aus religiösen Gründen. Wenn er es richtig verstanden hat, landen Männer sogar im Gefängnis, wenn sie beim Alkohol trinken erwischt werden oder sich zu den Gebetszeiten nicht richtig verhalten. Die Frauen haben es dort in dieser Hinsicht leichter, obwohl deren Leben bis auf die Familie sehr eingeschränkt ist.

Tom beschloss, nochmals mit Paula zu sprechen, ob alles vorbereitet und in Ordnung ist für die morgige Ankunft, das würde er gleich morgen früh erledigen.

Als er am nächsten Morgen ins Hotel kam und zur Rezeption ging, sah er gleich, dass seine Paula wieder Dienst hatte, und er begrüßte sie auf das Herzlichste. Auch Paula freute sich, ihn zu sehen, und strahlte ihn an. „Hallo Paula, einen wunderschönen guten Morgen, du siehst heute mal wieder ganz besonders entzückend aus."

„Danke Tom, aber wenn du schon am frühen Morgen mit solchen Sprüchen kommst, willst du sicherlich wieder einmal was von mir wissen. Kann das sein?"

Tom lächelt sie an und antwortet: „Du hast mich in der kurzen Zeit, in der wir uns kennen, schon sehr gut durchschaut, ich kann dir schon bald nichts mehr vormachen. Du hast recht, meine Liebe, ich möchte von dir gerne wissen, ob für die Anreise meiner Freunde heute Nachmittag schon alles organisiert ist."

Paula schaute ihn verdutzt an und sagte: „Deine Freunde – heute – das kann nicht sein, in meinem Computer steht nichts von der Anreise deiner Freunde."

Tom wurde blass. „Paula, ich war doch vor circa vier Wochen bei dir und du hast mir gesagt, es wäre alles in Ordnung und ich könnte die Anreise bestätigen."

„Tom, du musst da etwas falsch verstanden haben, das Hotel ist seit Monaten ausgebucht, wo hätte ich die Zimmer denn hernehmen sollen. Nein, heute gibt es keine neuen Anreisen."

Tom wurde es schlecht und er musste sich an der Theke

festhalten. Er starrte ins Leere und dachte nur: Um Gottes willen, was mache ich denn jetzt, ich habe nicht mehr nachgefragt, ob die Reservierung steht, und heute Nachmittag landet die gesamte Familie. Das darf doch nicht wahr sein, was mache ich denn jetzt?

Er wurde plötzlich durch das laute Lachen von Paula aus seinen Gedanken gerissen. Sie stand hinter der Theke und hielt sich vor Lachen schon den Bauch fest. „Ach Tom, jetzt hättest du dein Gesicht im Spiegel sehen sollen, du hast geschaut, als wäre dir gerade ein Geist begegnet, ich wollte dich nur ein bisschen aufziehen. Natürlich ist für die Familie al-Sayyran alles organisiert wie jedes Jahr, ein riesiger Strauß weißer und roter Rosen und eine Schale mit frischem Obst und eine mit den besten Pralinen in der Suite und für die Söhne, wie immer auf ausdrücklichen Wunsch des

Vaters, in jeder Nachttischschublade eine Riesenpackung Kondome. Du kannst wieder locker werden, es ist alles in Ordnung."

Tom schaute Paula an, als käme sie von einem anderen Stern, und fing dann auch langsam an zu lachen und wurde immer lauter, bis die Gäste, die an der Rezeption vorbeigingen, stehen blieben. Tom beruhigte sich langsam und sagte dann zu Paula: „Da hast du mich aber wirklich ganz schön reingelegt, du kleines Biest. Mir war es schon schlecht und ich habe schon überlegt, was ich jetzt machen soll. Dieser Spaß ist dir gelungen." Dann musste er wieder lächeln und sagte: „Kondome in der Schublade, ist das dein Ernst oder ist das wirklich so?"

Paula grinste: „Sag bloß, das weißt du nicht. Jedes Jahr gibt der Vater das telefonisch durch, damit sich seine Söhne etwas austoben können, was in Saudi-Arabien nicht erlaubt ist."

Tom schüttelte den Kopf. „Das darf doch nicht wahr sein, die kommen doch nicht aus diesem Grund nach Sulzberg."

Paula zuckte die Schultern. „Ich weiß es nicht, auf jeden Fall werden die wieder mal nichts unversucht lassen. Mädchen abzuschleppen, das machen die jedes Jahr, ist dir das noch nicht aufgefallen, du warst oft genug dabei."

„Nein", erwidert Tom grübelnd, „so extrem ist mir das nicht aufgefallen. Dass die zwei immer ihren Spaß haben wollten, ist mir bekannt, aber nicht um jeden Preis. Vielleicht ist mir das nicht richtig in Erinnerung, ich werde es diesmal besser beobachten. Okay Paula, dann kann ich jetzt beruhigt Golfunterricht geben und mich dann auf die Ankunft al-Sayyrans vorbereiten. Mach's gut, bis später." Tom ging nachdenklich zur Driving Ranch. Ihm war einiges nicht aufgefallen, weil er in den letzten Jahren immer selbst mit dabei war, als es darum ging, Mädchen kennenzulernen; er würde sich diesmal etwas zurückhalten und beobachten, auf was es die beiden am meisten abgesehen haben. Er würde sich auf jeden Fall zurückhalten.

./:

Es war wieder einmal ein herrlich heißer Tag und Tom freute sich bereits auf eine eiskalte Dusche. Dieser Sommer ist, seit Tom in Deutschland ist, der heißeste in den drei Jahren, Regen gab es fast gar keinen und es wurde schon langsam alles ziemlich trocken und verdorrt. Um

15.00 Uhr hatte er heute seine letzte Golfstunde gelegt, um dann noch Zeit zu haben,

sich frisch zu machen, so verschwitzt wollte er al-Sayyrans nicht begegnen. Als Tom zu Hause ankam, freute er sich, dass seine kleine Wohnung doch so angenehm kühl war, und er zog erst mal seine verschwitzten Kleider aus und begab sich unter die Dusche. Er überlegte die ganze Zeit, was er zu al-Sayyrans sagen sollte, eigentlich war es nicht seine Aufgabe, die Gäste zu begrüßen, und er kannte nur die Söhne näher, die Eltern hatte er noch nicht richtig kennengelernt, und die kleine Schwester ebenfalls noch nicht. Tom hatte nur gelegentlich ein paar Worte mit dem Vater gesprochen, wenn er seine Söhne mit ihm getroffen hatte. Jedoch hatte er immer das Gefühl, dass Vater al-Sayyran ihn nicht sehr schätzte. Das konnte auch Einbildung sein, es war auf jeden Fall ein sehr starkes Gefühl, das aus dem Bauch herauskam, dass ihn jedes Mal, wenn er Ali al-Sayyran gegenüberstand, befiel. Das alles brachte ihm keine Idee, was er zur Begrüßung sagen sollte, vielleicht sollte er erst etwas später dazu stoßen und nur die Söhne begrüßen, doch das war auch wieder stillos. Die offizielle Begrüßung übernahm Isabelle die Hotelmanagerin, er würde erst mal abwarten, was Isabelle sagt und sich dann ihren Worten *anschließen. Dann braucht er nicht viel zu sagen und kann sich im Anschluss gleich um Khalid und Amir kümmern. Das war wohl die geschickteste Lösung und er brauchte nicht länger zu überlegen, welche Floskeln er herausbringen sollte, denn mehr war das meistens sowieso nicht.*

Nachdem er fertig geduscht hatte, zog er sich an und hörte noch den Anrufbeantworter ab und schaute die Post durch. Weder auf dem Anrufbeantworter noch in der Post war etwas Wichtiges oder Interessantes. Frau Robohm war wieder da und hatte seine schwarzen italienischen Schuhe wieder gründlich geputzt. Auf dem Küchentisch lag noch eine Rechnung über Putzmittel, die sie neu hatte kaufen müssen. Er würde ihr beim nächsten Mal das Geld rauslegen, denn er sah sie sehr selten, sie kam immer erst dann, wenn er schon unterwegs war. Wenn sie ungestört ist, kann sie besser sauber machen, hatte sie ihm am Anfang gesagt, also sah er immer zu, dass er nicht zu Hause war, wenn sie loslegte.

Nachdem er fertig war, beschloss er, schon etwas früher zum Hotel zu fahren und sich noch mit Isabelle zu besprechen, sie wusste noch gar nicht, dass er bei der Begrüßung dabei sein würde.

Als er im Hotel ankam, war alles ganz ruhig. Es war die Zeit, wo sich die meisten Gäste auf ihre Zimmer zurückzogen, um noch bis zum Abendessen ein bisschen zu relaxen und auszuruhen. Auch an der Rezeption war nichts zu tun und Paula blätterte gelangweilt in ihrem Terminkalender und wartete auf ihre Ablösung. Er fragte sie, ob Isabelle in ihrem Büro sei und ob er kurz mit ihr sprechen könne. Paula wählte die Nummer von Isabelles Büro und sagte dann, dass er zu ihr gehen könne. Tom wünschte Paula einen schönen Feierabend und ging dann zu Isabelle ins Büro.

„Hallo Isabelle, wie geht es dir?", begrüßt Tom sie.

„Hallo Tom, mir geht es wie immer gut, und du siehst auch gut aus. Was gibt es Neues?"

„Nicht viel, außer dass ich bei der Begrüßung der Familie al-Sayyran dabei sein werde."

Isabelle sah ihn erstaunt an. Tom fügte gleich hinzu, dass er mit den Söhnen befreundet sei und die Reservierung im Hotel für die Familie vorgenommen habe. Er hätte den beiden

zugesagt, bei ihrer Ankunft vor Ort zu sein.

Isabell nickte und sagte, dass sie nichts dagegen habe, so spannend seien die Begrüßungen nicht und die Familie kenne bereits das Hotel und sie habe nicht sehr viel zu sagen. „Du warst letztes Jahr nicht bei der Begrüßung dabei oder habe ich das falsch in Erinnerung?“, entgegnet Isabell.

„Das ist richtig, Isabell, ich weiß jedoch nicht mehr warum, befreundet war ich mit den Söhnen zu dieser Zeit auch schon. Nun ja, bestimmt war ich auf dem Golfplatz, wo soll ich schon sonst gewesen sein. Was hast du noch zu tun, Isabell? Bis zur Ankunft dauert es noch eine halbe Stunde, wir könnten zusammen einen Kaffee trinken gehen.“

„Okay Tom, es ist nichts Wichtiges, das ich noch zu erledigen habe, das kann ich auch später noch fertig machen. Dann lass uns zu Jürgen in die Tagesbar gehen und uns einen Kaffee genehmigen. Mal sehen, wie es ihm geht.“

In der Tagesbar war wie immer Betrieb, alle liebten Jürgen, der immer gut gelaunt war und immer verstand, die Menschen zu unterhalten oder die, die allein saßen, mit entsprechenden anderen zusammen zu bringen. Aufgrund dieser Gabe war er überaus bekannt und beliebt. Als Tom und Isabelle sich der Bar näherten, sah Tom Saskia Salzmann an der Theke sitzen. Er bekam gleich ein flaues Gefühl in der Magengegend und überlegte schon, ob er auf sie zugehen sollte und versuchen, sich mit ihr auszusprechen. Dazu kam es jedoch gar nicht. Als Saskia die beiden sah, stand sie sofort auf, verabschiedete sich von Jürgen und ging, ohne ein Wort zu sagen, an den beiden vorbei. Tom fand ihr Verhalten inzwischen äußerst kindisch, die Angelegenheit lag bereits mehrere Wochen zurück. Jürgen begrüßte die beiden freundschaftlich und erzählte ihnen den neuesten Witz, die hatte er immer massenweise auf Lager. Isabelle und Tom tranken einen Kaffee und dann mussten sie wieder zurück zur Rezeption. Beim Rausgehen aus der Bar hielt Jürgen Tom am Arm zurück und erzählte ihm, dass Saskia Salzmann versuchte, alle Mitarbeiter und Gäste über ihn auszufragen und Informationen zu erhaschen. Jürgen sagte, dass dies bereits recht auffällig wäre, er jedoch auf der Hut wäre und nichts über ihn weitergeben würde. Tom bedankte sich für die Information und sagte, dass er früher oder später mit dieser Dame ein Gespräch führen müsste.

Tom eilte hinter Isabelle her, die nur fragte, ob etwas nicht in Ordnung sei, was Tom verneinte. Als sie an der Rezeption ankamen, fuhren im gleichen Augenblick die vollgestopften Taxis mit al-Sayyrans vor. Isabelle schickte gleich die Pagen nach draußen, um die Koffer aus den Autos auszuladen. Al-Sayyrans hatten immer so viele Koffer dabei, dass es den

Anschein hatte, dass sie nie wieder nach Hause fahren würden.

Nach kurzer Zeit betraten al-Sayyrans das Hotel und kamen gleich auf Isabelle und Tom zu. Khalid und Amir umarmten zuerst Tom und begrüßten dann auch Isabelle. Isabelle sagte ein paar nette Worte zur Begrüßung und erörterte ein paar kleine Änderungen im Hotelablauf und wünschte einen angenehmen Aufenthalt. Nachdem sie geendet hatte, ging Tom auf Mr. und Mrs. al-Sayyran zu und begrüßte sie herzlichst im Hotel und hatte wieder das Gefühl, als wenn Ali al-Sayyran ihn ablehnend ansehen würde, ganz im Gegenteil zu seiner Gattin. Hinter den beiden stand Aisha Al Sayyran und Tom ging ebenfalls auf sie zu und begrüßte sie. Er sah sie ganz überrascht an, aus dem kleinen Mädchen war eine äußerst hübsche junge Frau geworden. Er konnte seinen Blick kaum von ihren Augen wenden und er merkte, wie er ganz langsam eine Gänsehaut bekam. Ali al-Sayyran sagte etwas auf Arabisch zu Aisha und sie senkte gleich ihren Blick und Tom merkte, dass er von Ali feindselig angeschaut wurde. Zum Glück kam Isabelle mit den Schlüsseln in der Hand zurück und übergab diese an Ali al-Sayyran und an Khalid. Isabelle sagte, dass sie mit zu den Zimmern gehen und ihnen alles zeigen würde. Tom verabschiedete sich von den Brüdern und sie beschlossen, sich am nächsten Tag zu treffen.

Erleichtert verließ Tom das Hotel und ging zu seinem Auto, um nach Hause zu fahren, solche Aktionen waren für ihn immer äußerst anstrengend und im Grunde hasste er es. Er hatte das auch noch nicht sehr oft gemacht, normalerweise hatte er keine Probleme, sich zu unterhalten, und fand auch meistens die richtigen Worte. Aber bei Ali al-Sayyran hatte er sich von Anfang an unwohl gefühlt, und dieses Gefühl beschlich ihn immer wieder, sobald er ihn nur sah. Es gab keinen erklärbaren Grund dafür, sie hatten noch nie eine Auseinandersetzung oder einen Streit, das Verhältnis war seit dem ersten Zusammentreffen distanziert und unnahbar. Vielleicht ist er der Meinung, dass ein Golflehrer nicht der richtige Umgang für seine Söhne ist. Tom hatte sie nicht dazu gezwungen, sich mit ihm einzulassen, sie waren einige seiner ersten Schüler hier in Sulzberg gewesen und dabei hatten sie sich angefreundet. Es war ihm auf jeden Fall ein Rätsel, was dieser Mann gegen ihn hat. Überrascht war er über Aisha, aus dem kleinen Mädchen, das er noch in seiner Erinnerung hat, war eine bildhübsche

junge Frau geworden. Er hatte sie in den letzten Jahren kaum gesehen, obwohl sie immer dabei war. Ihre *schwarzen Augen hatten ihn fast sehnsuchtsvoll angeschaut, und ihm hatte es im Nacken und in der Magengegend angefangen zu kribbeln, einfach Wahnsinn. Vielleicht war das auch alles nur Einbildung, und ihr Blick sollte etwas ganz anderes sagen. Es wird sich sicherlich die Gelegenheit ergeben, ein Gespräch mit ihr zu*

führen. Leider stand sie unter ständiger Bewachung durch

ihren Vater, das hatte bereits die Reaktion gezeigt, als sie ihn

etwas länger als normalerweise üblich angeschaut hatte. Sie

ist zu bedauern, unter ständiger Kontrolle durch diesen "Wachhund" zu sein, macht ihr das Leben sicherlich nicht leicht. Das Leben für eine Frau in Saudi-Arabien ist grundsätzlich anders als in Europa, davon hatte er bereits ein wenig gehört, hatte allerdings nicht das Bedürfnis, sich

näher darüber zu informieren. Die Freiheiten einer Frau sind

auf jeden Fall sehr eingeschränkt. Aber trotz allem, wahnsinnig süß die Kleine.

./.

Am nächsten Morgen hatte Tom bereits um 10.00 Uhr die erste Unterrichtsstunde und musste sehr früh aufstehen, denn ohne sein geliebtes Früchtemüsli und einer guten Tasse Kaffee ging er nie morgens los, die Zeit plante er bereits seit seiner Kindheit Tag für Tag ein. Nur damals war es nicht Kaffee, sondern Kakao, den er getrunken hatte. Tom liebte auch heute noch Kakao, allerdings nicht zum Frühstück, an einigen Gewohnheiten hielt er schon seit Jahren fest.

Manchmal dachte er, dass er mit einigen Gewohnheiten so stark verwachsen sei, dass dies Probleme in einer Beziehung geben könnte. Es sei denn, er lernt jemanden kennen, die diese Gewohnheiten mit ihm teilt, darauf zu hoffen war relativ aussichtslos. Tom hatte heute einen sehr vollen Terminplan und spielte nachmittags noch mit seinen beiden Freunden Khalid und Amir. Der Termin war bewusst recht spät gelegt, damit er es zeitlich nicht begrenzen und abbrechen musste und dann noch Zeit war, sich ein bisschen zu unterhalten. Er wusste noch nicht, was die beiden für ihren Aufenthalt an Unternehmungen geplant hatten, und sie hatten gewiss einiges zu berichten.

Es war ein schöner Tag, strahlendblauer Himmel, die Sonne glitzerte auf dem See und ein paar ganz kleine weiße Wölkchen zogen am Himmel vorbei. Die Termine verliefen ohne größere Aufregungen, die Schüler und Schülerinnen waren sehr nett und lernwillig und es machte ihnen Spaß, den Golfschläger in der Hand zu haben. Um 16.00 Uhr ging er zurück ins Hotel zur Rezeption, wo er sich mit Khalid und Amir treffen wollte. Als er zur Anmeldung kam, standen die beiden bereits dort und unterhielten sich mit Paula, die sich, so wie es aussah, köstlich amüsierte.

„Hallo, ihr beiden", sagte Tom, „Finger weg von Paula, die ist für mich reserviert."

„Das könnte dir so passen", brüstete Paula heraus, „ich bin für keinen reserviert, noch nicht mal für dich." Dabei dachte sie, dass sie das aber gerne wäre.

Khalid und Amir begrüßten Tom herzlich und flachsten gleich mit ihm los. Sie gingen zusammen zum 9-Loch-Golfplatz hinter dem Haus und fingen gleich an zu spielen. Khalid erzählte ihm, dass er im nächsten Monat in die Firma seines Vaters einsteigen wird und bereits ganz aufgeregt ist, wegen der Verantwortung, die ihm dann übertragen würde. Wenn er sich in der Firma eingegliedert hat, wird er auch bald eine Familie gründen müssen, seine Braut wartet schon geduldig darauf, dass es bald so weit ist, sie wird schon seit ihrer Geburt darauf vorbereitet, also spätestens in zwei Jahren wird seine schöne Zeit auch hier vorbei sein, dann werde er immer mit seiner Frau anreisen und der Spaß wäre dann vorbei. Deshalb möchte er sich in diesem Jahr noch einmal ganz besonders viel Spaß gönnen, im nächsten Jahr könnte es bereits vorbei sein.

Amir grinst und sagt, dass er noch ein paar Jahre mehr Zeit hat und deshalb ruhig langsam machen kann, außerdem hätte er das ganze Jahr über Spaß, denn er lebt nicht in Saudi-Arabien, sondern studiert in San Diego, Kalifornien, Management und Business und hat dort genug Gelegenheit für Spaß.

Khalid sagt, dass die kleinen Brüder es immer besser haben und er nie aus Riad raus durfte, um zu studieren, sondern das vor Ort machen musste, leider.

„Deshalb musst du dir keine Gedanken über deine berufliche Zukunft machen, die ist von vornherein sichergestellt", entgegnet Amir.

Tom merkte, dass dies anscheinend ein Streitpunkt zwischen den Brüdern war, und schaltete sich in das Gespräch ein. „Amir, wie lange musst du noch studieren?"

„Noch zwei wunderschöne lange Jahre und dann muss auch ich zurück nach Saudi-Arabien."

„Und dann, was wirst du dann machen?"

„Ich werde auch die für mich Ausgewählte heiraten und dann hoffentlich bei einer Bank oder einem anderen Großunternehmen als Manager arbeiten können."

Tom schaute ihn verständnislos an und sagte: „Wieso deine ‚Ausgewählte', ist das nicht die Frau, die du liebst, das hört sich bei euch beiden so an, als ob ihr nur heiratet, weil man es von euch erwartet."

Khalid erklärte, dass es in Saudi-Arabien so üblich ist, dass bereits in den ersten Lebensjahren festgelegt wird, wer wen heiratet, und das wird zwischen den Vätern der einzelnen Schichten geklärt, und es gibt kaum eine Möglichkeit, dies zu umgehen.

Tom schockierte diese Antwort und er entgegnet: „Es ist unmöglich, einfach eine Frau zu heiraten, ohne zu wissen, ob man diese liebt, das kann doch keine Basis sein für eine Beziehung.

Amir sagte, dass man damit aufwächst und das Mädchen kennt und ab einem bestimmten Alter dann auch erfährt, dass man dieses Mädchen heiraten wird. „Es ist, als wenn *man eine alte Freundin heiratet, und der Rest ergibt sich dann im Laufe der Zeit, das war schon immer so."*

Tom konnte es nicht fassen und sagte auch, dass er sich nicht vorstellen kann, eine Frau zu heiraten, die er nicht liebt, das würde er niemals tun.

Khalid und Amir schüttelten den Kopf und meinten, dass es eine Einstellungssache sei und sie schon seit Jahren mit dem Gedanken lebten und deshalb das alles nicht so schlimm fanden. Arabische Männer dürften auch mit anderen Frauen zusammen sein, allerdings stünde die eigene Frau immer an erster Stelle und dürfte niemals verletzt oder vernachlässigt werden, doch es wäre ganz anders als in Europa, das könnte man nicht vergleichen, und sie würden auch verstehen, dass europäische Männer sich das ganz und gar nicht vorstellen könnten.

Tom erwiderte, dass er noch immer auf die große Liebe wartet und erst dann bereit ist, eine Familie zu gründen und zu heiraten, und er ist sich sicher, dass er die Frau finden wird, mit der er sein Leben lang zusammen sein will.

Sie spielten das Spiel zu Ende und Tom hatte sich eingeprägt, wo er bei den beiden noch etwas zu arbeiten und zu korrigieren hatte. Sie hatten sich im Laufe des Jahres ein paar kleine Fehler angeeignet, oder hatten einiges vergessen, und er hatte jetzt vier Wochen Zeit, diese wieder auszumerzen. Nach dem Spiel waren alle drei sehr durstig und beschlossen, noch kurz in die Tagesbar zu gehen und unter anderem Jürgen zu begrüßen.

Als sie an der Bar saßen und das übliche Begrüßungszeremoniell mit Jürgen vorüber war, sagte Khalid ganz beiläufig zu Tom, dass sein Vater Ali ihn morgen Abend zum gemeinsamen Abendessen mit der Familie einlädt.

Tom schaute Khalid entgeistert an und hatte gleich wieder das beklemmende Gefühl in der Magengegend und fragte nur: „Warum?“

Khalid antwortete, dass sein Vater sich dafür bedanken möchte, dass er geholfen hat, ihren Aufenthalt hier zu organisieren.

Tom bat Khalid, seinem Vater auszurichten, dass er die Einladung gerne annimmt und sich auf den gemeinsamen Abend freue. In Wirklichkeit war ihm bereits schlecht bei dem Gedanken, den ganzen Abend mit Ali an einem Tisch zu sitzen, aber ein anderer Gedanke machte ihn wiederum sehr froh, er würde dann auch den ganzen Abend Aisha sehen und vielleicht auch die Gelegenheit haben, sich mit ihr ein wenig zu unterhalten. Das wiederum verursachte bei *ihm ein Kribbeln in der Magengegend und machte ihn ganz unruhig. Die drei Freunde saßen noch einige Zeit an der Bar zusammen und erzählten, was sich seit dem letzten Sommer alles Aufregendes ereignet hatte. Tom konnte nicht sehr viel erzählen, denn sein Leben war eigentlich recht langweilig, immer derselbe Rhythmus, und eine neue Beziehung hatte er in dieser Zeit nicht gehabt. Von seinen kleinen Ausrutschern, wie z. B. mit Saskia, wollte er nicht erzählen, das ging die beiden nichts an. Khalid fragte ihn, ob er langsam alt würde und er liebe zu Hause vorm Fernseher säße. Tom antwortete, dass er sein Leben etwas geändert hätte, dass dies allerdings nichts mit dem Alter zu tun habe, sondern mit der inneren Einstellung. Er wollte keinen Spaß mehr nur für eine Nacht, sondern lieber etwas mit Zukunft. Amir entgegnete, dass er das immer noch haben kann und doch alles mit einem One-Night-Stand beginnen würde und sich daraus, wenn es denn etwas ganz Besonderes war, mehr entwickeln könnte. Tom ist anderer Meinung, dass es wichtig ist, erst einen Menschen richtig kennen und lieben zu lernen, und dass dann der Sex noch mehr Spaß machen würde als mit einem Menschen, der einem noch fremd ist. Inzwischen war es Zeit, schnell zum Duschen und Umziehen zu gehen und dann mit der Familie zu essen. Sie* verabschiedeten sich von Tom und besprachen, sich am nächsten Abend um 19.30 Uhr an der Tagesbar zu treffen, um dann gemeinsam zum Abendessen zu gehen. Tom war damit einverstanden und blieb noch für einen Drink an der Bar sitzen. Er war total in seinen Gedanken versunken, als er von Jürgen angesprochen wurde, ob er am Träumen sei.

„Nein, bin ich nicht, ich habe nur über einige Äußerungen von Khalid und Amir nachgedacht."

„Die nehmen das Leben ziemlich leicht", meinte Jürgen, „das merkt man schon an deren Verhalten und deren Sprüchen."

„Jürgen, glaube mir, es sind wirklich nur Sprüche, deren Probleme zu Hause möchte ich wirklich nicht haben. Ich mache mich jetzt auf den Weg nach Hause, viel Spaß noch hier, bis morgen."

Auf dem ganzen Weg zum Auto, im Auto und auch als Tom zu Hause war, gingen ihm die Gespräche nicht aus dem Kopf. Es ist doch unglaublich, dass einem erwachsenen Menschen vorgeschrieben wird, mit wem er zusammenleben muss. Das konnte keine Basis für

ein glückliches Leben sein, auch wenn man sich nach einer gewissen Zeit aneinander gewöhnt. Eine Ehe sollte eine Verbindung sich liebender Menschen sein und nicht eine von Geburt an festgelegte Sache. Ob der Islam es vorschreibt, so zu verfahren? Gehört hatte er davon noch nichts, er kannte sich aber auch nicht mit diesem Glauben aus, war jedoch froh, nicht diesem anzugehören. Tom bereitete es noch

etwas Kopfzerbrechen, wenn die Frauen für Khalid und Amir vorbestimmt waren, dann würde Aisha bestimmt auch schon einem Mann versprochen sein. Er würde Khalid morgen direkt darauf ansprechen, hoffentlich ist das nicht der Fall, denn er glaubt, sich ein wenig in Aisha verliebt zu haben, aber nur ein ganz kleines Bisschen in ihre wunderschönen schwarzen Augen. Aber es ist ein schönes Gefühl, etwas zu fühlen, was von ganz innen kommt, und dieses Kribbeln im Bauch, das hatte er schon so lange nicht mehr gespürt und regelrecht vermisst. Es ist ein schönes Gefühl, das Leben.

./.

Am nächsten Tag wachte Tom bereits mit einem flauen Gefühl auf, er glaubte, die meiste Zeit in der Nacht wach gelegen zu haben, was allerdings nicht stimmte. Es könnte auch der Anfang einer Grippeerkrankung sein, was zurzeit *bei seinem ausgefüllten Terminkalender eine Katastrophe wäre. Doch allen Überlegungen zum Trotz handelte es sich bestimmt nur um übertriebene Aufregung wegen dem bevorstehenden Abendessen mit al-Sayyrans und vor allen Dingen mit Aisha.*

Den ganzen Tag überlegte Tom, was er anziehen sollte und über was er sich mit Ali al-Sayyran unterhalten sollte. Er merkte in seinen Unterrichtsstunden, dass er ziemlich unkonzentriert war, weil manche Schüler ihn mehrmals ansprechen mussten, bis er reagierte und Antwort auf die Fragen gab. Zum Glück hatte er heute überwiegend Anfänger zu unterrichten, sodass er nicht zu sehr gefordert wurde. Präzise Schläge wären ihm heute garantiert nicht gelungen, deshalb war er auch sehr froh, als die letzte Stunde vorüber war und er endlich nach Hause fahren konnte. Auch zu Paula wollte er jetzt nicht mehr fahren, um nachzusehen, welche Termine für den morgigen Tag vereinbart waren, das könnte er heute Abend immer noch tun. Jetzt musste er sich erst einmal ein wenig ausruhen und versuchen, ruhiger zu werden. Tom beschloss, sich erst einmal einen richtigen walisischen Tee, die Mischung, die seine Mutter

schon früher immer benutzt hatte, aufzubrühen, der hatte

ihm immer vor Prüfungen, wenn er sehr aufgeregt war, geholfen.

Es war bereits 19.15 Uhr, als Tom seine Wohnung verließ. Er

fühlte sich absolut nicht wohl in seiner Haut, auch die ungewohnte Kleidung machte ihn etwas kribbelig. Tom hatte beschlossen, dass sein legere Golfkleidung nicht das Richtige für diesen Abend war, und hatte zu seiner schwarzen Hose (keine Jeans) ein schwarz-weißes Glencheck-Jackett angezogen und trug unüblicherweise eine Krawatte dazu, wobei er ständig das Gefühl hatte, sein Hals würde ihm abgeschnürt. Die einzigen, in denen er sich wohlfühlte, waren seine schwarzen italienischen Schuhe, die er gerne trug und die wieder strahlten, als hätte Frau Robohm diese stundenlang gewienert. Tom musste sich etwas beeilen, weil er noch schnell an der Rezeption vorbeigehen wollte, um seinen morgigen Terminplan durchzusehen, war jedoch pünktlich um 19.30 Uhr in der Tagesbar, wo er bereits von Khalid erwartet wurde.

„Hallo Tom, da bist du endlich, gut siehst du aus, hast du dich extra für das Abendessen rausgeputzt?“

„Hallo Khalid, ich dachte mir, dass die Golfkleidung nicht das Richtige für heute Abend ist und dein Vater lieber ein Jackett sieht, ich habe ihn noch nie ohne eines gesehen."

„Ja, du hast recht, ich glaube, der einzige Ort, wo mein Vater sein Jackett auszieht, ist im Bett." Beide fangen an zu lachen.

„Wo ist Amir?", fragte Tom. „Hatte er keine Lust, noch einen Drink zu sich zu nehmen?"

„Nein, er wollte ein Buch lesen und anschließend mit unseren Eltern und Aisha zum Essen kommen." Als Tom den Namen Aisha hörte, wurde ihm wieder ganz heiß und er fragte sich, ob das den ganzen Abend so weiter gehen würde.

Nachdem sie ihren Drink genommen hatten, gingen sie gemeinsam in das Restaurant und hielten nach dem richtigen Tisch Ausschau. Die Familie war bereits versammelt, und Tom sah von Weitem das schwarze lange Haar von Aisha, das bis weit über ihre Schultern fiel. Leider saß sie mit dem Rücken in seine Richtung, sodass sie ihn nicht sehen konnte. Sie war bereits von ihrem Vater und Amir auf beiden Seiten flankiert, sodass er heute nicht das Glück hatte, neben ihr zu sitzen, worauf er ein bisschen gehofft hatte. Ali al-Sayyran erblickte die beiden und stand auf, um Tom höflicherweise zu begrüßen. Er wies ihm einen Platz zu, doch bevor Tom sich setzte, ging er noch zu Elisha al-Sayyran und anschließend mit zittrigen Knien zu Aisha und begrüßte die Damen mit einem förmlichen Handkuss, ob das arabischen Sitten entsprach, wusste er nicht,

fand es jedoch angebracht. Als er sich setzte, merkte er einen düsteren Blick, der von Ali zu ihm rüberkam. Aber das machte ihn diesmal nicht unruhig, denn er saß genau gegenüber von Aisha und sie lächelte ihn verlegen an, was ihn glücklich machte. Die Stimmung am Tisch war sehr erdrückend und Tom hatte das Gefühl, dass keiner sich traute, etwas zu sagen. Das Menü und auch die Getränke waren bereits von Ali ausgewählt worden, sodass man nicht einmal eine Karte bekam, hinter der man sich verstecken konnte. Aisha schaute nach wie vor verlegen zu ihm herüber und man konnte in ihrem kaffeebraunen Gesicht einen leichten Anflug von Röte erkennen, wenn Tom zurücklächelte. Ali bemerkte die Blicke und zischte etwas in Arabisch zu Aisha, was Tom logischerweise, da er kein Arabisch konnte, nicht verstand. Aisha schaute dann sofort nach unten auf ihren Teller, auf dem noch gar nichts zu sehen war, außer einer schönen bordeauxfarbenen Serviette mit einem Kranz aus kleinen Blumen, die zwar sehr *nett aussah, aber er seinen eigenen Anblick doch angenehmer fand. Tom konnte sich denken, was Ali ihr an den Kopf geworfen hatte, was auch ein leises Räuspern von Elisha al-Sayyran an Ali hervorrief. Zuerst wurde der Aperitif serviert und Khalid versuchte, ein belangloses Gespräch in Gang zu setzen, was sehr anstrengend war, denn Tom achtete darauf, immer die richtigen Wörter und den entsprechend gleichgültigen Ton zu wählen, um nicht Alis Ungunst heraufzubeschwören.*

Zum Glück ging auch bald das Essen los, mit einer Flädlesuppe, anschließend ein kleiner Salat mit Fischvariationen und als Hauptspeise gespickter Rinderbraten mit Rosenkohl und Kartoffelgratin. Zum Essen gab es wahlweise einen trockenen Weißwein oder Rotwein. Tom entschied sich für den trockenen Weißwein, weil er von Rotwein immer müde wurde und vermeiden wollte, dass er anfing zu gähnen. Inzwischen traute sich auch Aisha wieder, ihn anzublicken und ganz verstohlen zu lächeln, in der Hoffnung, dass Ali sie nicht dabei ertappte. Amir beobachtete sie beide mit einem Grinsen im Gesicht, als wenn er denken würde, dass er dabei sowieso kein Glück haben würde. Was Tom störte, war die Tatsache, dass sich die beiden Damen bisher noch in keines der Gespräche mit eingebracht hatten, noch nicht einmal Elisha hatte bisher einen Ton von sich gegeben. Bei Aisha schob Tom das

auf Befangenheit, weil er am Tisch saß, was er auch gut verstehen konnte. Wäre er nicht gezwungen, sich zu unterhalten, würde er auch lieber nur in ihre Augen schauen und schweigen und den Glanz ihrer Augen auf sich wirken lassen. Nach der Nachspeise, die wieder schweigend zu sich genommen wurde und aus Vanilleeis mit heißen Himbeeren bestand, bestellte Ali noch für alle einen Digestif, nur nicht für die Frauen und ohne zu fragen, ob das auch alle mögen. Zum Glück war bei dem Menü nichts dabei, was Tom absolut verabscheute, sodass es von daher keine Probleme gab. Wer weiß, wie Ali es aufgefasst hätte, wenn Tom einen Gang unangetastet hätte zurückgehen lassen. Tom hatte inzwischen das Gefühl, dass sein Hosenknopf gleich abspringen wird, so viel hatte er schon seit Langem nicht mehr gegessen und war dann, auch wenn er nicht selbst wählen konnte, froh über den Digestif, wobei es sich um einen wohlschmeckenden Williams handelte. Hätte Tom wählen können, hätte er eher zu einem Cognac tendiert, doch egal, der Williams war auch sehr gut.

Tom fühlte sich inzwischen etwas wohler in seiner Haut, was mit großer Wahrscheinlichkeit auf den Alkohol zurückzuführen war, den er während des Essens konsumiert hatte. Die Stimmung war im Allgemeinen lockerer geworden, Khalid und Amir alberten wieder etwas herum, nur Ali blieb seiner Miene treu und die beiden Frauen schwiegen weiterhin lächelnd. Tom war inzwischen mutig geworden und sprach sogar Ali ganz offen an und stellte ihm Fragen zu seiner Arbeit und seinem Leben in Arabien. Natürlich ging er sehr vorsichtig vor und achtete darauf, dass er nicht zu persönlich wurde. Aisha schaute immer verlegen nach unten, wenn er seinen Blick auf Ali richtete, um ihn anzusprechen, wahrscheinlich, weil sein Blick dann auch immer auf Aisha fiel. Entweder war sie schüchtern oder durch ihren Glauben und ihre Familie eingeschüchtert, was natürlich einen großen Unterschied darstellte. Fragen zum islamischen Glauben vermied er absolut, obwohl ihm das Ganze unvorstellbar war, z. B. tranken die Menschen dort keinen oder

fast keinen Alkohol, aber wenn sie in Europa waren, umso mehr. So war es jedenfalls bei al-Sayyrans, und Tom war es ein Rätsel warum. Sollte der Islam in Europa andere Gesetze erlauben, oder die Familie nahm das alles nicht so ernst. Das Letztere wäre ihm am liebsten, das würde auch seine Versuche, Aisha näher zu kommen, erleichtern. Bislang hatte er sich nicht getraut, sie anzusprechen, er wusste nicht so richtig, was er sagen sollte, ohne sich den Zorn von Ali wieder anheim werden zu lassen.

Tom sagte zu Ali, dass Khalid und Amir große Fortschritte im Golfspiel gemacht hätten und sicherlich viel geübt hätten seit dem letzten Sommer, die beiden wären inzwischen so weit, dass sie es mit ihm selbst aufnehmen könnten.

Ali sagte nichts dazu, nickte nur zustimmend zu seinen beiden Söhnen hinüber. Ohne zu überlegen, fragte Tom Aisha, ob sie Lust hätte, auch Golf spielen zu lernen, sie könnte dann immer mit ihren Brüdern zusammenspielen, und natürlich auch mit ihm, doch das sagte er nicht.

Sie lächelte ihn mit ihrem süßesten Lächeln an und wollte gerade antworten, als ein aggressives "Nein" von ihrer rechten Seite ertönte. Ali sagte, dass es in Saudi-Arabien nicht üblich ist, dass die Frauen dieselben Sportarten wie die Männer betreiben. Frauen haben andere, wichtigere Verpflichtungen als Sport, auch bereits in Aishas Alter.

Aisha drehte sich zu ihrem Vater um und gab ihm

auf Arabisch eine Antwort, Tom hätte zu gerne gewusst, was sie ihm gesagt hatte. Ali schnauzte sie in Arabisch an und schon senkte sie wieder ihren Blick und wurde dunkelrot in ihrem hübschen Gesicht, was jedoch ihrer Schönheit nicht schadete. Es war nicht zu erkennen, ob sie vor Verlegenheit oder Wut rot angelaufen war, weil ihre Augen gesenkt und somit nicht zu sehen waren.

Amir, der mit seinem Vater sehr gut zurechtkam, fragte ihn, warum er Aisha nicht auch ein wenig Abwechslung gönne, sie waren schließlich hier im Urlaub und Aishas Leben war in Saudi-Arabien auch nicht das abwechslungsreichste. Tom war erstaunt, über den plötzlichen Einsatz Amirs für Aisha, es hatte ihn bisher den ganzen Abend nicht interessiert, dass seine Schwester nichts sagte. Auch Aisha hob ihren Blick und schaute Amir seltsam an.

Sein Vater war erst sehr still, fühlte sich wahrscheinlich durch den plötzlichen Ausbruch seines Sohnes irritiert und suchte nach der richtigen Antwort. Amir setzte noch nach, dass er für die Zeit ihres Aufenthaltes etwas lockerer sein könnte, in Riad würde wieder alles seinen normalen Weg weiterlaufen, was macht schon zwischendrin alle paar Tage eine Golfstunde im Freien aus, wenn er wollte, würde er auch als Begleitung dabeibleiben, vorausgesetzt, Aisha hatte überhaupt Lust darauf.

„Natürlich habe ich Lust darauf", kam unerwartet und wie aus der Pistole geschossen Aishas Antwort

darauf und sie schaute gleich wieder verlegen nach unten. Ali schaute Aisha, Amir und dann Tom der Reihe nach an und murmelte dann nur, dass er es sich überlegen würde. Tom sah, wie Aisha noch immer nach unten blickend lächelte und Amir zwinkerte ihm zu, anscheinend bedeutete Alis letzte Aussage so viel wie "ja", was ihn richtig erheiterte und er auch in sich hineinlächeln musste.

Anscheinend wurde Ali die Unterhaltung jetzt zu anstrengend, er war es bestimmt nicht gewohnt, dass man seine Entscheidungen infrage stellte, er sprach kurz mit Elisha und beide standen dann zusammen auf. Ali beendete mit einigen netten Worten und des nochmaligen Dankes für seine Hilfe an Tom und bat dann Aisha, mit ihren Eltern mitzukommen. Tom stand ebenfalls auf und bedankte sich bei Ali und Elisha für die Einladung und wünschte ihnen weiterhin einen angenehmen Aufenthalt. Aisha stand auf, lächelte Tom nochmals verlegen zu und ging dann mit ihren Eltern aus dem Restaurant. Tom ließ sich auf seinen Stuhl zurückfallen und schaute ihr verträumt nach, bis Khalid ihn aus seinen Gedanken riss.

„He, Tom, schau meiner Schwester nicht so auffallend nach, die ist bereits vergeben, lass uns lieber an die Bar gehen und noch etwas trinken und schauen, was sich dort für Mädels aufhalten."

Tom schaute ihn entgeistert an, als hätte er gerade die schlimmste Nachricht seines Lebens erhalten. „Was für Mädels, du weißt doch, dass sich dort überwiegend ältere Frauen aufhalten oder solche, die Urlaub von ihren Ehemännern machen. Ich habe keine Lust, mich von diesen geschminkten Tanten anmachen zu lassen." Tom reagierte gereizt auf die Aussage von Khalid und der machte jetzt seinerseits ein verdutztes Gesicht.

„He Tom, was ist denn mit dir los, willst du keinen Spaß haben?"

Tom wandte sich an Amir, da Khalid nicht in der Lage war zu verstehen, was Tom bedrückte, und fragte ihn, wieso Aisha vergeben ist, sie sei doch erst achtzehn Jahre alt.

Amir stand auf und setzte sich neben seinen Freund und begann zu erklären. Tom schaute ihn immer ungläubiger an, das konnte nicht sein, dass das, was er als unmenschlich und Witz angesehen hatte, tatsächlich der Wahrheit entsprach.

Amir sagte, dass ihm der Gedanke daran auch nicht gefiel, er jedoch auch keine Handhabe hatte, dagegen etwas zu unternehmen.

Tom flüsterte vor sich hin, Aisha war also schon seit ihrer Kindheit einem Mann versprochen, dazu noch einem der Vetter des jemenitischen Prinzen. Er verlor fast die Beherrschung und musste sich zusammenreißen. Tom bestellte sich erst einmal auf diesen Schreck einen Cognac, um wieder zur Besinnung zu kommen. „Amir, wem bist du versprochen worden?"

„Nein, nein Tom, das verhält sich anders, Männer werden nicht versprochen, sondern sie bekommen eine Frau versprochen. Ich werde in zwei oder drei Jahren, wenn mein Studium beendet ist, ein Mädchen aus Riad heiraten, dessen Vater bei der International Bank of Riyad Direktor ist. Unsere Eltern haben das bereits vor vielen Jahren so festgelegt und ich kenne sie auch schon seit vielen Jahren. Sie war immer eine gute Freundin für mich und irgendwann wird sie meine Frau sein.

„Hast du keine Angst davor, liebst du dieses Mädchen denn überhaupt?"

„Im Moment ist es eine Freundschaft, Liebe entsteht, wenn man gemeinsam lebt und alles miteinander teilt, und das wird erst sein, wenn wir verheiratet sind. Arabische Frauen gehen als Jungfrauen in die Ehe und werden von ihren Männern verehrt, sie haben einen höheren Stellenwert wie europäische Frauen. Das Leben der Frauen bei uns hat mit dem in Europa nichts zu tun."

„Und was ist mit Aisha, liebt sie den Mann, den sie bald heiraten soll?"

„Ich glaube nicht, Tom, sie kennt ihn seit einigen Jahren und er macht ihr den Hof und verwöhnt sie mit kleinen Aufmerksamkeiten und sie weiß, dass er für sie bestimmt ist. Also warum soll sie sich dagegen aufbäumen, und wie gesagt, die Liebe entsteht."

„Was geschieht, wenn sie sich in einen anderen Mann unsterblich verliebt?"

„Dann bekommt sie ein Problem mit sich selbst und mit unserem Vater, wenn er davon erfährt. Sie kann und wird sich nicht gegen die Religion und Sitten in unserem Land auflehnen, denn wenn sie das tut, kann sie in diesem unserem Land nicht mehr leben, sie wird bestraft und für immer in Verruf geraten. Auch der Name unseres Vaters wird darunter leiden und einen

negativen Touch bekommen. Tom, lass uns besser zu Khalid in die Bar gehen, vergiss meine Schwester." Khalid, dem das Gespräch zu langweilig war, weil das für ihn bereits alles mehr als normal war, hatte es sich inzwischen an der Bar gemütlich gemacht, natürlich so, dass der ganze Raum zu überblicken war.

Tom sah Amir an und sagte, dass es ihm jetzt nicht danach sei, sich in der Bar aufzuhalten. „Ich glaube, ich habe mich in deine Schwester verliebt, und wenn sie meine Gefühle erwidern wird, werde ich darum kämpfen."

„Tom, du wirst sie und die ganze Familie damit unglücklich machen."

„Nein, Amir, wenn sie sich auch in mich verliebt, werde ich sie glücklich machen, mit allen Mitteln, die mir zur Verfügung stehen, und die Familie ist für mich dabei nicht wichtig." Tom stand auf und verließ das Restaurant, um zu seinem Fahrzeug zu gehen. Amir schaute ihm nach und war sich just in diesem Moment sicher, dass es seinen Freund erwischt hatte und er es ernst meinte. So hatte er ihn noch nie erlebt.

Tom ging wie in Trance zu seinem Auto und wollte ganz einfach nicht verstehen, was er kurz zuvor gehört hatte. Er verliebt sich in das süßeste Mädchen auf der ganzen Welt mit den schönsten schwarzen Augen, die man sich vorstellen kann, und dieses Mädchen soll schon vergeben sein, nur weil ihr Vater das irgendwann vor Jahren festgelegt hatte. Das kann nicht sein, so etwas gibt es nicht, und auch eine Religion kann so hartherzig nicht sein, einer Frau vorzuschreiben, wen sie lieben muss. Ich muss alles versuchen, um rauszufinden, ob sie auch Gefühle für mich hat. Und wenn dies so ist, werde ich mich durchsetzen und die hochheiligen Sitten dieses Landes brechen. Es ist ihm noch nicht häufig passiert, dass er sich so Hals über Kopf verliebt hat, und das will und kann er nicht einfach auf sich beruhen lassen. Zuerst muss er versuchen, die beiden Brüder auf seine Seite zu bekommen, das könnte auf jeden Fall hilfreich sein, so wie er das mitbekommen hatte, übten sie etwas Einfluss auf ihren Vater aus. Gut wäre auch, Kontakt zu Elisha zu knüpfen, die ihren Mann Ali recht gut im Griff zu haben schien, den Gedanken konnte er jedoch gleich wieder verwerfen, es war unmöglich, mit ihr allein zu einem Gespräch zu kommen.

Tom fuhr langsam in Richtung seines Apartments, war allerdings so in seinen Gedanken verloren, dass er daran vorbeifuhr und noch eine Fahrt rund um den See machte, obwohl er Alkohol getrunken hatte und besser nicht mehr gefahren wäre. Aber der warme Sommerabend, die duftenden Waldstücke entlang des Weges und das Glitzern des Sees zwischen den Bäumen durch die Dunkelheit hatten eine beruhigende Wirkung auf ihn, und als er dann wirklich auf den Parkplatz vor seinem Apartment fuhr, hatte er sich beruhigt und war wieder zuversichtlicher. Bevor er in dieser Nacht einschlief, grübelte er stundenlang, wie es ihm gelingen konnte, öfter mit Aisha zusammen zu sein und sich mit ihr allein zu unterhalten. Nur so konnte er herausfinden, ob sie etwas für ihn empfand oder sie so in ihrem Leben und ihren Traditionen gefangen war, dass er keine Chance hatte. Er war jetzt umso fester dazu entschlossen, alles zu tun, um seinem Glück auf die Sprünge zu helfen.

Nachdem Tom das Restaurant verlassen hatte, ging Amir zu seinem Bruder Khalid an die Bar und erzählte ihm von seinem Gespräch mit Tom. Khalid hörte sich alles an und sagte zu seinem kleinen Bruder, dass es in diesem Sommer anscheinend nicht so lustig werden würde. Wenn Tom sich an Aisha ranmachen würde, gäbe das mit Sicherheit einen Bruch in der Freundschaft. Amir sagte, er solle nicht immer nur an seinen Spaß denken und dass er das Gefühl hätte, dass Tom es ehrlich und ernst meinte und dabei nicht nur an Spaß dachte, sondern sein Herz Purzelbäume drehe.

Khalid schüttelte den Kopf. „Du glaubst, dass er sich ernsthaft in dieses Küken verliebt hat?“

„Das sieht ganz so aus, er war vollkommen fertig, als ich ihm erzählt habe, dass sie bereits versprochen ist.“

Plötzlich fing Khalid an zu grinsen. „Wir können Aisha zu ein bisschen Abwechslung verhelfen, sie hat ja so oft Langeweile hier, immer bei den Eltern zu sitzen ist langweilig, und alleine darf sie nirgends hin. Wir werden sie jetzt in einige unserer Aktivitäten einspannen und sie mit Tom in Verbindung bringen. Der wird dann schnell merken, dass sie noch immer ein kleines Mädchen ist, und in fünf Wochen ist das Thema sowieso wieder vorbei, genau wie bei uns, wir müssen uns auch immer in unser normales Leben fügen und können nicht davonlaufen.“

„Das wird nicht einfach werden, du weißt, wie Vater immer darauf reagiert, wenn wir etwas mit ihr unternehmen wollen, und wenn Tom dann zusätzlich dabei ist, wird er bestimmt nicht zustimmen.“

„Amir, sei nicht so einfallslos, er muss nicht alles wissen, wir werden die beiden schon näherbringen, wenn sie das *überhaupt möchte, sie hat noch niemand nach ihrer Meinung dazu gefragt. Das wird bestimmt ebenfalls spaßig, eben mal ganz anders als in den vorherigen Jahren. Wir müssen nur höllisch aufpassen, dass nichts herauskommt und dass nichts Verhängnisvolles passiert und Aisha ihre Jungfräulichkeit behält, das ist natürlich Voraussetzung."*

„Einer von uns muss immer in ihrer Nähe bleiben, ich hoffe, du weißt, was das bedeutet."

Während die beiden Jungs und auch Tom schon Pläne schmiedeten, musste sich Aisha die Standpauke ihres Vaters anhören, obwohl sie der Meinung war, dass sie nichts Unrechtes getan hatte. Ihre Mutter hatte sich ins Schlafzimmer zurückgezogen, von ihr war keine Unterstützung zu erwarten. Ihr Vater war der Meinung, sie hätte unsittliche und schamlose Blicke zu Tom geworfen und dass dies eine Sünde wäre, denn sie dürfe keine fremden Männer anlächeln, sie solle an Mohammed denken, der auf sie wartete.

Aisha war verärgert und daher war ihr das Gerede ihres Vaters egal und sie gab ihm auch die entsprechende Antwort, was sie in der Öffentlichkeit niemals tun würde. Sie nannte ihren Vater einen schrecklichen Egoisten und dass sie es nicht einsehe, dass sich immer nur Khalid und

Amir amüsieren dürften und sie nicht. Sie sei inzwischen achtzehn Jahre und alt genug, um zu wissen, was für sie erlaubt ist und was nicht. Es wäre schließlich Europa, wo sie sich zurzeit aufhielte, sie kleide sich wie eine Europäerin und wolle dann auch ihre Zeit so verbringen, auch sie hätte Urlaub von Saudi-Arabien, wo sie oft das Gefühl hatte, von den Sitten erdrückt zu werden.

Ali war sprachlos über die Aussage seiner Tochter und versuchte nun etwas ruhiger, ihr noch mal seine Beweggründe zu erklären, ohne dass die Unterhaltung sich in einen Streit ausdehnte. Er wollte sie nur davor beschützen, eine Dummheit zu begehen und sich das Leben der Mädchen hier zu genau anzuschauen, denn danach würde es für sie noch schwieriger werden, ihr Leben in Saudi-Arabien zu verstehen und zu akzeptieren. Außerdem habe sie bereits in ihrer Schule genug über den Ruf von unreinen Frauen gehört und deren Stand in ihrem Land. Sie habe eine große Zukunft vor sich mit Mohammed an ihrer Seite, und das dürfe sie auf keinen Fall aufs Spiel setzen.

Aisha verstand ihren Vater, wollte doch nur ein bisschen Abwechslung und mit ihren Brüdern etwas unternehmen, sie musste ihren Vater dazu bringen, dann könnte sie auch etwas Zeit mit Tom verbringen, den sie sehr nett fand, was ihr in den Jahren zuvor nicht aufgefallen ist. Na ja, wahrscheinlich fand sie vor Jahren noch alle Männer uninteressant, weil sie zu jung war. Es kann auch im Islam kein Fehler sein, sich mit anderen Männern zu unterhalten, auf jeden Fall hier nicht, und Mohammed würde davon sowieso nichts erfahren. Also schaute sie ihrem Vater tief in die Augen und schmiegte sich wie eine Katze an ihn und bestätigte, dass sie ihn gut verstehen würde und ihr seine Sorgen bekannt sind. Aber er müsste jetzt auch erkennen, dass sie kein kleines Mädchen mehr ist und sehr wohl entscheiden kann, was gut für sie ist und was nicht. Er stecke sie seit Jahren in die besten und teuersten Mädchenschulen, in denen sie auf ihr Leben vorbereitet wird, wie könne er nur davon ausgehen, dass sie etwas Unüberlegtes tun würde. „Paps, du musst nur verstehen, dass auch ich in meinen Ferien ein bisschen was anderes machen möchte als das, was ich jeden Tag mache."

Ali sah in ihre schwarzen Rehaugen und nickte ihr zu, er wird eine Nacht darüber schlafen und ihr am nächsten Tag seine Entscheidung mitteilen. Ein paar kleine Freizeitaktivitäten können nicht viel Schaden anrichten und außerdem musste er dann mit den Jungs sprechen, denn allein hier herumlaufen ist ausgeschlossen.

Aisha hätte einen Luftsprung machen können, denn die Aussage ihres Vaters bedeutete so viel wie „ja", das wusste sie ganz genau. Sie musste sich sehr zusammenreißen und sagte nur mit gesenktem Blick: „Okay, ich werde deine Entscheidung erwarten", und ging dann zu ihrem Schlafbereich.

Am nächsten Morgen beim Frühstück im Restaurant, als die ganze Familie versammelt war, schwiegen alle vor sich hin. Jeder wartete darauf, dass der Vater sich zu dem vergangenen Abend äußern würde. Aber er schwieg, man merkte regelrecht, wie die Luft knisterte. Nach einer geraumen Zeit konnte Khalid sich nicht mehr zurückhalten und fragte seinen Vater schnurstracks heraus, warum er Aisha nicht Golf spielen lassen wolle. Ein bisschen Abwechslung würde sie mit Sicherheit aufblühen lassen.

Ali, der anscheinend nur auf ein Signal gewartet hatte, schaute Khalid und dann Aisha an und sagte, dass er der Meinung sei, dass Aisha bereits genug aufgeblüht sei und aus dem Grund keine Abwechslung brauche, sie wäre eine wunderschöne blühende Blume. Aber er hätte gestern Abend ein Gespräch mit ihr geführt und daraus erkannt, dass sein kleines Blümchen zu einer jungen erwachsenen Blume geworden sei und es an der Zeit ist, *sie ein klein wenig dem Wind zu übergeben. Er ist zu der Entscheidung gekommen, dass sie in diesen Ferien ein Stück mehr des europäischen Lebens genießen darf, d. h.: „Wenn sie möchte, kann sie Golf spielen lernen und das eine oder andere mit euch beiden unternehmen, allerdings unter der Bedingung, dass immer einer von euch beiden ein Auge auf sie hat, und darauf hätte ich gerne euer Ehrenwort, denn ihr wisst, was für eine junge Frau in unserem Land auf dem Spiel steht."*

Khalid posaunte gleich los, dass es eine weise Entscheidung von ihm sei und er bestimmt immer ganz besonders gut auf sie achten würde.

„Und du, Amir, was hast du dazu zu sagen?"

„Ich werde natürlich auf sie achten, das habe ich doch schon früher immer getan, du weißt, du kannst dich

auf mich verlassen. Ich liebe meine kleine Schwester und würde niemals zulassen, dass ihr etwas passiert, was ihr Probleme bereiten könnte."

„Also gut, ich weiß, dass ich mich auf euch verlassen kann", sagte Ali und wandte sich dann noch an Aisha, ob sie mit seiner Entscheidung zufrieden sei.

Aisha musste ein Grinsen unterdrücken und sagte nur: „Danke Daddy", und hätte am liebsten rausgeprustet, dass sie nach dem gestrigen Gespräch nichts anderes erwartet hatte. Doch im Moment musste sie sich zurückhaltend zeigen, damit er nicht vermutete, sie würde dies jetzt als Freibrief für alle Schandtaten dieser Welt sehen und gleich losrennen und allen Männern um den Hals fallen, was sie auch gar nicht vorhatte. Am schnellsten brauchte sie jetzt einen offiziellen Termin mit Tom, damit sie

ihn für sich haben könne, und ihre Brüder würde sie auch noch loswerden. Die beiden um den kleinen Finger zu wickeln war wesentlich einfacher als bei ihrem Vater, besonders bei Khalid, der immer seine Ruhe vor ihr haben wollte, gab es überhaupt keine Probleme. Sie hätte vor Freude laut lachen können und es fiel ihr sehr schwer, ein unterwürfiges Gesicht zu machen, bei

den Gedanken, die ihr durch den Kopf gingen.

./.

Die nächsten beiden Tage verliefen für Tom recht hektisch, er war absolut ausgebucht. Sein Terminkalender war bis auf die letzte Stunde belegt, ihm fehlte oft sogar die Zeit für *eine Tasse Kaffee oder um etwas zu essen. Fast nach jeder Unterrichtsstunde kontrollierte er noch mal seinen Terminkalender, was an neuen Terminen vereinbart wurde. Aber der Name, den er dort sehen wollte, war nicht zu entdecken. Das stürzte ihn immer tiefer in seine Gedanken an Aisha. Sollte er sich getäuscht haben? Hatte sie nur gespielt und versucht herauszufinden, wie sie auf ihn wirkt? Das würde ihn sehr enttäuschen. Die andere Möglichkeit war, dass ihr Vater nach wie vor etwas dagegen hatte, dass sie Golfstunden nahm, dann könnten jedoch die beiden Jungs weitermachen. Die standen ebenfalls nicht im Terminkalender, und der wurde immer voller. Toms Gedanken drehten sich im Kreis, es konnte nicht sein, dass er ihren Blick falsch interpretiert hatte, so naiv war er mit seinen 28 Jahren Lebenserfahrung schon lange nicht mehr. Es lag Neugier, Verlangen und Sehnsucht in ihren Augen, und das kann nicht gespielt gewesen sein, so konnte sie sich nicht verstellen. Als er in Gedanken an Aisha vertieft an der Rezeption stand und zur Eingangstür blickte, erschien Saskia Salzmann an der Rezeption und fragte nach ihrer Post. Solange Tom verträumt zur Tür schaute, sah sie ihn von der Seite an, sagte aber kein Wort. Als Tom sie bemerkte, schaute sie gleich in eine andere Richtung. Tom* stand auf und wollte zu ihr gehen, um mit ihr zu sprechen, er wollte diese Geschichte mit ihr endgültig bereinigen, auch wenn er heute gar nicht in der Stimmung dazu war, aber er wollte die Gelegenheit nutzen. Als Saskia ihn aufstehen sah, schaute sie nur verächtlich zu ihm rüber, drehte sich um und ging davon, ohne sich noch mal umzuschauen. Tom blieb wie angewurzelt stehen und schüttelte den Kopf, ihr Verhalten war inzwischen mehr als kindisch. So aufregend war das, was geschehen war, jetzt wirklich nicht, dass hinterher zwei erwachsene Menschen sich noch nicht mal mehr in die Augen schauen können. Wenn eine Frau mit einem One-Night-Stand nicht umgehen kann, sollte sie sich nicht darauf einlassen. Saskias Verhalten zeugte von einer absoluten Unreife ihres gesamten Charakters. Okay, wenn sie nicht wollte, sollte sie doch weiter schmollen. Es wunderte ihn nicht mehr, dass Peter Salzmann so viel unterwegs war, es war auch schwierig, mit einem Kind als Frau den ganzen Tag zusammen zu sein. Plötzlich kam ihm in den Sinn, dass Aisha vielleicht ebenfalls von ihrer Einstellung her ein Kind sein könnte, der Altersunterschied zu ihm war auch sehr beträchtlich. Zwölf Jahre Unterschied könnte zu Problemen *führen. Allerdings sind die arabischen Frauen anders erzogen als europäische, sie werden viel früher auf ihre Rolle als Ehefrau und Mutter vorbereitet, hingegen europäische Frauen in diesen Tagen dazu erzogen werden, ihr Leben allein in die Hand zu nehmen und Karriere zu machen. Das findet Tom zwar nicht schlecht, passt allerdings nicht in seine Welt. Wenn beide Mitglieder einer Lebensgemeinschaft Karriere machen, kommt die Beziehung zu kurz, weil keiner mehr Zeit für den anderen hat, und dass*

funktioniert nicht auf Dauer. Er könnte niemals auf seinen Job verzichten, Golf ist für ihn Hobby, Beruf und sein Leben, und nichts und niemand auf der Welt könnte ihn dazu bringen, das aufzugeben. Seine Gedanken kommen ihm selbst egoistisch vor, in dieser Beziehung scheint er jedoch altmodisch zu sein, und es könnte auch sein, dass seine Probleme, eine Beziehung aufrecht zu erhalten, damit zusammenhängen. Tom hat trotzdem nicht vor, seine Einstellung zu ändern. Es gibt noch immer genügend Frauen, die nicht darauf bedacht sind, die große Karriere zu machen, sondern sich lieber um einen Mann und die Kinder kümmern. Mit Saskia wäre so eine Gemeinschaft nicht denkbar, sie macht zwar keine Karriere, würde aber bestimmt gerne die Fäden in der Gesellschaft ihres Mannes ziehen, doch dafür fehlt ihr die nötige Intelligenz. Das Einzige, was sie einem Mann zu bieten hat, ist ihr Aussehen, ihre Jugend und ihre erotische Ausstrahlung, die einen Mann schon mal zu weichen Knien kommen lässt, aber als Partnerin für eine gemeinsame Zukunft ist sie absolut nicht geschaffen. Seine Mutter hätte sie bestimmt als hübsches Dummchen bezeichnet, wenn sie Saskia kennengelernt hätte, was zum Glück niemals geschehen wird. Toms Mutter war auch Hausfrau und Mutter gewesen, weil sein Vater es damals so gewollt hatte. Sie hatte allerdings eine Ausbildung bei der Bank absolviert und wäre durchaus in der Lage gewesen, allein zurechtzukommen. Von seiner Einstellung her war Tom wie sein Vater, doch ansonsten trennten sie regelrechte Ozeane voneinander. Tom würde niemals versuchen, seinem Sohn, wenn er denn einmal das Glück hätte, einen zu haben, einen Beruf aufzuzwingen. Und wenn er keine Lust hätte, Golf zu spielen, würde er das auch schweren Herzens akzeptieren. Jeder Mensch und auch schon kleine Kinder sollen sich ihre Meinung selbst bilden, was ihnen Spaß macht und was nicht. Es ist zwar häufig der Fall, dass Kinder von ihren Eltern geprägt werden, weil diese mit ihren Aktivitäten es vormachen und die Kinder automatisch in den gleichen Kreis kommen. Allerdings ist es häufig dann im jugendlichen Alter ein Problem, wenn die Kinder anfangen, ihr eigenes Ich zu finden. In dieser Zeit gibt es viele Zerwürfnisse zwischen Eltern und Kindern, die sich jedoch meistens wieder nach einer kurzen Zeit entspannen, nicht so wie bei ihm und seinem Vater, was sich bis heute noch nicht bereinigt hat. Vielleicht ändert sich das Verhältnis, wenn er mal selbst Kinder hat, doch noch zum Guten.

Tom stand noch immer nachdenklich an der Rezeption, als Paula ihn aus seinen Gedanken riss.

„Tom, hör auf zu träumen, was ist denn nur mit dir los, du rennst ganz aufgeregt durch die Gegend und kontrollierst ständig deinen Terminkalender. Hast du Angst, nicht genug Arbeit zu haben? Ich glaube, darüber kannst du dich zurzeit bestimmt nicht beklagen."

„Nein, Paula, das kann ich wirklich nicht, aber, dir kann ich es ruhig sagen, ich warte auf einen ganz bestimmten Namen in meinem Kalender."

Paula lachte. „Du erwartest doch nicht etwa, dass sich Saskia Salzmann noch mal bei dir anmeldet. Ich glaube, der ihr Interesse an diesem Sport ist, bis hier ein anderer Golfpro unterrichtet, vorbei."

Tom schüttelt den Kopf. „Nein, Paula, den Namen erwarte ich ganz bestimmt nicht, sondern einen viel schöneren Namen."

Paula fragte, ob er ihr den Namen nennen könnte, damit sie ihn direkt informiert, sobald sich die richtige Dame einträgt.

Tom grinst sie an. „So fragt man Leute aus. Nein, Paula, das musst auch du noch nicht wissen, das ist erst mal mein Geheimnis."

Tom wandte sich um und ging zur Tür, drehte sich erneut kurz um und winkte Paula grinsend zu. Sie winkte zurück und zuckte mit den Schultern, nun war sie genauso schlau wie vorher. Dass er mal wieder verliebt war, war ihr schon vorher klar, nur wer diesmal die Auserwählte war, hätte sie schon interessiert. Ein kleiner Funken Eifersucht kam wieder in ihr hoch.

Der Tag verlief wie jeder andere, Tom arbeitete ohne Unterbrechung und merkte gar nicht, wie die Zeit verging. In Gedanken war er nicht ganz bei der Sache und fragte sich, warum al-Sayyrans jetzt schon seit zwei Tagen nicht zu sehen waren. Niemand von der ganzen Familie ließ sich sehen, und das kam ihm recht merkwürdig vor. Am Abend, als er ganz erschöpft zur Rezeption ging, um in seinen

Terminkalender zu sehen, lief ihm Isabelle über den Weg. „Hallo Tom, wo gehst du noch hin?“

„Nur noch mal in meinem Terminkalender nachsehen, wann ich morgen hier sein muss. Hoffentlich kann ich etwas ausschlafen, zurzeit ist Hochbetrieb bei mir.“

„Ja“, sagte Isabelle, „das Hotel läuft auch bald über, es ist kein einziges Zimmer mehr frei.“

„Isabelle, du kennst doch die Familie al-Sayyran.“

Isabelle nickte ihm bestätigend zu.

„Weißt du, wo sich die Familie aufhält, ich habe schon seit zwei Tagen keinen gesehen, die sind doch nicht abgereist?“

„Nein, Tom, du weißt doch, dass die Familie al-Sayyran immer mindestens vier Wochen bleibt. So viel ich gehört habe, sind alle zusammen für zwei Tage nach London geflogen, zum Einkaufen, ist doch nicht schlecht, das würde ich auch gerne machen.“

Tom lächelte sie an. „Isabelle, das brauchst du nicht, dort gibt es bestimmt nicht die großartigen Dirndl, die du trägst und die an dir so reizend aussehen.“

„Tom, du alter Charmeur, ich würde trotzdem manchmal lieber etwas anderes tragen als immer nur die bayrische Tracht. In meiner Freizeit solltest du mich mal sehen, du würdest staunen.“

„Das glaube ich dir, Isabelle, in einem kleinen schwarzen Kleidchen kann ich mir dich auch gut vorstellen."

Sie lacht ihn an. „Tom, deine weiteren Gedanken möchte ich jetzt nicht erahnen, sonst werde ich noch rot. Aber warum fragst du eigentlich nach al-Sayyrans, gibt es ein Problem?"

„Nein, ich war nur verwundert, dass sich keiner der Söhne zum Golf spielen angemeldet hatte. Du weißt sicherlich, dass ich mit den beiden befreundet bin und wir in der Zeit, in der sie im Hotel weilen, immer einiges zusammen unternehmen."

„Da hast du noch genug Zeit. Wenn ich mich recht erinnere, kommt die Familie heute Abend zurück und sie sind noch ein paar Wochen hier, da kannst du dich noch genug mit den beiden Jungs austoben."

„Okay, Isabelle, danke für die Information, ich muss doch sehen, dass mein Terminkalender immer ausgefüllt ist, der nächste Winter kommt bestimmt."

„Ja", sagte Isabell, „und manchmal schneller als man denkt in unserer Region. Also bis dann, Tom, ich fahre jetzt gleich nach Hause, es war ein anstrengender Tag."

Tom schaut in seinen Terminkalender und geht dann innerlich lächelnd zu seinem Auto. Ein bisschen ärgert es ihn, dass keiner etwas gesagt hat, aber andererseits ist er froh, dass sich morgen eventuell die Gelegenheit ergibt, Aisha zu sehen. Er würde jetzt nicht mehr länger warten. Wenn morgen kein Termin in seinem Kalender steht, wird er sie anrufen und fragen, warum sie sich nicht meldet. Vielleicht hat sie es sich anders überlegt, das müsste er dann akzeptieren. Das Kribbeln im Bauch, das ihn jedes Mal überfiel, wenn er nur an sie dachte, wurde immer heftiger. Dieses übermäßige Gefühl war ihm neu und er konnte sich nicht daran erinnern, dass schon mal so heftig erlebt zu haben. Wahrhaftig hatte er das Gefühl, dass erste Mal in seinem Leben wirklich verliebt zu sein. Bei anderen Frauen – wie z. B. Saskia – war es immer nur ein Begehren gewesen und dann das Gefühl, schnell weggehen zu müssen. Diesmal war es anders, er war richtig verliebt, obwohl er sich kaum mit ihr unterhalten hat und das Ganze fast ausschließlich auf Blickkontakt zurückzuführen war; es war einfach Wahnsinn. Die Gedanken an Aisha ließen ihn in eine andere Welt entfliehen, alles um ihn herum war nicht mehr wichtig, und er fühlte sich gut. Tom dachte an frühere Beziehungen, Frauen, mit denen er länger als nur eine Nacht zusammen war, konnte sich allerdings nicht an ein ähnliches Gefühl erinnern. Nun ja, ein leichtes Kribbeln war wohl immer dabei, aber mehr auch nicht, die Beziehungen haben auch nicht sehr lange gehalten, egal aus welchem Grund. Ob es mit Aisha zu einer Beziehung kommen würde, war natürlich fraglich. Von seiner Seite aus würde er alles dafür tun, auch wenn es schwierig würde bei den schon bekannten Problemen. Abwarten, es gehören immer zwei Menschen zu einer Beziehung, und wenn es wirklich Liebe ist, gibt es immer einen Weg.

Inzwischen war Tom zu Hause angekommen, den Weg dorthin muss er im Trancezustand gefahren sein, er kann sich gar nicht darin erinnern, in sein Auto eingestiegen zu sein. Das ist auch sehr gefährlich, darin sieht man, dass einiges durch das Unterbewusstsein gesteuert werden kann. Als er in seine Wohnung kam, war alles wieder blitzblank, Frau Robohm war wieder da, die hatte er in diesem ganzen Stress ganz vergessen. Er musste daran denken, ihr in der nächsten Woche einen schönen Strauß Blumen zu kaufen, ohne sie würde er irgendwann in seinem Chaos nichts mehr finden. Am Telefon stand ein Brief, wieder von seiner Mutter, er würde ihn später lesen, erst einmal eine schöne kalte Dusche, damit sein Kopf wieder klar wird. Tom stellte sich eine halbe Stunde unter die Dusche, die erfrischend wirkte, und er konnte sich allmählich wieder auf andere Dinge konzentrieren. Er zog sich nur seinen leichten Bademantel an, ging noch tropfend ins Wohnzimmer und schaltete den Fernseher an. Gedankenversunken saß er

auf der Couch und schaltete sämtliche Programme durch, ohne eigentlich zu wissen, was er wollte. Dann erinnerte er sich an den Brief seiner Mutter, der noch am Telefon stand. Es würde bestimmt wieder das Übliche drinstehen –

wie sehr sie ihn vermisste, und was sich Aufregendes in Cardiff ereignet hat, wer geheiratet oder ein Verhältnis hat oder wer gestorben ist – was ihn in den meisten Fällen

nicht interessierte. Er stand auf und holte sich den Brief

mit auf die Couch, er war müde und gleichzeitig innerlich aufgewühlt. Den Brief würde er sich noch durchlesen und dann zu Bett gehen. Tom las den Brief, dann wurde ihm schlecht, er sprang auf und lief ins Bad und musste sich übergeben. Leichenblass ging er zurück und las den

Brief noch einmal. Was er gelesen hatte, verursachte ihm von Neuem Brechreiz. Tom stand auf und schüttete sich ein *großes Glas Cognac ein. Das konnte nicht wahr sein, nein, das durfte nicht wahr sein. Sein Vater schwer krank, dass passte nicht in sein Bild. Er war immer gesund gewesen und ist immer seinen Weg gegangen ohne Rücksicht auf Verluste. Immer nur nach seinem Kopf und durch die Wand, dass dieser Mann jetzt von einer schweren Krankheit gestoppt wird, kann nicht sein. Tom nahm sich ein weiteres Mal den Brief vor. Seine Mutter schrieb, dass Verdacht auf Leberkrebs bestünde und wenn sich der Befund bestätigte, es nur eine geringe Heilungschance gäbe. Den Brief musste seine Mutter unter Tränen geschrieben haben, denn die Tinte war teilweise verwischt. Aber warum hatte sie ihn nicht direkt angerufen und ihm alles erzählt? Sich hierbei in die Gedankengänge seiner Mutter hineinzuversetzen, war ihm unmöglich. Wahrscheinlich hatte sie sich bei Großvater ausgeweint und wollte ihn nicht mit fließenden Tränen belasten. Aber es ihm in einem Brief mitzuteilen, fand Tom sehr unpersönlich, er war schließlich ihr Sohn und hatte ein Recht, eine solche Nachricht direkt und persönlich zu erhalten. Es war bereits 22.00 Uhr und seine Mutter würde bestimmt schon schlafen, sodass Tom beschloss, am nächsten Morgen direkt anzurufen. Dass sein Vater schwer krank sein sollte, hatte ihm einen solchen Schock versetzt, dass ihm immer noch schlecht war. Tom goss sich einen zweiten Cognac ein, um wieder zur Besinnung zu kommen. Er müsste so bald wie möglich nach Wales fliegen und mit seinem Vater sprechen, es standen so viele Dinge zwischen ihnen, er würde es sich nie verzeihen, wenn sein Vater sterben würde, ohne dass sie vorher die Gelegenheit hatten, sich auszusprechen und zu versöhnen. Dieses Gespräch hätte schon längst stattfinden müssen, der Unfall war jetzt so viele Jahre her, aber bei zwei extremen Dickköpfen, wie er und sein Vater, ist es bisher nie dazu gekommen. Tom hatte schon mehrmals versucht, ein Gespräch mit ihm zu beginnen, doch ohne Erfolg. Sein Vater hatte sich immer abgewendet und so getan, als wäre er mit anderen Dingen beschäftigt. Vielleicht würde er in dieser Extremsituation zulassen, dass sie sich unterhielten, oder es würde alles noch schlimmer und er ließ niemanden mehr an sich ran. Tom hatte schon von Bekannten gehört, dass Leberkrebs in den meisten Fällen tödlich ist. Er hatte sich bisher noch nie mit dieser Krankheit befasst und wusste daher auch nicht, ob es neue Behandlungsmethoden gibt oder wie überhaupt in einem solchen Fall behandelt wurde. Er würde sich morgen direkt mit seinem Freund, der an der Uniklinik beschäftigt ist, in Verbindung setzen, er wird hoffentlich* positivere Informationen zu dieser Krankheit geben. Vielleicht bestätigt sich der Verdacht auch nicht, das wäre die beste Lösung. Darauf hofft bestimmt jeder, der eine solche Nachricht bekommt. Tom ging zu seinem Bücherregal und nahm sich alle Bücher über Krankheiten und Naturheilmittel, die er fand, heraus und ging damit zurück zur Couch. Es war schon spät, und eigentlich hätte er sich hinlegen müssen, weil ihn am nächsten Tag wieder sehr viel Arbeit erwartete. Aber er war so erregt, dass daran überhaupt nicht zu denken war. Er machte sich über die Bücher her und versuchte, sich durch das Lesen über Krankheiten und Heilmittel ein wenig zu beruhigen, doch aus den Büchern ging nichts hervor, was ihm in diesem Moment weiterhalf. Das einzig Gute an der Leserei war, dass er jetzt doch sehr müde geworden war und beschloss, sich ins Bett zu legen. Es dauerte lange, bis er endlich einschlafen konnte und es war keine ruhige und erholsame Nacht, sondern er fühlte sich, als hätte er die ganze Nacht kein Auge zu getan, als er am frühen Morgen erwachte und ins Bad taumelte. Er hatte das Gefühl, dass ihm jeder Knochen im Körper schmerzte, ein Gefühl, das er kaum kannte.

Nachdem Tom sich einen Kaffee gekocht hat, geht er zum Telefon und ruft seine Mutter an. Das Gespräch dauert lange, aber nachdem er wieder aufgelegt hat, ist er ein wenig beruhigt. Seine Mutter hat ihm alles genau berichtet. Es war erst ein Verdacht auf einen Tumor, der sich bis jetzt noch nicht bestätigt hat. Sein Vater würde in den nächsten Tagen noch einige Untersuchungen über sich ergehen lassen müssen, bevor man eine Tumorerkrankung komplett ausschließen konnte. Seine Mutter versprach ihm, direkt anzurufen, sobald Klarheit darüber bestand, was seinem Vater fehlte.

Wieder etwas klarer in seinen Gedanken fährt Tom zum Hotel, um sich die Kopie seines Tagesplans abzuholen. Der erste Termin heute war auf der Driving Ranch, daran konnte er sich noch erinnern. Nur nicht, wer das war. Paula stand wie immer gut gelaunt hinter der Theke und lächelte ihn an, als er durch die Tür trat. Paulas Morgenlächeln wirkte ansteckend. Er fühlte sich gleich immer viel besser, wenn er morgens mit Paula ein paar Sätze gewechselt hatte. Das Hotel war komplett ausgebucht und es herrschte schon ziemlich viel Betrieb in der Empfangshalle. Tom schaute sich in der Ecke seinen Terminplan an. Dann wurde er blass im

Gesicht, der Atem stockte. Endlich. Endlich las er den lang ersehnten Namen auf der Liste. Aisha hatte sich endlich zu einer Unterrichtsstunde angemeldet. Am späten Nachmittag wird er sie sehen. Seine Erstarrung wechselte schnell in Euphorie. Sein Magen war voller Hummeln und sein Herz fing an, schnell zu schlagen. Verträumt lächelte er vor sich hin, bis Paula ihn zusammenschrecken ließ. Sie wollte direkt wissen, warum er so lächelte, und so verträumt vor sich hinschaute. Aber sein kleines Geheimnis behielt Tom vorerst noch für sich.

Den ganzen Tag war Tom in absolut guter Stimmung, die Zeit verging leider nur viel zu langsam. Nach seinen Stunden mit den älteren Damen ging er mit Herrn Peters erst mal zum Mittagessen. Er hatte einen Riesenappetit, wie seit Tagen schon nicht mehr. Herr Peters lächelte ihn an und

fragte, warum er heute so guter Laune wäre, so hätte er ihn schon seit Tagen nicht mehr erlebt. Tom erzählte ihm von Aisha, dass er das hübscheste Mädchen der ganzen Welt kennengelernt hatte und von den Schwierigkeiten, die sich

jetzt schon bemerkbar machten, aufgrund ihrer Religion. Herr Peters ermutigte ihn, dem Ruf seines Herzens zu folgen, aber vorsichtig zu agieren und vor allen Dingen nichts zu überstürzen. Tom lachend: Er wüsste ja noch gar nicht, ob Aisha ihn überhaupt genauso sieht. Auf jeden Fall ist heute ihre erste Golfstunde und er wird die Möglichkeiten haben, sich mit ihr ganz allein zu unterhalten.

Im Anschluss erzählte Tom Herrn Peters noch von der Erkrankung seines Vaters und dem Verdacht, dass er einen Tumor hat. Das ließ seine Stimmung kurzfristig ein wenig sinken, aber der Tag war trotzdem gerettet.

Am Nachmittag vergingen die Stunden nur schleichend, Tom schaute die ganze Zeit auf seine Uhr und konnte sich kaum auf die Stunden konzentrieren.

Endlich war es so weit, er musste zur Driving Ranch, wo die erste Stunde mit Aisha stattfinden würde. Tom beeilte sich, noch einmal schnell am Empfang vorbeizuschauen und einen Blick auf seinen Terminkalender zu werfen. Paula hatte inzwischen frei, sie würde er erst am nächsten Morgen wieder sehen, doch die anderen Mädchen kannten sich auch aus und zeigten ihm gleich seinen Terminkalender. Der war wieder brechend voll, aber er würde mit Sicherheit einen Termin für Aisha für den nächsten Tag finden.

Tom eilte durch die Gänge zur Driving Ranch. Aisha stand noch nicht vor der Tür, also hatte er noch Zeit, den Raum ein wenig vorzubereiten. Er schloss die Tür auf und schaltete die Lichter ein. Dann startete er den Computer und stellte auf ganz leicht ein.

Endlich. Er hörte Stimmen. Die Tür ging auf und Aisha kam mit Amir herein. Tom geht auf die beiden zu und begrüßt sie erst mal von Herzen. Aisha schaut verlegen nach unten, als er ihr seine Hand entgegenstreckt. Amir zieht Tom zur Seite und flüstert ihm zu, dass er jetzt verschwindet und pünktlich in einer Stunde wieder da sein wird, um Aisha abzuholen. Eigentlich müsste er die ganze Zeit danebenstehen, weil sein Vater es so wollte, aber das wäre ihm zu blöd. Tom grinst ihn an und sagt, dass er sehr gut auf seine Schwester aufpassen würde, dass er sich keine Gedanken machen bräuchte. Amir verdreht die Augen und boxt Tom leicht auf den Oberarm. Zwinkert ihm zu und verlässt den Raum.

Aisha steht verlegen herum und schaut Tom an. Tom fühlt sich auf einmal selbst eingeschüchtert und ist sich gar nicht so sicher, wie er vorgehen soll. Er beschießt, ihr erst mal ein paar Fragen zum Golfspiel zu stellen, um die Situation ein wenig zu enthemmen.

Langsam wird die Stimmung etwas lockerer und Aisha ist nicht mehr so verkrampft. Sie schaut jetzt Tom offen in die Augen und spricht mit ihm. Die ersten Schläge sind erwartungsgemäß eine Katastrophe. Die Bälle landen ganz wo anders, als sie eigentlich hinsollten. Endlich fängt auch Aisha an, herzhaft zu lachen. Die beiden amüsieren sich köstlich und kommen sich so ein wenig näher. Tom hatte sie so noch nie lachen sehen und hätte sie am liebsten geküsst, doch er wusste, das würde alles nur kaputtmachen. Da er noch nicht einschätzen konnte, wie sie zu ihm steht, würde er mit weiteren Annäherungsversuchen warten. Damit sie wenigstens einen Schlag platzieren könnte, schlug Tom ihr vor, sich hinter sie zu stellen und ihre Arme zu führen. Nach einem kurzen Zögern stimmte sie zu und er stellte sich hinter sie, korrigierte kurz ihre Haltung und griff dann von hinten an ihre Hände am Schläger. Er merkte, wie sein Herz schneller schlug, dass er am liebsten seine Nase in ihr duftendes langes schwarzes Haar gesteckt hätte und sie ganz fest an sich gedrückt hätte. Er merkte, dass Aisha leicht erstarrte und ein wenig errötete. Unwohl sollte sie sich nicht fühlen, deshalb erklärte er ihr schnell, wie sie am besten den Schläger hielt und dann ausholte. Mit ihr zusammen erzielten sie dann den ersten Treffer, was Aisha jubeln ließ. Sie freute sich über den gelungenen Treffer und löste sich aus den Armen von Tom. Er hätte noch stundenlang so mit ihr stehen bleiben können, konnte aber auch verstehen, dass sie bei seiner Berührung ängstlich wurde. Sie war auch noch sehr jung und hatte bestimmt noch nicht viel Erfahrung mit Männern. Tom ließ sie noch ein paar Schläge allein versuchen, die aber nicht so gut waren, was für eine absolute Anfängerin ja auch ganz normal war. Jedes Mal schaute sie Tom erst enttäuscht und dann schelmisch lächelnd an. Seinen Blick konnte er die ganze Zeit nicht von ihr lassen. Kurz bevor die Stunde zu Ende war, kam Amir wieder in den Raum und erkundigte sich bei seiner Schwester, ob es ihr gefallen habe. Mit rotglühenden Wangen erzählte sie Amir alles, auch von dem Treffer mit Tom zusammen. Amir lachte und meinte, dass er den Trick von Tom schon öfters gehört habe. Sie solle aufpassen, das würde er nur machen, um die Frauen zu spüren und zu verführen. Aisha lächelte Tom verschmitzt an.

Beim Verlassen der Driving Ranch schlug Tom vor, gleich für den nächsten Tag wieder eine Stunde zu vereinbaren, es wäre am besten, am Anfang häufig zu spielen, um die ganzen Griffe und Schlägerführungen zu behalten. Aisha bettelt gleich an Amir herum, dass er doch eine weitere Stunde für sie vereinbaren sollte. Es hätte so viel Spaß gemacht. Tom schlägt vor, dass man gleich nach draußen zum Übungsplatz hinter dem Haus gehen sollte, bei dem schönen Wetter macht es noch mehr Spaß als in dem stickigen Raum. Amir stimmte zu. Da er als Beschützer für Aisha auserkoren war, fühlte er sich dazu bemächtigt, zu entscheiden, ohne vorher seinen Vater Fragen zu müssen. Tom geht mit den beiden zum Empfang und vereinbarte 18.00 Uhr auf dem Übungsplatz hinter dem Hotel. Er würde eine Schülerin verschieben müssen, aber das war ihm egal. Um Aisha zu sehen, würde er seinen kompletten Terminkalender stornieren lassen. Vielleicht hatte sie nach der Stunde noch ein bisschen Zeit, er würde gerne noch mit ihr etwas trinken oder ein wenig am See spazieren gehen. Na ja, mal abwarten, wie Amir sich dazu stellt.

Der nächste Tag verging wie im Schneckentempo, die Gespräche seiner Schüler waren Tom inzwischen lästig, er hatte keine Lust, sich ständig diese Geschichten anhören zu müssen. Er schaute ständig auf seine Uhr und wünschte sich, dass er den Zeiger schneller laufen lassen könnte. Seine Schülerin, Frau Zeimetz, die er verschieben musste, war ziemlich sauer, weil er so kurzfristig abgesagt hatte, aber in der guten Stimmung, in der er heute Morgen war, war es ihm vollkommen egal gewesen. Sie wollte keinen neuen Termin, war der Meinung, sie müsste sich erst noch überlegen, ob sie überhaupt weitere Stunden bei ihm nehmen möchte. Das war Tom dann auch egal, er hatte als Ersatz jetzt schließlich Aisha und das ließ sein Herz

freudig pochen.

Als er um 18.00 Uhr zum Übungsplatz kam, standen Amir und Aisha schon dort und warteten auf ihn. Er begrüßte die beiden wie immer herzlich und auch Aisha war heute schon wesentlich offener als gestern auf der Driving Ranch. Sie lächelte ihn gleich an und sah sehr vergnügt aus.

Bevor Amir sich zum Gehen verabschiedete, flüsterte er Tom noch zu, dass er seiner Schwester nicht so den Kopf verdrehen solle, sie hätte es gar nicht erwarten können, zum Golfplatz zu kommen. Tom geht ein Stück mit ihm und fragt, ob er im Anschluss an die Golfstunde noch mit Aisha einen kleinen Spaziergang machen könnte, falls sie es denn wolle. Amir grinst ihn an und sagt dann ganz ernst, dass sie um 20.00 Uhr mit den Eltern zum Abendessen verabredet seien und daher nicht mehr viel Zeit im Anschluss wäre. Spätesten um 19.30 Uhr müsste er Aisha abholen, sonst wäre der erste Ärger mit seinem Vater schon *vorprogrammiert. Tom antwortet ihm, dass er pünktlich um 19.30 Uhr hier sein würde und er auch noch gar nicht wüsste, ob sie mit ihm spazieren möchte. Aisha wartete schon ungeduldig auf ihn und fragte gleich, was er noch mit seinem Bruder zu besprechen hatte, ob dies wieder die heimlichen Männergespräche wären, die Frauen nichts angingen. Lächelnd erzählt er ihr, dass sie das sehr wohl etwas anginge, weil es ja auch um sie ginge. Die Frage, ob sie im Anschluss an die Golfstunde noch einen kleinen Spaziergang mit ihm machen möchte, beantwortete sie mit einem schlichten „Ja“.*

Während der Golfstunde hatten sie viel Spaß miteinander, Aisha war ein sehr humorvolles Mädchen, das in seiner Nähe endlich mal ein wenig aus sich heraus ging. Sie zuckte auch nicht mehr zusammen, wenn er ihre Hand nahm oder ihren Arm berührte, um ihr bei den einzelnen Übungen zu helfen. Die Stunde beendeten sie etwas früher, um mehr Zeit zu haben, am See entlang zuschlendern und sich zu unterhalten. Sie beschlossen, erst hinter dem Hotel zum Seeweg runterzugehen, um nicht direkt von einem ihrer Familie gesehen zu werden. Ihr Vater wäre bestimmt nicht begeistert, sie mit ihm allein anzutreffen. Tom versprach, wachsam zu sein und beim geringsten Anzeichen eines

Familienmitgliedes würde er sofort, natürlich mit Aisha, hinter die Büsche springen. Aisha sagte, dass sähe ihm ähnlich, so würde sie ihn einschätzen, gleich mit den Frauen ins Gebüsch zu springen. Da sie das Ganze aber schelmisch lachend sagte, war sich Tom ziemlich sicher, dass dies nicht ihre wirkliche Meinung über ihn war. Sie gingen in der traumhaften frühabendlichen Sonne am glitzernden See entlang und unterhielten sich über Gott und die Welt. Tom hatte immer seine Uhr im Auge, er wollte auf keinen Fall zu spät zum Golfplatz zurückkommen und Amir verärgern. Er würde ihm bestimmt noch in so mancher Situation hilfreich sein. Als er zu Aisha sagte, dass sie jetzt wieder umkehren und langsam zurückgehen müssten, machte sie ein enttäuschtes Gesicht. Leicht überrascht schaute sie ihn an, als er ihre Hand in seine legte, aber sie wehrte sich nicht dagegen, ließ ihre Hand ganz zart in der seinen ruhen. Sie unterhielten sich noch eine Weile weiter, Tom musste ihr manchmal bei einigen Wörtern, die ihr nicht mehr einfielen, auf die Sprünge helfen. Ihr Deutsch war allerdings sehr gut, sie hatte schon sehr früh Deutsch gelernt, wegen ihrer deutschstämmigen Großmutter, die es liebte, ihren Enkeln die Sprache nahe zu bringen.

Als sie in die Nähe des Hotels kamen, sagte Aisha zu ihm, dass sie es zwar sehr genieße, ihre Hand in der seinen zu haben, es wäre jetzt jedoch besser, wenn er sie wieder loslassen würde. Auch ihr Bruder sollte das nicht sehen, sie hatte keine Lust auf eine Standpauke von Amir, die sie bestimmt bekommen würde, wenn er ihre lockere Haltung Tom gegenüber mitbekommen würde. In Saudi-Arabien machen Männer dies nicht in der Öffentlichkeit bei einer Frau. Amir stand bereits am Golfplatz, als die beiden lachend und witzelnd um die Ecke bogen. Er sagte etwas auf Arabisch zu Aisha, die daraufhin direkt ihren Blick senkte und aufhörte zu lachen.

Zum Abschied gaben sie sich die Hände, und Tom sagte zu Amir, dass er von jetzt an jeden Abend um 18.00 Uhr einen Termin für Aisha reservieren würde. Vielleicht würde er es schaffen, in diesem kurzen restlichen Sommer ihre Kenntnisse so weit zu forcieren, um sie auf den gleichen Stand, wie er es ist, zu bringen, damit sie dann in Riyad auch mal zusammenspielen könnten. Amir entgegnet, dass er das niemals schaffen würde, eine Frau auf den gleichen Stand zu bringen wie einen Mann und schon gar nicht in so kurzer Zeit. Außerdem könnte er sich die Mühe sparen, in Riad spielen keine Frauen Golf. Tom schaut seinen Freund verständnislos an, so hatte er ihn noch nie sprechen gehört. Amir sprach Aisha wieder in Arabisch an und sie lächelte Tom noch einmal kurz zu und ging dann schnellen Schrittes hinter Amir zum Hotel.

Tom stand noch einen Moment dort und dachte über das von Amir Gesagte nach. Er hatte sich so feindselig angehört, so als ob er seiner Schwester keinen Spaß gönnte. Für ihn waren hier doch die Frauen immer gleichgestellt, so war es ihm in den letzten Jahren vorgekommen. Es waren allerdings immer europäische Frauen, da machte Amir anscheinend einen Unterschied. Tom beschloss, Aisha darauf anzusprechen nach der nächsten Golfstunde, sie kennt ihren Bruder sehr gut und die beiden haben ein recht inniges Verhältnis. Er kennt Saudi-Arabien und die Lebensweise dort auch viel zu wenig, auch über die Stellung von Mann und Frau hatte er sich bisher noch nicht informiert, warum auch, es hatte ihn nie betroffen. Die einzigen Saudis, die er kannte, waren al-Sayyrans und die kamen ihm bisher immer ganz normal vor.

Auf dem Weg zum Hotel ließ Amir eine regelrechte Salve von Anklagen an Aisha ab. Sie war sich in keiner Hinsicht schuldbewusst, *sie hatte sich nur mit Tom unterhalten. Mehr nicht. Das darf sogar eine arabische Frau, wenn sie in Deutschland ist. Amir wirft ihr vor, dass sie Tom die ganze Zeit in die Augen geschaut hat. Das sollte sie sich erst gar nicht angewöhnen, das wäre ein schrecklicher Fehler, sollte das tun, wenn sie Masod kennenlernen würde. Sie wäre schließlich bereit, ihr Vorbereitungsunterricht wäre vorüber. Aisha wurde wütend und war der Meinung, dass man das wohl nicht vergleichen könne, sie würde hier ebenso Urlaub machen wie er und hätte auch das Recht, sich ein klein wenig zu amüsieren. Vielleicht würde dies das letzte Mal in ihrem Leben sein, wo sie ganz einfach so sein könnte wie sie wollte, ohne dass jemand neben ihr stehen würde. Es war schon schlimm genug, dass ihr Vater sie auf Schritt und Tritt bewachen ließ, dann bräuchte er sich nicht auch noch wie ein Wärter benehmen. Langsam reichte es, Amir sah seine kleine Schwester lange an, legte dann den Arm um sie und besänftigte sie wieder. Er wollte* nur nicht, dass sie einen Fehler beging, es würde ihr künftiges Leben nur noch schwieriger machen. Aisha boxte ihm leicht auf den Arm und sagte, dass sie ja inzwischen kein kleines Mädchen mehr wäre und ganz gut auf sich selbst aufpassen könne. Als sie im Zimmer der Eltern ankamen, waren sie sich wieder einig, dass sie auch weiterhin bei Tom Stunden nehmen würde. Der Vater erkundigte sich bei Amir, ob alles in Ordnung war und ob sie bereits etwas gelernt hätte. Aisha, die eigentlich antworten wollte, senkte ihren Blick und ließ Amir sprechen. Der erklärte dem Vater, dass das Ganze nur Sinn machte, wenn Aisha jetzt jeden Tag eine Stunde nehmen würde, sonst wäre es umsonst. Der Vater nahm sich nochmals das Versprechen von seinem Sohn ab, dass er gut auf sie aufpasste, er traute Tom nicht so recht, er sah ihn als Weiberheld. Zu viele Frauen hatte er in den letzten Jahren an der Seite von Tom beobachtet.

Tom fährt, nachdem er seine Termine aktualisiert hat, direkt nach Hause. Zum Glück liegen heute keine schlechten Nachrichten vor und auch der Anrufbeantworter blinkt nicht. Entspannt geht er unter die Dusche und macht sich anschließend eine Kleinigkeit zu essen. Als er dann gemütlich auf seiner Couch sitzt, kreisen seine Gedanken ständig um Aisha. Er kann, wie bereits den ganzen Tag, an nichts anderes mehr denken. Sie ist ein besonderes Mädchen, der Altersunterschied zwischen ihnen beiden ist zwar relativ groß, aber er spürt, dass Aisha die einzige Frau in seinem bisherigen Leben ist, die er wirklich haben möchte. Nicht nur wegen Sex, wie es so oft in seinem Leben war, nein, es ist ihre Natürlichkeit, die Verletzbarkeit, die sie ausstrahlt, wenn sie mit ihrer Familie zusammen ist, und ganz einfach ihr Lächeln. Sie hatte das süßeste Lächeln, das er jemals gesehen hatte, und ihre tiefschwarzen großen Augen machten ihn ganz verrückt. Diese Augen konnten in einem Moment traurig *schauen und Sekunden später so spitzbübisch sein, dass er ganz durcheinandergeriet. Aber am schönsten war das Strahlen ihrer Augen, es sah aus, als wenn viele kleine Sterne darin funkelten. Tom lag lange auf der Couch und träumte vor sich hin, wie schön es wäre, mit Aisha einfach das machen zu können, was sie wollten. Einen Plan, wie er am besten hier vorgehen sollte, hatte er noch nicht. Auf jeden Fall musste er sehr behutsam und vorsichtig vorgehen, damit der strenge Papa al-Sayyran nichts merkte. Der könnte Aisha und auch ihm sehr großen Ärger machen. In der Nacht träumte Tom einen wundervollen Traum, natürlich ging es um ihn und Aisha. Jedenfalls wachte er glücklich lächelnd auf, als wenn sie neben ihm gelegen hätte. Tom fühlte sich mit Aisha verbunden, auch wenn sie nicht bei ihm war. Er wusste, dass sie an ihn dachte und genauso fühlte wie er. Sie brauchte es ihm gar nicht zu sagen, er wusste es einfach, wusste es.*

Was ihm Kopfzerbrechen bereitete, war die Frage, wie er es schaffen könnte, Aisha abends zu treffen, ohne dass die Eltern etwas merkten. Er würde mit Amir sprechen, vielleicht konnten sie gemeinsam etwas arrangieren.

Wie gewohnt brachte Amir am späten Nachmittag Aisha zum Golfplatz hinter dem Hotel. Obwohl sie viel redeten und alberten, machte Aisha schon ziemlich gute Fortschritte. Sie hatte Talent. In ein paar Tagen würde er versuchen, mit ihr auf dem 18-Loch-Golfplatz zu spielen. Dann war er auf jeden Fall länger als eine Stunde mit ihr zusammen.

Aisha winkte schon von Weitem, als er sie mit Amir um das Hotel kommen sah. Tom freute es, dass sie langsam etwas zutraulicher wurde und leichte Gefühlsregungen zeigte. Er wollte sie aber zu nichts zwingen, sie sollte allein entscheiden, was sie möchte, vielleicht auch riskieren konnte. Sie stand unter ständiger Beobachtung, das musste ein so junges Mädchen doch schrecklich nerven. Tom lebte nicht in ihrer Welt und konnte sich daher so vieles nicht vorstellen.

Als die beiden bei ihm waren, gab er Aisha einen Schläger in die Hand und zog Amir zur Seite. Der grinste ihn gleich an und fragte, ob er wieder spazieren gehen wolle im Anschluss an die Golfstunde. Tom sagte, dass dies doch jetzt jeden Tag eine Selbstverständlichkeit wäre. Nein, er würde gerne was mit ihm besprechen. Er solle heute Abend nach dem Abendessen an die Bar im Nightclub kommen. Amir stimmte zu, sagte ihm aber gleich, dass er Aisha dann mit ziemlicher Sicherheit nicht mitbringen könnte. Tom entgegnete, dass ihm das klar wäre und er auch ganz gerne mit ihm von Mann zu Mann sprechen würde. Amir zwinkerte ihm zu und verabschiedete sich.

Tom ging zu Aisha und strich ihr ganz leicht über die schwarzen langen Haare. Sie wich keinen Zentimeter zurück, neigte ihren Kopf leicht zu ihm hin, ihm war gleich klar, dass es ihr gefiel, dass er sie berührte. Wahrscheinlich war dies alles neu für sie. Sie erzählte nie aus ihrem Leben, machte aus allem ein Geheimnis. Somit wusste er auch nicht, ob sie jemals zuvor schon Erfahrungen mit Männern gesammelt hatte oder schon von einem Mann geküsst worden war. Er traute sich zum jetzigen Zeitpunkt noch nicht zu fragen, wollte sie nicht einschüchtern.

Die Golfstunde verlief wie immer, sie scherzten, lachten, arbeiteten aber auch ganz ernsthaft an ihrer Schlaghaltung.

Bei ihrem Kurzspaziergang legte sie dann das erste Mal ihre Hand in seine, ohne dass er

sie fragte, aufforderte oder Anstalten machte, ihre Hand zu nehmen. Nein, ganz von sich aus, allerdings ohne ihn dabei anzuschauen, ergriff sie seine Hand. Er bemerkte ein Lächeln in ihrem Gesicht und musste ebenfalls lächeln. Es freute ihn, dass sie die Initiative ergriffen hatte. Sie redeten nicht viel während des Spazierganges, sondern genossen es, nebeneinanderher zu schlendern und sich gelegentlich lächelnd in die Augen zu schauen. Es war ein verträumter Tag, es war recht still am See, die Vögel zwitscherten und die Sonne schien. Am liebsten hätte er sich mit ihr ins Strandbad gelegt und nur mit ihr im Arm in den Himmel gestarrt, der heute ein besonders strahlendes Blau aufwies.

Als sie zurück zum Golfübungsplatz kamen, stand Amir schon dort und zeigte auf seine Uhr. Errötend ließ Aisha sofort Toms Hand los und eilte zu Amir, der sie in barschem Ton ansprach. Gesenkten Hauptes ging Aisha sofort zum Hotel. Tom erinnerte ihn nochmals an das Treffen in der Bar, Amir nickte ihm nur zu und ging dann hinter Aisha her zum Hotel.

./.

Am Abend ging Tom zum Nightclub und setzte sich an die Bar. Er bestellte sich ein kühles erfrischendes Bier, nach den Anstrengungen des Tages tat das wirklich gut. Er überlegte, wie er am besten vorgehen würde, um Amir dazu zu bringen, Aisha abends aus dem Zimmer der Eltern herauszuschmuggeln. Es dauerte nicht lange, dann kam Amir in den Club und brachte Khalid noch mit. Die beiden setzten sich, Tom jeweils auf eine Seite, und bestellten ebenfalls ein Bier. Hannes, der Barkeeper im Nightclub, unterhielt sich ein wenig mit den Brüdern und erkundigte sich nach den Eltern. Diese waren seit ihrer Ankunft erst ein einziges Mal im Nightclub gewesen.

Nachdem Hannes sich wieder seinen anderen Gästen zugewandt hatte, fragte Amir Tom, was er auf dem Herzen hätte, warum er sich mit ihm hier treffen wollte. Tom war sich nicht sicher, ob er das Thema anschneiden sollte, wenn Khalid dabei war, es reichte, wenn einer der Brüder im Bilde war. Tom entschied sich, noch zu warten, und sagte, er hätte einfach Lust gehabt, mit den beiden ein paar Biere zu trinken. Worauf sich Amir ein weiteres Bier bestellte und ihm zuprostete. Die drei Männer unterhielten sich über alles Mögliche und beobachteten die anderen Gäste. Khalid, der *immer ziemlich schnell trank und dann in entsprechender Verfassung war, hatte auch schon eine junge Frau, die am hinteren Ende der Theke stand, im Visier. Tom, der immer noch auf die Gelegenheit wartete, mit Amir in Ruhe sprechen zu können, munterte ihn auf, zu ihr zu gehen, was ihm einen Rippenstoß von Amir einbrachte, dass er fast vom Hocker gefallen wäre. Nach dem nächsten Bier stand Khalid endlich auf und ging zu ihr rüber.*

Tom schaute auf sein Bier und drehte das Glas langsam in seinen Händen. Amir, der mit einem Auge seinen Bruder beobachtete, fixierte ihn von der Seite. „Jetzt rück endlich raus, was hast du auf dem Herzen?“, sprach er Tom von der Seite an. „Ich merke doch schon den ganzen Abend, dass du mir etwas sagen willst. Khalid ist beschäftigt, ich muss ihn nur im Auge behalten, dass er keine Dummheiten macht.“

Tom grinst Amir an, es war doch erstaunlich, wie gut er ihn kannte, obwohl sie sich nur selten sahen. Amir hatte ein besonderes Einfühlungsvermögen und bekam viele Regungen mit.

Tom zögerte, fing dann aber doch an, sein Anliegen vorzutragen. Er sagte zu Amir, dass er sich in seine kleine Schwester verliebt hat und ihm die kurzen Spaziergänge nach der Golfstunde nicht ausreichten. Aisha und er würden gerne einen Abend miteinander verbringen, nichts Aufregendes, einfach nur zu zweit irgendwo etwas trinken, vielleicht ein bisschen tanzen und sich unterhalten. Es gäbe so vieles zu erzählen, was in den kurzen Spaziergängen einfach nicht möglich sei. Er wolle alles von Aisha erfahren, von ihrem Leben, ihrer Kindheit, ihren Träumen und ihren Gefühlen. „Und Aisha geht es genauso, du kannst sie gerne fragen. Auch sie möchte einen netten Abend mit mir verbringen. Ich glaube, sie mag mich wirklich gerne, und vielleicht wird die ganz große Liebe daraus. So wie sie mich immer anschaut, kann das nur Liebe sein."

Amir schwieg noch immer, schaute seinen Freund nur von der Seite an.

Tom fuhr einfach fort, zu erzählen, von dem, wie er empfand und wie er sich die Zukunft vorstellte, er hatte schon ganz genaue Pläne.

Als Tom dann geendet hatte und nur noch vor sich hin in sein Glas starrte, ergriff Amir das erste Mal das Wort. „Du weißt, dass das nicht geht, Tom?"

Tom schaut seinen Freund an. „Wieso geht das nicht, ich liebe sie."

„Ich habe dir bereits vor einigen Tagen gesagt, dass Aisha bereits einem anderen Mann versprochen ist, und da kann sie nicht zurück, die Familien haben das so festgelegt."

„Aber, sie liebt ihn doch gar nicht, sie kennen sich doch überhaupt nicht."

„Sie werden sich jetzt bald näher kennenlernen, das weiß Aisha, und ich glaube nicht, dass sie vorhat, dagegen etwas zu unternehmen. Es wird ihr gut gehen bei diesem Mann. Sie haben sich schon ein paar Mal unterhalten."

„Das glaube ich nicht, man kann doch Liebe nicht erzwingen, und sie liebt ihn nicht, ich denke, sie liebt mich."

„Ja, Tom, das mag sein, hier, hier liebt sie dich. Aber hier ist nicht Riad, das Leben in Riad sieht ganz anders aus. Wenn wir wieder dort sind, wird sie dich schnell vergessen haben und sich auf ihr eigentliches Leben konzentrieren. Sie ist während ihrer ganzen Jugend darauf vorbereitet worden, zu heiraten und Kinder zu bekommen und großzuziehen."

„Nein, damit hat sie sich nicht abgefunden und sie wird mich auch nicht vergessen, weil ich sie nicht allein lassen werde und ihr helfen werde, die richtige Entscheidung für ihr Leben zu treffen."

„Du verstehst das nicht, Tom. Sie kann nicht entscheiden."

„Glaube mir, Amir, sie wird mich lieben und sie wird eine Entscheidung treffen, das weiß ich ganz genau. Deine Schwester ist stark, sie ist nicht das kleine schüchterne Mädchen, für die ihr sie haltet."

„Tom, mach ihr keine Schwierigkeiten, bei uns zu Hause kann das sehr gefährlich für sie werden. Bei uns haben Frauen nicht den gleichen Status wie hier in Europa, das solltest du inzwischen wissen. Die Familie entscheidet, wen sie heiratet, und das ist schon seit ihrer Kindheit so festgelegt worden. Außerdem kennt sie Ismael schon seit Jahren, sie hat ihn immer wieder mal bei Familienfesten gesehen. Er ist nicht alt und auch nicht hässlich, hat keine schiefe Nase oder sonst was im Gesicht und ich denke, dass die beiden ganz gut zueinander passen. Sie wird sich daran gewöhnen und auch im Laufe der Zeit Gefühle für ihn entwickeln."

„So ein Unsinn!", protestiert Tom, „das ist irgendwann Gewohnheit, sie gewöhnt sich höchstens an den Kerl, aber Liebe ist etwas ganz anderes. Entweder die ist von Anfang an da, oder sie wird niemals erblühen. Deine Schwester ist eine Blume und sie hat ein Recht darauf aufzublühen. Und ich bin mir ziemlich sicher, dass sie in meinen Armen bald blühen wird."

Amir grinst ihn von der Seite an. „Du kennst meine Schwester nicht, die hat durchaus Haare auf den Zähnen, wenn ihr etwas nicht passt. Ich glaube, sie macht dir was vor, das kleine Biest."

Die beiden trinken an ihrem Bier und schauen, was Khalid inzwischen treibt. Er ist mit seinen Verführungskünsten schon etwas weitergekommen und hat schon seine Hand um die junge Dame gelegt. Tom und Amir schütteln die Köpfe und lachten zu Khalid hinüber, der siegessicher hinter dem Rücken des Mädchens den Daumen in die Höhe streckt.

Die beiden Männer sitzen schweigend nebeneinander. „Wirst du mir helfen?", fragt Tom, ohne von seinem Glas hochzuschauen.

„Tom, du bist mein Freund und eigentlich will ich nicht, dass du, wenn wir abreisen, was in ein paar Wochen sein wird, unglücklich zurückbleibst. Aisha ist meine kleine Schwester, und auch da möchte ich nicht, dass sie mit schmerzendem Herzen zurückreisen muss."

„Amir, es geht um einen einzigen Abend mit ihr." Erst mal dachte Tom: Mal sehen, was danach geschieht.

Amir schaut ihn an und nickt. „Na gut, ich werde euch helfen, aber nur, wenn du mir versprichst, Aisha keine Probleme zu machen und dass ihr aufpasst, dass euch niemand sieht, der unsere Eltern informieren könnte."

Tom strahlt. „Ich wusste, dass ich mich auf dich verlassen kann. Also hast du dir schon überlegt, wann es gehen wird. Du hättest sicherlich nicht zugestimmt, wenn du dir nicht schon heimlich einen Plan zurechtgelegt hättest."

„Ja, das habe ich", grinst Amir, „komm, lass uns noch ein Bier trinken und dann erzähle ich dir, wie es funktionieren könnte."

Sie schauten auf die andere Seite der Bar und sahen Khalid nicht mehr. „Sieht so aus, als hätte er sein Ziel erreicht", sagte Amir verächtlich. Tom wusste, dass er die Vorgehensweise seines Bruders nicht tolerierte und niemals so handeln würde. Amir war ganz anders als sein Bruder, gefühlvoller und zarter. Khalid war der Draufgänger, der sich nahm, was er wollte.

Amir fing langsam an zu sprechen. „Am Samstag fliegen meine Eltern nach Hamburg, um sich ein Musical anzuschauen, und werden dort eine Nacht bleiben. Aisha soll mitfahren, sagt aber schon seit einigen Tagen, dass sie keine Lust hat, mitzukommen. Von daher könnte es mir gelingen, meinen Vater zu überzeugen, dass sie bei mir bleiben kann, um ihnen den Abend nicht zu verderben. Ich könnte sie dann zu einem vereinbarten Ort bringen und auch dort wieder abholen. So hättet ihr einen Abend für euch."

„Gute Idee, Amir, um nicht zu sagen, super, optimale Gelegenheit."

„Wir müssen aufpassen, dass Khalid nichts davon erfährt, er ist in seinen Meinungen sehr wechselhaft, er könnte die Sache zum Scheitern bringen. Er und Aisha haben nicht das beste Verhältnis."

„Okay, bis zum Samstag sind noch ein paar Tage, das schaffen wir schon. Sprichst du mit Aisha oder soll ich sie darauf vorbereiten?"

Amir schüttelt den Kopf. „Das mache ich besser, ich werde mit ihr sprechen, wie sie sich am besten verhält, damit mein Vater sich einverstanden erklärt. Ich möchte auch vorher mit ihr sprechen, ob sie überhaupt mitspielt und dieses Risiko eingeht. Aber, Tom, bitte denk daran, was ich dir gesagt habe, dräng sie zu nichts, sie hat eine Verantwortung ihrer Familie gegenüber, darauf ist sie vorbereitet."

„Ich verspreche es dir, Amir, ich werde sie zu nichts, absolut zu nichts zwingen. Aisha ist eine junge Frau und wird mir die Grenzen schon zeigen, da bin ich mir ziemlich sicher.“ Und ich bin mir ihrer Gefühle sehr sicher, dachte Tom und jubilierte innerlich.

Am nächsten Tag, als Amir seine Schwester zum Golf brachte, nutzte er die Gelegenheit, sie darauf anzusprechen, ob sie den Samstagabend gerne mit Tom verbringen wolle oder lieber mit den Eltern nach Hamburg fliegen wolle. Sie grinst ihren Bruder an und sagt tadelnd: „Die Frage ist doch vollkommen überflüssig, Amir, natürlich will ich lieber mit Tom einen schönen Abend verbringen; mit meinen Eltern ins Musical muss ich bestimmt noch ganz oft in meinem Leben. Aber einen Abend mit einem so supertollen Mann wie Tom werde ich so schnell nicht wieder haben. Natürlich will ich mit Tom zusammen sein.“

Amir schaut seine Schwester amüsiert an. „Er scheint dir zu gefallen, Schwesterchen, pass auf, Tom ist ein Filou und hat schon viele Frauen kennengelernt, nimm dich in Acht vor ihm.“

Ihre Augen leuchteten. „Keine Angst, Brüderchen, ich weiß, was ich tue, ich bin kein kleines Mädchen mehr und habe einiges an Ausbildung hinter mir.“

Amir betrachtete seine Schwester. So kannte er sie gar nicht, normalerweise war sie eher scheu Menschen gegenüber und hielt sich sehr bedeckt.

„Was hast du vor?“, fragte er sie.

„Keine Angst, Amir, nichts Schlimmes, ich will nur ein bisschen Spaß, so wie ihr Jungs das auch habt, bevor ich meinen Mann ehelichen muss.“

Amir packt sie rüde am Arm. „Was ist in dich gefahren, das kannst du nicht machen, du weißt, was mit dir geschieht, wenn du nicht als Jungfrau in die Ehe gehst.“

„Lass mich los, auch das habe ich in der Schule gelernt, ich weiß, wie weit ich gehen kann.“

Amir faucht sie an. „Spiel kein falsches Spiel mit Tom, hör auf, ihm die Augen zu verdrehen, er ist mein Freund, ich möchte nicht, dass du ihm wehtust.“

Sie hängte sich bei ihrem Bruder ein und sagte leise. „Mein lieber Bruder, das tue ich nicht, ich mag Tom wirklich sehr gerne und freue mich darauf, einen Abend mit ihm zu verbringen, ein bisschen zu tanzen und ein Glas Wein zu trinken und endlich mal mit ihm reden zu können, ohne dass wir immerzu auf die Uhr schauen müssen, dass mein lieber Aufpasser bald wieder da ist. Mehr nicht. Gönn mir einfach *ein wenig Spaß, ich bin mir meiner Rolle sehr wohl bewusst.“*

Als sie am Golfplatz ankamen, wurden sie schon von Tom erwartet, der ihnen freudig zuwinkte. Die Vertrautheit, mit der die Geschwister auf ihn zukamen, zeigte ihm, dass Amir bereits mit Aisha gesprochen hatte. Sie sah sehr zufrieden und entspannt aus, und als Amir ihm zunickte, war klar, dass dem gemeinsamen Abend vonseiten Aishas nichts mehr im Wege stand. Wie immer verabschiedete sich Amir und ließ die beiden allein. Tom war überaus glücklich und seine Augen strahlten mit Aishas um die Wette. Nach der Golfstunde, Aisha machte erstaunlich schnell Fortschritte, gingen sie wieder den gewohnten Weg am See entlang und unterhielten sich ein wenig. Immer darauf bedacht, kein Aufsehen zu erregen, damit keine Gespräche aufkeimten, die ihren Eltern zu Ohren kommen könnten.

Die Zeit bis Samstag verging schleppend, Amir hatte zwischenzeitlich seinen Vater überredet, Aisha im Hotel zu lassen. Er würde auf sie aufpassen, darauf könne er sich verlassen. Der Vater willigte nach langem Zögern ein. Ein Abend, ohne eins der Kinder dabei zu haben, konnte auch in seinem Alter noch prickelnd sein.

Samstagmorgen fuhren sie ab zum Flughafen und ermahnten nochmals Aisha und auch Amir, keine Dummheiten zu machen und sich zu benehmen. Khalid war seit ein paar Tagen beschäftigt, der machte seinem Vater sowieso keine Sorgen. Bevor er ins Taxi stieg, zog er ein weiteres Mal Amir zu sich und gab ihm Anweisungen, was er mit Aisha machen könne und was nicht. Amir beteuerte zum hundertsten Mal, dass er gut aufpassen und jeden, der sie nur anschaut zu Mus verarbeiten würde.

Tom war sehr aufgeregt. Er saß an einem kleinen Tisch in Tonis Weinstube und wartete, dass Amir Aisha zu ihm brachte. Sie hatten vereinbart, sich im Nachbarort in diesem kleinen Lokal zu treffen, die Wahrscheinlichkeit, dass sie hier beobachtet würden oder weiteren Hotelgästen über den Weg liefen, war ziemlich gering. Tom hatte ein flaues Gefühl im Magen vor lauter Aufregung, endlich mal einen ganzen Abend nur für Aisha und ihn. Die wildesten Gedanken

sind ihm in den letzten Tagen durch den Kopf gegangen, ob sie das wirklich wollte oder ob er nicht zu viel erwartete, und noch vieles mehr. Die Angst, dass sie ihm sagen könnte, dass sie ihn nicht liebte, saß wie ein Stachel in seinem Innersten. Inzwischen war es 20.00 Uhr, er war viel

zu früh hier gewesen, weil er es zu Hause nicht mehr aushalten konnte. Seit einer halben Stunde rutschte Tom nun ungeduldig auf seinem Stuhl herum. Jetzt wird sie hoffentlich bald kommen.

Sie wird es sich doch hoffentlich nicht anders überlegt haben? Warum hatte er immer solche Bedenken? Haben die Gespräche mit Amir ihn verunsichert? Er wusste es selbst nicht, konnte sich keinen Reim darauf machen.

Zehn Minuten nach 20.00 Uhr. Langsam wird es unangenehm, einen Mann warten zu lassen, mag ja nichts Ungewöhnliches sein, aber in diesem Fall war es unerträglich. Vielleicht war es auch nur ein blöder Scherz seines netten Freundes Amir. Der kann sich sicherlich vorstellen, wie er hier sitzt und Blut schwitzt, ob sie nun kommt oder nicht.

Endlich. Tom springt so heftig vom Stuhl auf, dass dieser nach hinten umfällt, was einen ziemlichen Lärm verursacht und alle anderen im Lokal zum Aufblicken veranlasst. Erschrocken hebt Tom den Stuhl wieder auf. Amir kommt grinsend auf ihn zu. „Nur langsam, Tom, warum so nervös?"

Tom funkelt ihn böse an und widmet sich sofort Aisha. Sie sah umwerfend aus. Egal, was sie heute angezogen hätte, Tom hätte alles an ihr himmlisch gefunden, so glücklich war er, sie zu sehen.

Sie begrüßten sich mit einem schüchternen Kuss auf die Wange und Tom begleitete sie zu ihrem Stuhl. Nachdem sie sich hingesetzt hatte, ging er zu Amir zurück und besprach erneut mit ihm in leisem Flüsterton, wie der Abend weiter gehen würde. Amir ermahnt Tom ein weiteres Mal, vorsichtig zu sein und sich zurückzuhalten, und verließ dann die Weinstube.

Tom setzt sich Aisha gegenüber und nimmt gleich ihre zarte Hand in die seine und schaut ihr tief in die Augen. Kurze Zeit hält sie seinem Blick stand und schaut dann verschämt nach unten. Sie entzieht ihre Hand und fragt, was er an diesem Abend mit ihr vorhätte, Amir hätte ihr nichts erzählt. Tom kann seinen Blick nicht von ihr lassen und erzählt ihr, wie er sich den Verlauf des Abends gedacht habe, wenn sie allerdings etwas anderes möchte, wäre dies auch okay.

Langsam entwickelte sich ein normales Gespräch und sie

fingen an zu lachen und zu albern. Die Einstiegsschwierigkeiten waren überwunden. Sie bestellten etwas zu essen und unterhielten sich die ganze Zeit. Aisha trank ein Glas Wein mit und wurde etwas freier, der harten Mädchenschule und ihrem strengen Vater zum Trotz. Und auch der Rolle der Frau in ihrem Land und ihrer Religion. Tom hingegen erzählte von seinem Land, von seinem enttäuschten Vater, der der eigentliche Grund war, warum er nach Deutschland gekommen ist. Aisha vermied, ihm zu erzählen, dass sie einem Mann versprochen war, und Tom wollte sie nicht danach fragen. Wenn sie so weit wäre, würde sie es ihm sicherlich erzählen.

Nachdem sie gegessen hatten, verließen sie die Weinstube, um nach Sulzberg in die dortige Disco zu fahren. Dort trafen sich die Dorfjugend und einige jüngere Menschen, die hier Urlaub machten.

Tom öffnete seinen weißen Golf und half Aisha beim Einsteigen. Sie lächelte ihn an, als sie an ihm vorbeiging und einstieg. Tom beeilte sich zur Fahrerseite und setzte sich an Steuer. Er fragte, ob sie schon einen Führerschein hätte. Aisha verneinte und lachte, dass sie in ihrer Heimat wohl niemals ein Auto selbst fahren dürfte bzw. müsste.

Tom sah sie von der Seite an und sah, dass der Ausdruck ihres Gesichtes nicht zu ihrem Lachen passte. Sie sagte nichts mehr und auch er ließ es fürs Erste darauf beruhen.

Sie fuhren nach Sulzberg und keiner sagte etwas bis zum Aussteigen. Tom war sich unsicher, was in ihr vorgegangen war, und tastete sich vorsichtig ran. Er half ihr beim Aussteigen. Aisha blieb dicht vor Tom stehen und schaute ihm tief in die Augen. „Könnten wir ein wenig am See entlang spazieren?",

fragte sie und ihre Augen schauten ein wenig traurig. Vielleicht bildete er sich das nur ein, hatte aber ein ungutes Gefühl in der Magengegend.

„Gerne, wenn du möchtest, gehen wir erst ein bisschen spazieren." Ja, sie schaute ihn dankbar an. „Ein wenig frische Luft wird mir nach der Weinstube sehr guttun und etwas Bewegung nach dem guten Essen auch. Jetzt schon tanzen würde mir nicht bekommen."

Tom nahm ihre Hand und ging mit ihr in Richtung Strandbad. Es war heute ein schöner Tag gewesen, mit sehr viel Sonnenschein. Der Abend war noch immer angenehm warm und es war ein wunderschöner klarer, mit Sternen übersäter Himmel.

Sie gingen schweigend nebeneinanderher und Tom wusste nicht so recht, ob er diese Idylle mit Worten zerstören sollte. Tom hatte das Gefühl, als ob sie über etwas nachdachte oder nicht wusste, wie sie ihm etwas sagen könnte.

Vielleicht sollte er diesen Moment am See, der still vor ihnen lag, das Mondlicht brach sich im Dunkel der Wellen, genießen, ohne darüber nachzudenken, was die Frau an seiner Seite im Moment dachte.

Sie kamen zu dem kleinen Musikpavillon und sie zog ihn die Stufen hinauf. Aisha stellte sich an die Brüstung zum See und schaute verträumt hinaus. Tom stellte sich hinter sie und legte seine Arme um ihre Schultern. Sie schmiegte ihren Kopf an seine Brust und seufzte leicht. „Schau dir nur den See an und hör nur die Musik des Wassers, wie eine Sinfonie dringt sie ganz sachte in meine Ohren, hörst du das auch? Und das mit meinem geliebten, ganz privaten Golfpro, das ist einfach wunderschön."

„Ja, ich höre es, ganz leise, du hast recht mit der Sinfonie, es ist eine Golfsinfonie, nie in meinem Leben habe ich mir das erträumt."

Die beiden standen eine Weile nur so da und schauten fasziniert hinaus auf den See. Dann drehte Tom Aisha langsam um und nahm ihren Kopf ganz leicht in seine Hände. Langsam geht er näher und berührt leicht ihre Lippen mit den seinen. Sie wehrt sich nicht und dreht auch ihren Kopf nicht weg, es scheint ihr zu gefallen. Aisha legt ihre Hände um seine Hüften und schmiegt sich ganz fest an ihn. „Ich wünschte, wir könnten immer so eng beieinander sein, ich fühle mich sehr wohl in deinen Armen. In Riad ist es nicht erlaubt, in der Öffentlichkeit so eng aneinandergeschmiegt zu stehen oder zu gehen. Dort muss immer ein bestimmter Abstand eingehalten werden, die Frau geht immer hinter dem Mann."

„Das kannst du immer haben, Aisha, du musst nur bei mir bleiben, ich würde es nie zulassen, dass ein Abstand zwischen uns wäre.

Aisha schaute ihm wieder mit diesem sonderbaren Blick, leicht traurigen Augen an. „Tom, wenn dieser Sommer vorbei ist, wenn ich mit meiner Familie abreise, werden wir uns nicht mehr sehen, alles wird nur ein schöner Traum sein, der mich mein Leben lang begleiten wird."

„Aisha, so darfst du nicht sprechen. Ist es das, was du willst?" Aisha schaut ihn an und schüttelt ihren Kopf. „Wenn du das nicht möchtest, finden wir einen Weg, zusammen zu sein, das verspreche ich dir. Vertrau mir."

„Wir haben keine Chance, ich kenne mein Land und ich kenne meinen Vater, er würde es niemals zulassen, dass ich mit einem anderen Mann zusammen bin als den, für den ich *als Frau vorgesehen bin. Er würde einen Tobsuchtsanfall bekommen, wenn er wüsste, dass ich heute mit dir ausgegangen bin, allein ausgegangen bin. Glaub mir einfach und versprich mir, dass du mich vergisst, wenn ich abgereist bin."*

Tom nahm sie wieder fester in den Arm und hielt sie ganz eng an sich geschmiegt. So standen sie dort und schauten hinaus auf den dunkel schimmernden See, bis es Zeit war, zum verabredeten Treffpunkt zu gehen, wo Amir auf sie wartete.

Die nächsten Tage waren für Tom die Hölle. Die Eltern von Aisha waren wieder zurück und ließen sie nicht aus den Augen. Außer zu den Golfstunden hatte er keine Gelegenheit, allein mit ihr zu sprechen. Da sie sich immer beobachtet fühlte, war sie auch sehr zurückhaltend und lachte wenig. An ihren Augen konnte er erkennen, dass auch sie unter der Situation litt, was für Tom noch schlimmer war, als wenn sie fröhlich über alles hinweggesehen hätte. Auch die Spaziergänge nach dem Golf spielen waren nicht mehr so wie vorher, beide hätten sich am liebsten die ganze Zeit in den Armen gelegen, doch die Angst, entdeckt zu werden, war stets da. Aisha hatte ihrem Vater immer wieder bestätigt, dass Amir sie nicht aus den Augen gelassen habe. Immer wieder hatte er gefragt. Es fällt ihr sehr schwer, ihren Vater zu belügen, hatte sich mit Amir vorher abgesprochen, was sie ihm erzählen würden, im Falle, dass er fragt. Für Aisha ist es das erste Mal, dass sie ihrem Vater nicht die Wahrheit sagen kann, und daher bedrücke sie das auch sehr. Das Schlimmste an dieser Situation sei, dass sie am liebsten allen erzählen wolle, welch schönen Abend sie mit Tom verlebt hatte und dass sie an seiner Seite sehr glücklich sei.

Tom nahm sie einfach in die Arme und drückte sie zärtlich an sich. Sie wehrte sich ein bisschen, ließ es dann aber geschehen, er konnte deutlich spüren, wie sie sich ein wenig entspannte. Er streichelte leicht über ihre Schultern und ihren Rücken und sie drückte ihr Gesicht ganz fest an seine Brust. Wie sie so da standen und die Menschen ringsherum vergaßen, hatte Tom das Gefühl, mit ihr zu verschmelzen und sie niemals mehr loslassen zu wollen. Aisha kam als Erstes wieder zur Besinnung und löste sich etwas aus der Umklammerung, da es wieder Zeit war, zum Golfplatz zurückzugehen.

Amir stand schon ungeduldig am Eingang und wartete auf die beiden. Tom fragte Amir, ob sie sich am Abend *an der Bar treffen könnten, er wolle etwas mit ihm besprechen. Amir nickte, sagte aber gleich, dass er Aisha nicht mitbringen könne, da sein Vater sie im Moment kaum aus den Augen ließe. Tom erwiderte, dass er das erwartet hätte und er mit ihm sprechen möchte. Aisha war schon gegangen und er konnte ihr nur sehnsüchtig nachschauen.*

Tom ging zurück zur Rezeption, um seine nächsten Golfschüler in Empfang zu nehmen. Seine Gedanken waren aber die ganze Zeit bei Aisha und den Möglichkeiten, die sie hatten, um zusammen bleiben zu dürfen. Es war unerträglich, der Gedanke endlich die Frau kennen und lieben gelernt zu haben, auf die man schon viele Jahre gewartet hat, und wegen ihrer Religion, sie wieder verlieren zu müssen. Er musste einen Weg finden, dies zu verhindern, er würde niemals zulassen, dass sie einen anderen Mann heiratet, den sie nicht liebt. Heute Abend würde er mit Amir alle Möglichkeiten durchdiskutieren, um eine Lösung zu finden.

„Hallo Tom, komm zurück zu uns, wo bist du bloß mit deinen Gedanken?“, machte ihn Paula von der

Seite an, „deine nächsten Schüler stehen schon eine Weile da hinten, die lieben alten Damen, mit denen du immer so viel Spaß hast. Du hast das noch gar nicht registriert, bist an den dreien vorbeigegangen, als wenn du blind wärst."

„Das tut mir leid, Paula, ich werde mich gleich bei den Damen entschuldigen, ich war so in Gedanken, dass ich sie wirklich nicht gesehen habe. Oh Mann, das muss ich mir jetzt die ganze Stunde anhören, das macht mich fertig für den Rest des Tages. Wie viel Stunden habe ich noch danach? Paula schau doch mal bitte, ich habe es heute nicht im Kopf, da schwirren andere Dinge herum."

„Zwei noch, dann hast du es für heute geschafft, du solltest dich mal ausruhen, du bist ja ganz durcheinander. Irgendwann laufen dir deine ganzen Schüler davon, wenn du immer so unaufmerksam bist. Sieh nur, wie die alten Damen tuscheln und zu dir rüber grinsen, die amüsieren sich über dein Verhalten. Schlaf dich doch mal aus."

„Paula, wenn das so einfach wäre, du hast keine Ahnung, was ich gerade durchmache, und das hat nichts mit *genügend Schlaf zu tun. So, dann werde ich mir mal die Standpauke der Damen anhören."*

Am Abend fuhr Tom, nachdem er kurz zu Hause war und sich geduscht hatte, zum Hotel zurück und ging in die Bar. Er bestellte bei Jürgen ein Bier und wartete auf Amir, der sicherlich noch beim Abendessen saß und dann zu ihm kommen würde. Schade, dass er nicht einfach in den Speisesaal gehen und sich neben Aisha setzen konnte. Er war ihr hier so nahe und doch zu fern. Manchmal hatte er das Gefühl, als schwebe ihr Geruch durch das ganze Hotel und wäre ständig um ihn. Dieser eigene Duft ihrer Haut und ihres Haares, Rosenblütenduft, er würde diesen Duft aus Tausenden herausriechen können. Betörend, einfach köstlich, der Duft schien ihn zu verfolgen, er war ständig da. Wenigstens etwas, was ständig da war, dachte er, wenn sie es schon nicht sein kann.

Amir war immer noch nicht da, also bestellte er sich ein weiteres Bier und wartete. Die Zeit verging im Schneckentempo, er hasste es, auf jemanden zu warten, aber was er mit Amir besprechen wollte, war zu wichtig.

Es dauerte noch eine halbe Stunde, bis Amir endlich eintraf. Er kam allein und setzte sich neben Tom an die Bar *und bestellte auch erst mal ein Bier. Nachdem er das fast auf einmal leer getrunken hatte, wandte er sich an Tom.*

„Was wolltest du mit mir besprechen? Es wird kein weiteres Treffen mit meiner Schwester allein geben. Meine Eltern haben vorerst nicht mehr geplant, ohne uns etwas zu unternehmen. Also vergiss es, danach brauchst du mich gar nicht zu fragen."

„Das wollte ich auch nicht", entgegnet Tom, „obwohl der Gedanke sehr verlockend ist. Es war sehr schön mit deiner Schwester."

„Vergiss sie", warf Amir ein, „ich habe dir bereits mehrfach erklärt warum. Du bringst noch meine ganze Familie durcheinander. Mein Vater ist ein Gefühlsmensch, ich glaube, er merkt etwas und lässt Aisha kaum eine Minute aus den Augen. Mittags zur Golfstunde ist schwierig genug, am liebsten würde er mitkommen. Ihm ist die Veränderung an Aisha nicht entgangen, sie ist eine wirklich miese Schauspielerin."

„Das finde ich gar nicht schlecht, dann bin ich mir ziemlich sicher, dass sie auch mir nichts vorspielt. Ich liebe sie und ich weiß, dass sie genauso fühlt."

„Komm mal wieder runter Tom, Aisha darf dich nicht lieben, es würde ihr das Herz brechen und ihr nur

Schwierigkeiten bereiten, den Mann zu heiraten, der für sie bestimmt ist."

Tom wurde etwas ungehalten. „Sie wird diesen Mann nicht heiraten, sondern mich."

„Wie willst du das Anstellen, es geht nicht. Es war wohl ein Fehler, dich näher als nötig an sie heranzulassen."

„Ich habe einen Plan, Amir. Das ist es, was ich mit dir besprechen wollte."

„Du spinnst total, Tom. Was soll das Ganze? Bist du verrückt geworden? Ich habe dich rechtzeitig gewarnt."

„Hör mir zu, Amir. Ich werde morgen mit eurem Vater sprechen und ihn um die Hand deiner Schwester bitten, so richtig wie früher, ganz förmlich. Und wenn Aisha nichts dagegen hat, kann er nicht Nein sagen, er kann nicht dem Glück seiner einzigen Tochter im Wege stehen. Das kann nicht das sein, was er will."

Erst schwieg Amir, um dann in schallendes Gelächter auszubrechen, was Tom sichtlich verärgerte.

„Du glaubst also wirklich, du wanderst einfach so in das Zimmer meiner Eltern und fragst meinen Vater, ob er dir seine einzige Tochter zur Frau gibt, und er sagt dann auch noch Ja. Wie naiv bist du eigentlich? Das kann doch nicht dein Ernst sein, hast du dir das wirklich reiflich überlegt

oder ist das nur so ein Gedanke, der dir zwischen zwei Golfstunden in den Sinn gekommen ist. Unglaublich, du bist manchmal schon herb. Komm, lass uns noch ein Bier trinken und das Gespräch vergessen. Jürgen, mach meinem lieben Freund Tom und mir noch ein schönes Bierchen."

Tom, der zwischenzeitlich rot angelaufen war, wurde leicht ungehalten. „Ich habe keinen Scherz gemacht, ich werde mit ihm sprechen, auch ohne deine Unterstützung. Wenn Aisha hinter mir steht, wird er keine Chance haben, dann kann er nicht Nein sagen. Ich bin ebenfalls eine gute Partie. Okay, ich bin nicht der Vetter eines Prinzen, aber immerhin Alleinerbe des Vermögens meiner Eltern und ich selbst komme auch ganz gut über die Runden und bin durchaus in der Lage, eine Familie zu ernähren. Was sollte er gegen mich haben, außer dass ich kein Saudi bin."

„Tom, du verstehst das immer noch nicht. Er wird dich sofort aus dem Zimmer schmeißen und Aisha einsperren. Dann kannst du sie gar nicht mehr sehen, noch nicht mal zum Golf spielen. Also lass es einfach, es wird dir nichts bringen."

„Ich habe keine andere Wahl, ich muss es tun. Die Sommerzeit geht bald vorbei, dann werdet ihr abreisen und Aisha wird mitgehen. Daher ist es meine einzige Chance,

jetzt die Initiative zu ergreifen. Wenn sie wieder in Riad ist, wird alles wesentlich schwieriger werden, wie soll ich es dann schaffen, sie zu sehen?"

„Du würdest sie auch gar nicht erkennen. Frauen tragen bei uns in der Öffentlichkeit die Abaya."

„Ich würde sie erkennen, an ihrem Schritt, ihrer Gangart, meine Nase würde direkt auf sie zustoßen, ihr unverkennbarer Geruch."

„Dich hat es ja wirklich erwischt. Mann, Tom, ich habe doch gesagt, dass es keinen Sinn hat. Lass es, du machst alles nur noch schlimmer, für dich, für Aisha und für uns alle. Es gibt keine Möglichkeit, ohne den Ärger meines Vaters heraufzubeschwören. Glaube es mir. Auch Aisha wird es verstehen, wenn wir wieder in Riad sind, dann wird alles seinen geplanten Gang nehmen."

„Fliegst du mit nach Riad oder wieder zurück nach San Diego? Wie weit bist du mit deinem Studium?"

„Ich werde noch für zwei Wochen mit nach Riad fliegen und von dort aus dann nach San Diego. Noch zwei Semester, dann habe ich es geschafft. Auch für mich wird es eine Umstellung werden, wieder ganz in Riad zu sein. Amerika ist für mich Freiheit, ich kann tun und lassen, was ich möchte, solange ich mein Studium zu Ende bringe. Das

ist die einzige Bedingung, die mein Vater an mich hat, und ich genieße das Leben dort. Auch mein Weg in Saudi-Arabia ist vorbestimmt."

„Du hast es sicherlich leichter dort, du bist ein Mann. Wie ich da inzwischen schon gehört habe, muss dieses Land für Frauen eine Katastrophe sein."

„Nein, so schlimm ist es nicht. Die meisten Frauen kennen kein anderes Leben, sie werden so erzogen, um so zu leben, und es ist für sie in Ordnung. Aisha führt dort nicht das Leben der normalen Araberin. Sie kennt es, mit meiner Mutter in die Metropolen zu fliegen, um einzukaufen und sich immer mal ein paar Tage dort aufzuhalten. Aber ihr macht der Wechsel nichts mehr aus, sie ist damit groß geworden. Meine Mutter hat schon immer Einkaufsausflüge unternommen, mal mehr, mal weniger, und Aisha von klein an immer mitgenommen. Das wird sich für sie nach ihrer Hochzeit nicht ändern. Der Ausgewählte kann ihr den gleichen Standard bieten, den sie gewohnt ist."

„Bist du dir da so sicher, dass sie das überhaupt möchte? Sie hat nie davon gesprochen."

„Nein, es ist für sie normal, da macht sie sich keine Gedanken drüber, es ist ein Teil ihres Lebens."

„Das glaube ich nicht, sie macht sich sicherlich Gedanken über ihr Leben und ganz besonders, seit sie mich kennengelernt hat. Ich glaube, sie würde gerne hierbleiben, kann jedoch verstehen, dass sie selbst sich nicht gegen ihre Familie stellen wird, solange sie nicht weiß, dass ich jederzeit zu ihr stehen werde und diesen Schritt mit ihr durchstehen werde. Daher muss ich es tun, der erste Schritt darf nicht von ihr ausgehen."

Die Freunde trennten sich, nachdem das Gespräch zu keinerlei Befriedigung auf beiden Seiten führte. Tom fuhr nachdenklich nach Hause, Amir hatte ihn nochmals eindringlich davor gewarnt, seinen Vater aufzusuchen und ihm seine Geschichte zu erzählen. Er würde nicht nur Aisha Schwierigkeiten machen, sondern auch allen anderen und womöglich würde dann im nächsten Jahr der Urlaub im Mayrshof ausfallen. Das wäre eine mögliche Konsequenz, die er sich bei seinem Vater gut vorstellen könnte.

./.

Am nächsten Morgen, als Tom zum Hotel fährt, steht der ganze Empfang voll mit Koffern. Drei Taxis stehen bereits vor der Tür und warten darauf, die Koffer einladen zu können. Amir kommt aufgeregt auf ihn zu und zieht ihn in den Durchgang zum Sporthotel. Er erzählt Tom, dass Khalid alles seinem Vater erzählt hat, dass er einen Abend mit Aisha allein verbracht hat und dass er sie geküsst hat. Amir selbst hatte gestern Abend noch sehr heftige Auseinandersetzungen mit seinem Vater, weil er für Aisha verantwortlich war, und nun sei sein Vater sehr enttäuscht von ihm.

„Was sollen die ganzen Koffer? Wo ist Aisha?“

„Auch Aisha ist stundenlang von meinem Vater verhört worden, sie ist verzweifelt und hat die ganze Nacht geweint. Mein Vater hat letzte Nacht noch die Koffer packen lassen, wir reisen ab. Du wirst Aisha nicht mehr sehen können. Mein Vater hat mich beauftragt, dir auszurichten, dass er sich sehr in dir getäuscht hätte, ein junges Mädchen, deren Lebensweg schon vorbestimmt sei, dermaßen in Versuchung zu führen und zu verführen. Er wünscht, dich nie wieder zu sehen, und auch Aisha wirst du nie wieder sehen dürfen. Mein Vater wird sie gleich zum Auto geleiten, du wirst keine Möglichkeit haben, in ihre Nähe zu kommen.“

„Warum hat Khalid das getan?“

„Ich weiß es nicht, Tom, ich habe keine Ahnung, was ihn dazu gebracht hat, das zu tun. Wollte er Aisha schützen? Vielleicht war er auch eifersüchtig, weil wir mehr miteinander unternommen haben? Es kann auch sein, dass er an den Ruf der Familie gedacht hat, in vielen Dingen ist er unserem Vater sehr ähnlich. Ich werde ihn fragen, wenn wir wieder in Riad sind."

„Ich muss mit Aisha sprechen, kannst du noch einmal etwas für mich tun?"

„Nein, Tom, das geht nicht. Glaube mir, ich würde es tun, wenn ich es könnte. Er lässt nicht mal mich mehr in ihre Nähe. Auch ich habe jetzt ein paar harte Wochen in Riad, so schnell wird er mir das nicht verzeihen. Es ist das Geschehen, was ich gestern Abend angedeutet habe. Wir fliegen nach Hause, der Sommer ist für uns vorbei und wer weiß, ob wir im nächsten Jahr wieder kommen, vielleicht erst wieder, wenn Aisha verheiratet ist. In solchen Dingen ist mein Vater sehr impulsiv, er reagiert sofort, ohne über etwaige Folgen nachzudenken. Ich kann nichts für dich tun, es tut mir leid."

„Das kann doch alles nicht wahr sein, was sagt denn eure Mutter dazu, die hat doch Einfluss auf ihn, das habe ich gemerkt, beim Abendessen."

„Wenn er in einer solchen Stimmung ist und es um den Ruf seiner Familie geht, hält sich sogar meine Mutter, die ihn sonst sehr wohl im Griff hat, zurück. Du musst dich damit abfinden, dass wir jetzt gleich abreisen und du Aisha nicht mehr sehen kannst."

„Das kann ich nicht, ich habe ihr noch so viel zu sagen, ich möchte sie nicht gehen lassen."

„Tom, denk an dein Leben hier, es geht weiter wie immer, du wirst andere Frauen kennen lernen und deinen Spaß haben und irgendwann findest du die, mit der du eine Familie gründest und glücklich bist. Aisha ist nicht die richtige Frau für dich. Sei vernünftig. Ich muss jetzt gehen und die Koffer verladen. Es ist besser, wenn du bei der Abreise nicht am Empfang bist, für Aisha und für dich."

Tom steht wie gelähmt im Nebenraum, die Gedanken schlagen Purzelbäume in seinem Kopf, er kann es nicht fassen. Alle seine Träume, seine Vorstellungen und Planungen, mit einem Schlag über Nacht zunichtegemacht. Als er verstärktes Stimmengewirr am Empfang wahrnimmt, geht er zur Tür und sieht die Familie dort stehen. Der Vater hat einen hochroten Kopf und sieht sehr erregt aus. Dann erblickt er Aisha, die zwischen ihren Eltern steht, sie trägt ein Tuch um den Kopf, dass ihre schönen Haare und ihren *sinnlichen Mund verhüllt. Er kann nur die tiefschwarzen Augen sehen, rote Ränder sind sichtbar, sie schaut sehr traurig aus.*

Tom hält es nicht aus und ohne die Warnungen von Amir zu beachten, geht er aus dem Nebenzimmer und direkt auf Aisha zu. Als sie ihn erblickt, schüttelt sie den Kopf und bekommt einen ganz ängstlichen Blick.

Ali stellt sich vor Aisha, als Tom immer näherkommt, und schaut ihn wütend an.

Tom versucht, mit ihm zu sprechen, und sagt, dass er Aisha liebe und nicht zulassen könne, dass er ihr Glück zerstöre. Wütend faucht Ali ihn an, dass er gehen soll, er hätte schon genug Unglück über seine Tochter gebracht. „Fass nie wieder meine Tochter an, sie wird heiraten, allerdings niemals dich. Alles Lüge, was du erzählt hast, von wegen nur ein bisschen Abwechslung mit ein paar Golfstunden. Du hast es von Anfang an darauf angelegt, Aisha zu verführen. Lügner, geh mir aus den Augen."

Khalid, dem dieser ganze Ärger zu verdanken war, stellte sich zwischen seinen Vater und Tom, um somit weitere Ausschreitungen zu verhindern.

„Geh, Tom, bitte geht jetzt."

„Ich kann nicht, ich kann nicht einfach gehen und die Liebe meines Lebens ziehen lassen."

Elisha hat ihre Tochter zwischenzeitlich zu den wartenden Wagen gebracht und will sie zum Einsteigen bewegen. Doch auch sie kann ihren Blick nicht von Tom lassen, der Schmerz des Abschieds ist in ihren Augen zu sehen.

Tom verliert die Nerven, er schreit nach Aisha, dass er sie liebe und ohne sie nicht mehr leben wolle. Khalid hält ihn zurück, als er bemerkt, dass er auf Aisha zulaufen will. Tränen kullerten aus Aishas Augen, sie sagte nichts, als sie ins Taxi einstieg. Ihre Mutter setzte sich direkt neben sie und schloss die Tür des Wagens. Ali stieg ebenfalls in den Wagen und forderte den Fahrer auf, sofort loszufahren. Als sich Tom endlich von Khalid losreißen konnte, war der Wagen schon die Einfahrt hinausgefahren. Resigniert stand Tom vorm Hotel, drehte sich um und ließ Khalid seinen ganzen Hass spüren.

„Warum hast du das getan? Ich dachte, wir wären Freunde."

„Es war alles nur zu eurem Besten." Damit stieg Khalid in den zweiten Wagen ein. Amir kam nochmals zu ihm, drückte ihm die Schultern und verabschiedete sich von

seinem Freund. „Nimm es nicht so schwer, du wirst eine andere Frau finden."

„Du verstehst es immer noch nicht, Amir. Ich möchte keine andere Frau, ich liebe deine Schwester wirklich."

„Mach's gut, Tom, ruf mich an, wenn ich wieder in Amerika bin." Er stieg ebenfalls in das wartende Taxi und fuhr mit seinem Bruder davon.

Tom stand noch lange vor dem Hotel und schaute die Ausfahrt an, als ob gleich die Wagen zurückkämen und Aisha aussteigen und in seine Arme fallen würde. Aber nichts geschah. Deprimiert geht er ins Hotel zurück und steht regungslos in der Halle, als wenn er nicht mehr wüsste, wo er ist. Paula, die das ganze Schauspiel mitbekommen hat, geht langsam auf ihn zu und fasst ihn am Arm.

„Tom, komm mit ins Büro, ich gebe dir einen Kaffee, du bist ja komplett verstört." Tom schaut sie an, als ob er durch sie durchschauen würde, und verursacht bei Paula eine Gänsehaut. „Komm, Tom." Er nickt nur und geht kommentarlos hinter ihr her.

Als Paula ihm einen Kaffee gebracht hat, schüttelt er nur den Kopf und blickt weiter vor sich hin. Paula versucht, ihn zu trösten, hat aber damit wenig Erfolg.

Sie lässt Tom erst mal allein, weil sie sich um die Gäste an der Rezeption kümmern muss.

Nach einer Weile kommt Tom aus dem Büro und bittet Paula, alle Termine an diesem Tag abzusagen und neue zu vereinbaren. Er wäre heute nicht in der Lage, Unterricht zu geben. Paula nickt ihm zu und sagt, dass sie das für ihn erledigen würde. Tom geht ohne ein Lächeln an ihr vorbei zu seinem Auto. Wie in Trance startet er seinen Wagen und fährt los.

Teil 3

Tage später erscheint Tom erst wieder im Hotel, mit dicken Rändern unter den Augen, rot unterlaufen, so als hätte er tagelang getrunken.

Er geht an die Rezeption zu Paula und schaut sie aus traurigen Augen an.

„Tom, schön, dass du endlich wieder da bist, du siehst allerdings nicht gut aus, was ist los mit dir?"

„Ich war die letzten Tage nicht ansprechbar, ich musste ein paar Dinge verarbeiten und mir darüber klar werden, was

ich jetzt machen werde."

„Wegen Aisha, ich denke, da kannst du nicht sehr viel tun, die ist jetzt wieder in Riad und sie wird so schnell nicht wiederkommen", sagt Paula ganz nebenbei.

Tom funkelt sie ärgerlich an und sagt etwas lauter: „Dann werde ich sie eben holen. Verdammt, genau darüber habe

ich jetzt tagelang gegrübelt. Es kann nicht sein, dass man sie mir wieder wegnimmt. Das lasse ich mir nicht

gefallen, das werde ich klären."

Paula: „Hallo, dafür brauchst du nicht gleich so heftig zu werden, ich kann nichts dafür, dass die abgereist sind. Vielleicht hättet ihr kein Geheimnis daraus machen sollen, dann wären die auch bis zum Ende des Sommers geblieben. Viele hier haben es gewusst, was sich da heimlich abspielt, nur die Eltern von ihr nicht. Ist doch klar, dass der Vater dann durchdreht, wenn er etwas erfährt."

Tom, wieder etwas ruhiger: „Weißt du, wer alles angeblich etwas davon gewusst hat und wer etwas dazu ihrem Vater erzählt hat?"

Paula: „Viele von uns hier haben es vermutet, aber nichts wirklich gewusst, und wer den alten al-Sayyran informiert hat, weiß ich nicht, will ich auch gar nicht wissen. Da musst du ihn selbst fragen. Was ist jetzt mit deinen Terminen heute? Kannst du Stunden geben? Die Leute fragen alle nach dir und ich bin es leid, irgendwelche Geschichten zu erzählen", sagt Paula leicht verstimmt zu Tom.

Tom: „Ja, sicher, deshalb bin ich heute gekommen. Ich muss weiterarbeiten, brauche auch das Geld bei dem, was ich vorhabe. Und, tut mir leid, Paula, ich wollte dich nicht anmachen, du bist die Letzte, die dafür etwas kann, und das weiß ich. Ich bin im Moment nur etwas gereizt, habe mir den Ausgang des Sommers etwas anders vorgestellt. Nicht böse sein, okay."

Paula lächelt ihn an und sagt: „Okay, aber nur, wenn du auch mal wieder lächelst. Wenn du so missmutig schaust, laufen alle weg, auch deine Schüler."

Toms Versuch zu lächeln war eher ein Auseinanderziehen der Mundwinkel und ließ sein Gesicht eher als Maske erscheinen. Paula schüttelte den Kopf und drückte ihm seinen Tagesplan in die Hand.

„Na, dann viel Spaß heute, dein erster Schüler wird in einer halben Stunde auf dem Übungsplatz sein."

„Danke, Paula, und die Termine kannst du jetzt wieder jeden Tag vereinbaren."

Tom spulte die Stunden ab und war froh, als er die letzten Termine hinter sich hatte. Zum Glück waren es heute überwiegend Anfänger, von daher nicht so anstrengend für ihn, er musste bei keinem mithalten. Der Alkoholkonsum der letzten Tage machte sich bemerkbar, bei jeder heftigen Bewegung brummte sein Schädel und seine übrigen Glieder kamen ihm bleiern vor. Das musste er wieder einschränken, es war nicht gut für seine Gesundheit und für seinen Beruf ebenfalls. In den letzten Tagen hatte er das Gefühl, innerlich zu zerreißen, die plötzliche Abreise von Aisha hatte ihn aus der Bahn geworfen.

Unerwartete Situationen lassen Tom schnell sehr konfus werden, klare Gedanken sind dann nicht mehr zu fassen. Mehrere Gespräche mit seiner Mutter, die in solchen Lebenslagen die beste Anlaufstelle auf der Welt ist, haben ihn dann wieder zur Vernunft kommen lassen. Inzwischen ist er sich vollkommen sicher, dass er um seine Liebe zu Aisha kämpfen wird, egal wie lange es dauern wird und was er alles dafür in Kauf nehmen muss. Er würde sogar nach Saudi-Arabien gehen, um dort zu leben, wenn es die Familie von ihm verlangen würde. Was einzig und allein zählt, ist, dass er mit Aisha zusammen sein konnte. Dieser Gedanke hat seiner Mutter absolut nicht gefallen und sie hat ihm geraten, die Angelegenheit anders zu regeln und Aisha nach Europa zu holen. Hier wäre doch einiges leichter zu organisieren als in Arabien. Egal wie, er will mit ihr zusammen sein und eine Familie gründen.

Als Tom endlich zu Hause angekommen war, suchte er nach einer bestimmten Telefonnummer, die er sich aufgeschrieben hatte. Die Nummer von al-Sayyrans, über die er damals mit Khalid gesprochen hatte, wegen der Reservierung der Zimmer. Er würde versuchen, mit Aisha *wenigstens sprechen zu dürfen, wenn er sie schon nicht sehen konnte, wollte er ihre Stimme hören und wissen, ob es ihr gut ging oder ob sie noch Probleme mit ihrem Vater bekommen hatte. Ein weiterer Gedanke, der ihm den Schlaf raubte. Was geschieht mit Aisha? Wird Ali sie bestrafen? Wenn, wäre es seine Schuld, und das könnte er nicht ertragen. Schon der Gedanke ließ ihm einen kalten Schauer den Rücken hinunterlaufen. Er musste es wissen.*

Als er die Nummer gefunden hatte, überlegte er, wie er vorgehen sollte, da er davon ausging, dass Aisha nicht direkt am Telefon sein würde. Bei Khalid oder Amir wäre es auch noch einfach, mit den beiden kann er reden, aber im schlimmsten Fall, wenn Ali am Telefon war, war es problematisch.

Mit zittrigen Händen wählte er die Nummer. Besetztzeichen am anderen Ende, dies bedeutete warten und später nochmals wählen. Enttäuscht ließ er sich auf seinem Sofa zurückfallen und entspannte sich ein wenig. Damit hatte er überhaupt nicht gerechnet, wusste jetzt auch nicht, ob wirklich telefoniert wurde oder einfach keine Verbindung nach Saudi-Arabien aufgebaut wurde. Na ja, er würde ein paar Minuten warten und es dann wieder versuchen. Um die Wartezeit zu überbrücken, goss er sich ein Glas Wein ein, mit dem festen Vorsatz, heute nur ein Glas zu trinken und nicht wieder die ganze Flasche.

Nachdem er das Glas schon fast leer getrunken hatte, wählte er wieder die Nummer und kam durch. Freudig erregt wartete er darauf, dass jemand abhob. Es wurde abgehoben und der Stimme nach war es Ali, weit entfernt und schlecht zu verstehen. Er sagte, wer er sei und dass er mit Aisha sprechen möchte. Erst Schweigen am anderen Ende der Leitung, dann sagte Ali: „Du wirst nicht mit ihr sprechen können. Ich habe ihr verboten, mit anderen Männern zu telefonieren und zu sprechen, sie soll sich jetzt auf ihre Hochzeit vorbereiten und keine Gedanken an andere Männer vergeuden.

Bevor Tom etwas sagen kann, legt Ali auf und die Verbindung ist tot.

Wie versteinert sitzt Tom auf dem Sofa, das Glas hat er bereits wieder aufgefüllt. Das Wort Hochzeit hat sofort Panik in ihm ausgelöst. Was ist, wenn er zu spät kommt? Wenn er die Lösung gefunden hat, um sie zu sich zu holen, und sie wird gezwungen, den anderen Mann zu heiraten, was dann, was kann er dann noch tun. Das geht nicht, das kann er nicht zulassen. Tom wählt wieder die Nummer, kommt aber nicht durch. Er versucht es noch mehrmals an *diesem Abend, aber es kommt keine Verbindung mehr zustande. Die Flasche Wein ist inzwischen leer, wieder ist er beschwipst und legt sich ins Bett zu einer weiteren unruhigen Nacht, in der seine Gedanken nicht zur Ruhe kommen.*

Am nächsten Morgen wacht er wieder mit Kopfschmerzen auf und muss erst zwei Aspirin nehmen, um klar denken zu können. Er wird es verhindern, dass Aisha einen Mann heiraten muss, den sie nicht liebt, und kein Mensch auf dieser Welt, auch Ali nicht, kann ihn daran hindern. Nachdem die ziehenden Schmerzen in seiner Schläfe etwas nachgelassen haben, versucht er ein weiteres Mal, in Riad anzurufen. Beim dritten Mal wählen bekommt er endlich ein Freizeichen. Als abgehoben wird, hat er zum Glück Khalid am Telefon. Aber auch Khalid konnte ihm Aisha nicht ans Telefon holen. Sein Vater war in der Nähe und außerdem hätten er und Amir genug Ärger mit ihrem Vater, der inzwischen die ganz Story in allen Einzelheiten aus ihnen rausgequetscht hatte. „Ali hat auch schon mehrmals mit Aisha darüber gesprochen, um herauszufinden, wie weit du gegangen bist. Er hat panische Angst, dass du Aisha entehrt haben könntest und die Hochzeit mit Ismail nicht stattfinden könnte. Aisha wird nächste Woche mit unserer

Mutter zum Arzt gehen müssen, der dann unserem Vater ihre Unschuld bestätigen wird, wenn es denn so ist."

„Khalid, du weißt, dass es so ist, so weit haben wir es nicht kommen lassen. Aisha ist eine kluge Frau, sie weiß, was sie tut."

„Zurzeit sitzt sie nur in ihrem Zimmer und weint häufig, ich glaube, sie leidet ebenfalls sehr unter dieser Situation, sie ist ganz durcheinander. Aber das habe ich mir schon gedacht und deshalb wollte ich auch diese ganzen Treffen nicht. Mein Vater kommt, es ist besser, wir machen jetzt Schluss."

Tom hört, dass sich Khalid und sein Vater in Arabisch unterhalten und es immer lauter wird. Dann schreit Ali plötzlich ins Telefon, dass er nie wieder anrufen soll, er soll seine Familie und ganz besonders Aisha in Ruhe lassen, und dann ist die Verbindung, ohne dass Tom etwas sagen kann, unterbrochen.

„Mist!", stöhnt Tom vor sich hin, der mit diesem Telefonat keinen Schritt weitergekommen ist. Er versucht noch ein paar Mal, eine Verbindung zu bekommen, aber hört immer nur das Besetztzeichen. Dass Aisha in ihrem Zimmer sitzt und weint, macht für ihn die Situation nur noch schlimmer. Er muss etwas unternehmen, weiß aber nicht, wie er an sie herankommen kann.

In Gedanken versunken sitzt er auf der Couch und merkt nicht, dass es schon fast Mittag ist. Plötzlich klingelt das Telefon, Tom schreckt hoch und ruft „Aisha!“ ins Telefon.

„Nein, hier ist nicht Aisha, sondern Paula, Tom so geht das nicht, du hast mal wieder einen Termin verpasst, Frau Wagner war ziemlich wütend, dass du sie hast warten lassen. Ich habe ihr eine andere Zeit angeboten, aber sie möchte jetzt direkt mit dir sprechen. Du sollst sie, wenn du eingetroffen bist, auf ihrem Zimmer anrufen.“

„Verdammt, ich habe total die Zeit vergessen, ich komme gleich, springe noch schnell unter die Dusche. Hast du einen Kaffee für mich, wenn ich komme? Danke, du bist ein Schatz, Paula, was würde ich nur ohne dich tun?“

Er legt auf, springt unter die Dusche und dann in seine Kleider rein und ist eine halbe Stunde später im Hotel.

Paula schaut ihn tadelnd an und stellt ihm wortlos eine große Tasse Kaffee vor die Nase.

„Deinen nächsten Schüler hast du in einer halben Stunde, und denk dran, Frau Wagner anzurufen.“

Nachdem Tom Frau Wagner beruhigt hatte und ihr einen späteren Termin gegeben hatte, verlief der Tag ohne Probleme, er konnte alle Stunden einhalten und war dann doch etwas erledigt, als er zu Hause ankam. Das Gespräch *mit Khalid ist ihm den ganzen Tag nicht aus dem Kopf gegangen. Aisha musste aus dieser Familie raus, sonst würden sie sie zerstören, sie hat dann keine andere Wahl, als sich ihrem Schicksal zu beugen.*

Er würde wieder versuchen, dort anzurufen und ein letztes Mal mit Ali sprechen.

Nach mehreren Versuchen kommt er am späten Abend endlich durch und hat Ali am Telefon, der sofort wieder anfängt zu schreien. Tom bittet ihn, wenigstens zuzuhören, was er zu sagen hat. Ali gewährt ihm eine kurze Redezeit, in der Tom ihm zum wiederholten Mal seine Liebe zu Aisha gesteht und dass er sie heiraten und mit ihr in Deutschland leben möchte.

Ali blieb ruhig und sagte dann absolut emotionslos, dass seine Tochter niemals einen Golfpro heiraten würde und niemals in Deutschland leben würde. „Junger Mann, schlag dir das aus dem Kopf, vergiss Aisha und sieh zu, dass du mit einem anderen Mädchen glücklich wirst. Halt dich von meiner Familie fern, du handelst dir sonst sehr großen Ärger ein. Ich habe dich immer für einen soliden jungen Mann gehalten, dieses Image hast du dir jetzt leider kaputtgemacht, indem du einem unschuldigen, ordentlichen Mädchen Flausen in den Kopf gesetzt und es unglücklich gemacht hast. Auch ich kann es kaum ertragen, meine Tochter leiden zu sehen, aber es geht nicht anders. Du in deiner Welt wirst das nie verstehen. Leb wohl."

./.

Tom sitzt ruhig auf seinem Sofa und schaut den Hörer an, er muss erst einmal verarbeiten, was Ali ihm an den Kopf geworfen hat. Er hat nicht nur eine Drohung geäußert, sondern ist auch sehr persönlich geworden. Dass Aisha unglücklich ist, zeigt ihm noch mehr, wie sehr sie ihn liebt. Wenn Ali seine Tochter so sehr lieben würde, wie er versucht hat, ihm zu verstehen zu geben, würde er sie nicht leiden lassen. Er versucht nur, seinen Nutzen aus der Vermählung seiner Tochter mit einem Adligen zu ziehen, es geht ihm gar nicht darum, dass sie glücklich ist. Es geht um Macht, und das alles ist ein Spiel. Ein Spiel, das er nicht zulassen will. Er wird einen Weg finden, Aisha aus dem Gefängnis ihres Vaters zu befreien. Bis jetzt hat er noch keinen Plan, aber es muss ihm schnell etwas einfallen, bevor es zu spät ist.

In den nächsten Tag schreibt er jeden Tag einen Brief und schickt ihn nach Riad. Irgendwann muss wenigstens ein

Brief zu Aisha gelangen. Ihr Vater kann, was er sicherlich versuchen wird, nicht jeden Tag die Post abfangen. Es steht sowieso fast in jedem Brief das Gleiche drin und irgendwann wird es ihm langweilig werden, sollte er die Briefe lesen.

Tage vergehen, zwischendurch schickt er noch einige Faxe an al-Sayyrans, aber keine Reaktion, weder von Aisha noch von irgendeinem anderen der Familie. Inzwischen hat Tom den Plan gefasst, nach Riad zu fliegen und einfach vor dem Haus der Familie aufzutauchen. Anscheinend hat Ali nicht seine Ernsthaftigkeit erkannt.

Eines Abends nach Tagen des Briefeschreibens ruft Khalid bei ihm an. Er sagt ihm, dass er das Briefeschreiben einstellen kann, weil sein Vater, wie er es schon gedacht hatte, sämtliche Briefe ungelesen verbrannt hat. Aisha hat noch nicht mal mitbekommen, dass Briefe von ihm angekommen sind. Sie ist noch immer sehr unglücklich. Auch weil sie, seit sie wieder in Riad ist, unter totaler Bewachung steht. Einer der Angestellten ist ständig um sie herum, sobald sie ihr Zimmer verlässt. Sie kann sich noch nicht mal im Haus

frei bewegen, das gab es bisher noch nie. „Tom, sie liebt dich, muss aber einsehen, dass alles keinen Sinn hat, sie wird sich ihrem Schicksal beugen müssen. Es geht nicht anders. Sie lässt dir ausrichten, dass sie dich für immer lieben wird und nun eine unglückliche Frau in einer Ehe mit einem Mann sein wird, den sie akzeptieren, aber niemals richtig lieben kann. Im Moment weint sie noch sehr viel um dich, weiß aber, dass die Zeit die Wunden heilen wird, du sollst wissen, dass der Schmerz irgendwann nachlassen wird, sie dich aber niemals vergessen kann."

„Khalid, das stimmt nicht, es gibt immer einen Weg. Ich habe schon einen Plan. Ich werde nach Riad kommen und einen

Weg finden, sie mitzunehmen."

„Tom, lass es. Du hast keine Chance, du kennst unser Land nicht. Du wirst niemals lebend mit ihr aus Saudi Arabia rauskommen, wenn du überhaupt eine Chance hast, an sie heranzukommen. Ich kann hier auch nichts

für dich tun. Wenn du kommst, kann ich dich nicht als meinen Freund empfangen und auch Amir kann das nicht, ohne die Familie in Schwierigkeiten zu bringen. Versteh das endlich. Es ist nicht Europa, wo wir leben. Hier herrschen andere Gesetze. Wenn mein Vater dich sieht, wird er mit Sicherheit einen Weg finden, dich verhaften zu lassen. Er hat hier großen Einfluss. Tu dir das nicht an."

„Khalid, ich kann nicht anders, ich muss es versuchen. Wenn ich es nicht versuche, Aisha zu befreien, werde ich mir das in meinem Leben niemals verzeihen. Du oder Amir, ihr könntet mir helfen, euer Vater muss nichts davon erfahren."

„Nein, das funktioniert nicht. Mein Vater hat hier viele Angestellte und sehr viele Freunde. Er weiß immer, was seine Familie macht, auch von Amir und mir. Es gibt keine Möglichkeit, dieses Netz zu umgehen."

„Khalid, ich muss es trotzdem versuchen, ich kann nichts unversucht lassen."

„Überleg dir gut, was du tust, du machst es dadurch nicht besser, sondern schlimmer, nicht nur für dich, auch für uns. Mach's gut, Tom, und tu es nicht."

Nachdem Khalid aufgelegt hatte, war Tom noch verzweifelter wie zuvor. Mit leerem Blick schaute er sein Telefon an und dann war es für ihn sonnenklar, sein Entschluss war gefasst. Zufrieden, endlich eine Möglichkeit, etwas zu bewegen, gefunden zu haben, geht er ins Bett und kann seit Wochen das erste Mal wieder ruhig, tief und traumlos schlafen.

Am nächsten Morgen fährt Tom zuerst zum Hotel und geht zu Herrn Mayrshof, dem Hotelbesitzer, und informiert *ihn darüber, dass er die nächsten Tage oder auch Wochen nicht im Hotel sein wird und keinen Golfunterricht den Gästen anbieten wird. Er fragt, ob er kurzfristig einen Ersatz suchen soll. Herr Mayrshof verneint, da die meisten Gäste, die Golf spielen möchten, doch wegen Tom da wären und ein Ersatzmann dann wohl nicht direkt angenommen werden würde.*

Herr Mayrshof fragt Tom, was er vorhätte. Tom weicht ihm aus und sagt, dass er etwas Privates zu erledigen hätte und daher kurzfristig verreisen müsste. Da er nicht weiß, ob sein Chef etwas von der Geschichte mitbekommen hat, unterlässt er es, ihn genauer zu informieren.

Nach dem Gespräch geht er an die Rezeption zu Paula, die ihn wie immer verschmitzt anlächelt. Er schaut sie ernst an und bittet sie, alle bereits vereinbarten Termine abzusagen, er wüsste nicht, wann er wieder zurück sei und ob er dann sofort wieder arbeiten könnte. Paula schaut Tom fragend an. „Was hast du vor, Tom?“

„Ich werde verreisen und sie hierher zurückholen.“

„Wen? Aisha?“ Paula schaut zweifelnd auf Tom.

„Ja, genau. Ich werde nach Riad fliegen und mein Möglichstes tun, um sie hierher zu bringen.“

„Tom, bist du sicher, dass es eine gute Idee ist, dorthin zu fliegen. Ganz ungefährlich ist dein Tun nicht. Das könnte ziemlich ins Auge gehen."

„Paula, ich komme nicht mehr zur Ruhe, seit sie weg ist, ich muss es tun."

Paula sieht die Entschlossenheit in seinem Blick und lässt es auf sich beruhen. Sie merkt, dass ihn kein Argument zurückhalten kann.

„Tom, ich werde alle Termine absagen, sag mir rechtzeitig Bescheid, wann du wieder zur Verfügung stehst, damit ich dann deine Schüler informieren kann. Viel Glück."

Tom verlässt das Hotel und fährt in sein Apartment zurück. Er ruft das einzige Reisebüro im Ort an und erkundigt sich nach dem nächstmöglichen Flug nach Riad. Die Frau am Telefon schlägt ihm einen Flug am nächsten Vormittag von Frankfurt aus vor, bei dem auch noch einige freie Plätze vorhanden sind, was Tom nicht verwundert. Er sagt ihr, dass sie ihn auf diese Maschine einbuchen soll und dass er im Laufe des Nachmittags vorbeikommt, den Flug bezahlt und das Ticket abholt.

Danach sucht er seine Reisetasche und fängt an, ein paar Sachen einzupacken. Er hat keine Vorstellung, wie lange er sich in Riad aufhalten wird, und plant daher Kleidung für eine gesamte Woche ein. Tom hofft allerdings, nur zwei Tage in der Stadt bleiben zu müssen und dann wieder mit Aisha zurückfliegen zu können. Was er nicht weiß, sind Formalitäten, die eventuell notwendig werden, damit Aisha ausreisen kann. Das wird er vor Ort klären müssen, weil jetzt keine Zeit mehr dazu ist. Das Land, in dem Aisha lebt, ist ihm noch immer ein Rätsel, so viele Verbote und Regeln, die ein freies Leben gar nicht möglich machen und alles nur erschweren. Besonders für Frauen scheint es dort ernsthaft schwierig zu sein. Entweder diese akzeptieren das oder haben wirkliche Probleme, die auch mit harten Strafen enden können. Aisha hatte es ihm einmal so erklärt, dass die Frauen in ihrem Land so erzogen werden, und deshalb haben die meisten kein Problem, damit umzugehen. Einige jüngere Frauen fangen jetzt langsam an und lehnen sich auf, wollen sich nicht verheiraten lassen oder sich die Möglichkeit auf Bildung nehmen lassen. Auch ihr Land wird in den nächsten Jahrzehnten einen Wandel erleben, aber das geht nur sehr langsam und bedarf eines hohen Maßes an Fingerspitzengefühl.

Auf jeden Fall wird es nicht einfach werden, was er sich vorgenommen hat. Hoffentlich funktioniert sein Plan.

Am nächsten Morgen macht Tom sich sehr früh auf den Weg nach Frankfurt. Langsam wächst seine Aufregung, erstens weil er Aisha wieder sehen wird, und zweitens, weil er nicht wirklich weiß, was auf ihn zukommen wird. Er hofft, dass Khalid und Amir ihm behilflich sein werden.

Nachdem er am Flughafen eingecheckt hat, geht Tom in ein Bistro, um eine Kleinigkeit zu essen. Danach sucht er gleich seinen Abfertigungsschalter auf, obwohl es noch Zeit ist bis zu seinem Abflug, aber die innere Unruhe steigt beträchtlich an, er kann sich auf nichts konzentrieren.

Endlich ist es so weit. Sein Flug wird zum Einstieg aufgerufen. Toms Nerven sind inzwischen angespannt, die Wartezeit macht alles nur noch schlimmer. Nachdem alle Passagiere ihre Plätze eingenommen haben, rollt die Maschine auch schon bald zur Startbahn. Es sind sehr viele Plätze in der Maschine unbesetzt geblieben, anscheinend ist die Fluglinie nach Riad nicht sehr stark frequentiert. Tom sitzt in seiner Reihe allein, worüber er sehr froh ist, nach Konversation mit irgendeinem Fremden ist ihm jetzt wirklich nicht zumute.

Während des Fluges versucht Tom ein bisschen zu schlafen, um ausgeruht und fit in Riad anzukommen. Er lässt sich von der Stewardess ein kleines Kopfkissen geben und versucht zu entspannen.

./.

Nach einem ruhigen Flug von circa sechs Stunden setzte die Maschine zur Landung an. Die Stewardess hatte ihn geweckt, tatsächlich hat er ein paar Stunden schlafen können. Nach der Landung, bevor die Türen der Maschine geöffnet wurden, wurden einige Verhaltensregeln an die Fluggäste ermahnend weitergegeben, besonders an die weiblichen Passagiere. Dass Saudi-Arabien kein Land ist, in dem sich Frauen in jeder Beziehung frei bewegen können, dürfte wohl allen Reisenden bekannt sein. Langsam und ziemlich nervös verlässt Tom das Flugzeug.

Als Tom den King Khalid International Airport betrat, ist er erst einmal geplättet. Einen solch prachtvollen Airport hatte er noch nie gesehen. Erstaunlich, wie viel Geld und Gold hier verarbeitet wurde. Vor lauter Schauen und Staunen vergisst er fast, zum Gepäckband zu gehen. Der absolute Wahnsinn, der schönste Airport, den er bis jetzt gesehen hat. Nachdem Tom dann endlich sein Gepäck abgeholt hat, geht er zum Ausgang und stieg in das nächste vor der Tür stehende Taxi ein. Zum Glück spricht der Fahrer Englisch und er zeigt ihm den Zettel mit der Adresse des Hotels, das die nette Dame im Reisebüro für ihn gefunden und bebucht hat. Sie hatten gemeinsam auf einem Internetprogramm das Wohnviertel der al-Sayyrans gefunden und ein kleines Hotel ganz in der Nähe, nördlich der King Saud University, gefunden.

Im Hotel angekommen, bezieht er sein Zimmer, das wirklich im arabischen Stil eingerichtet ist. Er kommt sich vor wie in einem Märchen aus Tausend und eine Nacht, nur dass seine Prinzessin noch fehlt.

Nachdenklich legt sich Tom auf das Himmelbett mit goldfarbenem Baldachin und überlegt sich die nächsten Schritte ganz genau. Sein Plan, einfach hinzugehen und um Einlass zu bitten, kommt ihm inzwischen ziemlich albern vor. Allein der Gedanke, dass sie ihm gleich Zugang gewähren würden, ist nur in seinen Träumen realisierbar. Gastfreundschaft ist wohl in diesem Fall nicht zu erwarten. Aber was soll er tun?

Nach einer Weile setzt sich Tom auf und beschließt, zuerst anzurufen, in der Hoffnung, Amir oder Khalid am Telefon zu haben. Aufgeregt wählt er die Nummer und hat gleich ein Freizeichen. Nach einer kurzen Zeit meldet sich Amir.

„Hallo, mein Freund", sagt Tom erleichtert in die Muschel, „wie geht es dir?"

„Hallo Tom, mir geht es gut, du hörst dich so nahe an. Wo bist du?"

„Ich bin ganz nah bei euch, im Hotel Arabian", antwortet Tom. „Ein nettes kleines Hotel, gerade mal ein paar Straßen von deinem Zuhause entfernt."

Schweigen am anderen Ende. Dann die schroffe Frage von Amir: „Warum bist du hier?"

„Das kannst du dir doch denken", erwidert Tom, „ich bin hier, um mit eurem Vater zu sprechen und Aisha mit zurück nach Deutschland zu nehmen."

Amir lacht auf. „Du bist verrückt, hierher zu kommen. Du weißt gar nicht, auf welche gefährliche Aktion du dich eingelassen hast. Und außerdem wird mein Vater nicht mit dir sprechen, das kannst du vergessen."

„Ich glaube, du kannst nicht verstehen, dass ich es tun muss, wegen Aisha und meinetwegen. Es ist ein Versuch, und ich hoffe, es funktioniert. Ich liebe sie wirklich, das musst du mir einfach glauben."

„Tom, du verstehst nicht, wie mein Land funktioniert. Du kannst nicht einfach herkommen und erwarten, dass ein

Vater dir seine Tochter mitgibt. So was ist in eurem Land schon schwierig und bei uns überhaupt nicht machbar."

„Das ist mir gleich, ich werde noch heute zu euch kommen und mein Glück versuchen."

„Tom, ich kann dich nicht davon abhalten, aber erwarte bitte nicht, dass ich dir helfe, das geht nicht, ich kann mich nicht gegen meine Familie stellen." Amir legt auf und Tom legt sich nachdenklich zurück. Amir hatte recht, auch in seinem Land würde wohl kein Vater einfach einem Mann seine Tochter mitgeben, wenn dieser an der Tür klingelt. Vielleicht sind seine Überlegungen doch zu sehr von seinen Wünschen gesteuert. Trotzdem, er ist schließlich nicht nach Riad geflogen, um unverrichteter Dinge wieder abzureisen. Aber seine Hoffnungen, Aisha gleich mitnehmen zu können, kann er vergessen, er muss versuchen, Ali umzustimmen und zu überzeugen, dass er der einzig richtige Mann für seine Tochter ist. Der Weg zu Aisha führt also unweigerlich über Ali. Ein harter Brocken, wenn er ihn auf seiner Seite hat, ist alles andere nur noch ein Klacks.

Gegen Abend beschließt er, zu al-Sayyrans zu gehen, worauf sollte er warten. In den Straßen ist es brütend heiß, aber ruhig. Die Hektik der Stadt kommt hier nicht hin, der

Stadtteil liegt etwas abgelegen. Die nahe gelegene Universität ist von der Größe her ein eigener Stadtteil.

Nachdem er zwei Straßen durchgequert hat, kommt er zur Straße der al-Sayyrans und sucht gleich nach der richtigen Nummer. Als er auf der gegenüberliegenden Seite steht, betrachtet er erst mal das Haus der Familie. Es ist ein riesiges Haus, fast palastartig, dreistöckig mit kleinen Türmchen rund um das Dach. Das gesamte Anwesen ist mit einer zwei Meter hohen Steinmauer umgeben, sodass der Blick auf das Grundstück nur am Eingangstor möglich ist. Das Tor ist aus schwarzem Schmiedeeisen und genauso hoch wie die Mauer und mit einer Kamera gesichert. Als er die Straßenseite wechselt, um näher an das Tor zu kommen, um schon mal einen kurzen Blick hineinzuwerfen, springen zwei Deutsche Schäferhunde am Tor hoch und fangen gleich heftig an zu bellen. Tom erschrickt so heftig, dass er sich erst noch mal zurückzieht. Die hat er vorher nicht gesehen und auch nicht mit ihnen gerechnet.

Als die Hunde sich wieder beruhigt haben, überlegt er nicht mehr lange, sondern geht gleich zum Tor und drückt auf die Klingel. Die Hunde fangen sofort wieder an zu bellen, aber das ist ihm jetzt vollkommen egal. Sollen doch die ganzen Nachbarn mitbekommen, dass er vor der Tür steht. Tom merkt, wie sich die Kamera in seine Richtung bewegt und dort stehen bleibt. So steht er einige Zeit regungslos, ohne dass etwas geschieht. Das Tor öffnet sich nicht und es kommt auch keiner ans Tor, um zu öffnen. Die Hunde machen ihn langsam nervös mit ihrem lauten Gebell, das trotz mehrerer Zurufe und Beruhigungsversuche nicht aufhört. Wahrscheinlich sind es Deutsche Schäferhunde, die nur Arabisch verstehen.

Nach einigen Minuten drückte er nochmals die Klingel, nun etwas länger, er konnte sich nicht vorstellen, dass niemand zu Hause war. So viel er wusste, gab es auch Hauspersonal. Endlich. Die Tür zum Haus öffnete sich und, Toms Herz fing heftiger an zu schlagen, Ali stand in der Tür und hinter ihm Aisha. Sie blieb an der Tür stehen, schaute zu ihm und wurde dann brüsk wieder ganz ins Haus gezogen, als Ali mit hochrotem Kopf auf Tom zukam.

„Was willst du hier?!“, schnauzt Ali ihn an.

„Ich möchte mit dir über Aisha sprechen. Du kannst dich nicht einfach unserem Glück in den Weg stellen.“

„Doch, das kann ich sehr gut, Aisha ist meine Tochter und ich entscheide, was gut für sie ist. Du bist es auf jeden Fall nicht.“

Tom: „Wie kannst du das sagen, du kennst mich nicht wirklich. Ich liebe Aisha und ich werde sie glücklich machen."

„Nein, das wirst du nicht, verschwinde von hier, Aisha wird bald heiraten, und zwar den Mann, der zu ihr passt und alles für sie und die Familie tun wird."

Tom: „Es geht dir also nur um die Familie und nicht darum, dass deine Tochter glücklich ist, habe ich das richtig verstanden?"

„Verschwinde und komm nie wieder hierher. Aisha wird glücklich sein, hättest du sie nicht durcheinandergebracht, wäre es einfacher für sie. Sie war bereits vorbereitet. Jetzt machst du ihr nur das Leben schwer. Verschwinde oder ich hetze die Hunde auf dich."

Tom: „Das wirst du nicht tun, dann lass mich wenigstens Aisha sehen, lass mich ein letztes Mal mit ihr sprechen."

Ali: „Nein, niemals. Du wirst mein Haus nicht betreten. Dein Weg hierher war unnötig. Die Zeit hättest du dir sparen können, das habe ich dir bereits am Telefon gesagt. Geh jetzt oder ich muss die Polizei rufen, und die sind hier in Riad nicht nett, die Gefängnisse schlecht und die Polizisten schrecken vor nichts zurück und kennen mich sehr gut."

Tom: „Bitte, lass mich sie wenigsten noch einmal sehen, das ist doch nicht zu viel verlangt. Ich möchte ihr noch einmal in die Augen schauen. Lass mich nicht ganz umsonst gekommen sein.“

Ali dreht sich um und geht zum Haus zurück, ohne noch ein Wort zu sagen. Die Tür schließt sich und es wird still. Tom steht vor dem Tor, in der Hoffnung, dass die Tür gleich wieder aufgeht und Aisha zu ihm kommt. Aber, nichts dergleichen geschieht.

Enttäuscht geht Tom auf die andere Straßenseite und stellt sich in den Schatten, weil die Sonne noch immer sehr stark ist. Nachdenklich schaut er auf das Anwesen der al-Sayyrans. Er hatte nicht gedacht, dass das Gespräch so schnell beendet wäre. Sehnsüchtig schaut er auf das Haus. Plötzlich bewegen sich die Vorhänge an einem Fenster in der mittleren Etage. Aisha erscheint am Fenster. Er springt vor und schreit ihren Namen heraus. Erschrocken legt sie einen Finger an den Mund, um ihm zu signalisieren, dass er leise sein soll. Tom kann die Tränen in ihren Augen schimmern sehen. Er hebt die Hand und sie legt eine Hand gegen die Scheibe, als wenn sie dadurch seine Berührung spüren könnte. Tom rennt aufgeregt vor dem Haus hin und her und schreit immer wieder ihren Namen. So plötzlich, wie sie am Fenster erschienen ist, ist sie auch wieder weg. Die Tür vom Haus wird aufgerissen und Ali kommt wutschnaubend herausgestürmt und schreit ihn an, dass er endlich verschwinden soll. Wütend hebt er Steine vom Weg zum Haus auf und schleudert diese in Toms Richtung. Erschrocken zieht sich Tom schnell zurück und läuft in die nächste Straße. Nachdem er sich sicher ist, dass ihn keiner verfolgt hat, setzt er sich erschöpft auf die Stufen eines Hauses und schaut zurück in die Richtung, aus der er gekommen ist.

Frustriert bleibt er auf den Stufen sitzen und kann es nicht fassen. Dass Ali so stur ist, hätte er nicht erwartet, und Aisha liebt ihn genauso wie er sie. Ihm muss eine andere Lösung einfallen. Im Moment ist sein Kopf allerdings leer und er ist nicht in der Lage, einen klaren Gedanken zu

fassen. Langsam erhebt er sich und geht mit gesenktem Kopf zurück zu seinem Hotel.

Langsam meldet sich sein Magen, vor lauter Aufregung hat er noch nichts gegessen. Im Hotel wird ihm ein kleines Restaurant gleich in der Nähe empfohlen. Erst nimmt er eine lange Dusche und geht dann los, um ein weiteres Mal allein zu essen, bei einem Glas Wein, wenn es denn hier für

Touristen welchen gibt, über eine andere Lösung nachzudenken.

Das Glas Wein und auch ein Zweites erbrachten keinen neuen Gedanken, Aishas Anblick am Fenster hat ihn aus der Bahn geworfen. Sein ganzer Körper schmerzt, so quält ihn der Gedanke, dass seine Bemühungen umsonst sein könnten.

Niedergeschlagen schlendert Tom nach dem Essen in sein Hotel zurück und legt sich gleich ins Bett, um eine weitere, unruhige Nacht, was ihm schon klar ist, bevor sein Kopf das Kissen berührt, hinter sich zu bringen. Am nächsten Morgen war er immer noch unschlüssig, wie es weitergehen sollte.

Tom beschließt, sich erst mal die Stadt anzuschauen. Er bestellt ein Taxi, das ihn in die Innenstadt bringen soll. Die imposanten Bauten, Moscheen und Plätze beeindruckten ihn, aber was ihm gleich auffiel und nachdenklich stimmte, waren die wenigen Frauen, die hier zu sehen waren. Alle waren verschleiert und in Begleitung eines Mannes.

Der Reichtum des Landes war hier im Stadtkern deutlich zu sehen und die nicht so wohlhabenden Gegenden würde er sich nicht anschauen. Der Wagen, der Tom am Morgen in die City gebracht hatte, stand nach seinem Rundgang durch den Stadtkern immer noch am gleichen Platz. Da der Fahrer ein wenig Englisch sprechen kann, geht er gleich erleichtert darauf zu und bespricht mit dem Fahrer, dass er ihn zu den schönsten und am häufigsten besuchten Sehenswürdigkeiten fährt, um diese wenigsten gesehen zu haben, und ihn im Anschluss zum Hotel zurückbringt. Riad ist eine unglaublich schöne Stadt. Wenn die religiösen Umstände für einen Europäer nicht so schwierig zu akzeptieren wären, könnte er sich durchaus vorstellen, hier zu leben. Es gibt kaum alte Bauten, wie er sich das vor seinem Eintreffen hier vorgestellt hatte. Alles ist neu renoviert, nur selten sind alte Sandsteinbauten zu sehen.

Der Fahrer erzählt ihm in seinem gebrochenen Englisch von der Entwicklung der Stadt in den letzten Jahren. Zuerst fährt er zum Qasr al Murabba, die ehemalige Residenz des Königs, die jetzt ein Museum ist. Von dort aus zum 72 Meter hohen Wasserturm, der erst 1975 fertiggestellt wurde. Danach fährt er Richtung Norden zum von den Saudis kurz DQ genannten Diplomatic Quarter, wo sich 120 ausländische Botschaften ihre eigene Welt geschaffen haben. Als sie anschließend an der King Saud University vorbeifuhren, wo nur Männer studieren dürfen, wusste Tom wieder, wo er ist und dass sie bald sein Hotel erreichen werden. Riad bietet zwar sehr viel zur Ablenkung, aber seine

Gedanken waren trotzdem immer bei Aisha und wie er weiterkommen könnte.

Er hing seinen Gedanken nach und kam zu dem Entschluss, am Abend noch mal zu versuchen, mit Khalid oder Amir zu sprechen, am besten erst mal telefonisch, und wenn das zu keinem Ergebnis führte, am morgigen Tag eine Maschine zurück nach Hause zu nehmen.

Einen ganzen Tag Sightseeing ermüdet. Als sie endlich das Hotel erreichen, bezahlt er den Fahrer und bedankt sich für die nette Führung durch die Stadt. Er geht gleich in sein Zimmer und legt sich auf sein Bett. Mit geschlossenen Augen geht er verschiedene Vorgehensweisen gedanklich durch, die er allesamt wieder verwirft.

Plötzlich klopft es an seiner Tür.

Tom springt vom Bett und öffnet. Amir steht vor der Tür. Er geht ohne ein Wort an Tom vorbei ins Zimmer und nimmt in dem Sessel vor dem Fernseher Platz. Dann schaut er Tom lange prüfend an und sagt kein Wort. Tom setzt

sich gegenüber auf den Bettrand und schaut erwartungsvoll auf Amir. Die Stille, die ein paar Minuten dauert, Tom aber wie Stunden vorkommen, ist bedrückend.

Dann endlich fängt Amir an zu sprechen. „Tom, ich will von dir wissen, ob du meine Schwester wirklich liebst und alles für sie tun würdest, wenn sie sich für dich entscheidet. Überlege gut, was du mir antwortest, denn wenn es so ist, wird es nicht einfach."

Tom sagt, ohne zu überlegen leicht gereizt: „Natürlich liebe ich sie, das habe ich jetzt wirklich oft genug gesagt, was muss ich denn noch tun, dass ihr mir glaubt? Meinst du wirklich, ich hätte das hier sonst alles auf mich genommen, mich von deinem Vater mit Steinen beschmeißen lassen? Glaubst du wirklich, das hätte ich alles getan, wenn es mir nicht absolut ernst wäre?"

Amir grinst ihn an, mit diesem leichten aggressiven Ausbruch hatte er gerechnet. „Wenn sie mit dir geht, gegen den Willen unserer Eltern, wird sie nie wieder zurückkönnen, die Familie wird sich gegen sie stellen. Du bist danach der einzige Mensch, den sie dann noch hat."

Dieser Gedanke war Tom auch schon gekommen. Einerseits verliert sie eine Familie, bekommt dafür eine neue. Seine Familie wird sie auf jeden Fall freudig aufnehmen, dessen war er sich vollkommen sicher.

Er schaut Amir in die Augen: „Darüber bin ich mir völlig im Klaren, sie hat dann mich und meine Familie. Meine Familie ist anders als deine, sie werden Aisha herzlich aufnehmen, das weiß ich ganz genau."

Amir schaut ihn erneut prüfend an und schweigt eine Weile.

Toms Neugier lässt sich nicht mehr zurückhalten: „Amir, was hat sie gesagt, wird sie mit mir kommen? Wenn sie noch Zeit braucht, bleibe ich noch ein paar Tage länger hier, damit sie alles regeln kann. Spann mich nicht auf die Folter, sag mir endlich, warum du hier bist."

Amir schüttelt den Kopf und steht auf, dann fängt er langsam an zu sprechen: „So einfach, wie du dir das vorstellst, geht es nicht. Aber zu deiner Beruhigung, sie will dich. Es hat mich einige Mühe gekostet, sie zurückzuhalten, sie war auf dem Weg, alles stehen und liegen zu lassen und dir nachzulaufen. Nur wäre sie nicht weit gekommen. Sie ist empört über das Verhalten unseres Vaters. Dass er sich dermaßen unverschämt verhält, kann sie nicht verstehen. Ich habe ein sehr langes Gespräch mit ihr geführt und sie hat sich entschieden. Sie will mit dir gehen und mit dir leben. Sie liebt dich von ganzem Herzen und ist bereit, ihre Familie für dich zu verlassen und mit dir eine neue zu gründen. Ihr ist auch klar, dass es für sie dann keinen Weg zurückgeben wird, was durch die Hochzeit mit Ismail nicht so wäre. Aber, sie liebt dich. Ich hoffe, du weißt es zu schätzen, was sie da bereit ist für dich zu tun. Das heißt für dich, dass ihr schnellstmöglich heiraten müsst, wenn sie bei dir ist. Mein Vater wird alle Mittel in Bewegung setzen, um sie zurückzuholen. Er wird Freunde, Bekannte, Detektive und wer weiß, wen noch alles, auf euch ansetzen. Also überlege dir deine Schritte gut. Wenn ihr verheiratet seid und Aisha einen neuen Pass hat, kann er nichts mehr tun."

Tom: „Wenn Aisha das möchte, heirate ich sie sofort, hier auf der Stelle vor allen Leuten, auf dem Markt in der Innenstadt. Ganz egal, wo sie möchte."

Amir schaut Tom kopfschüttelnd an und fängt dann an zu lachen.

„Tom, manchmal redest du einfach nur drauflos, du hast überhaupt keine Ahnung von meinem Land und ich glaube auch von uns und unserer Lebensweise. So geht das nicht."

Tom, der jetzt ärgerlich wird, faucht Amir an: „Warum bist du dann hier? Was willst du von mir? Mich quälen, mich dazu bewegen, abzureisen und deine Schwester in Ruhe zu lassen? Bist du jetzt ebenfalls gegen mich, weil ich deine Schwester liebe? Hat dich dein Vater hergeschickt?"

Amir lächelt. „Nein, deswegen bin ich nicht hier, und dass du meine Schwester liebst, kann ich sehr gut verstehen, sie ist eine sehr hübsche junge Frau geworden. Ich bin hier, um zu erkennen, wie ernst dir die Angelegenheit ist und um dir von dem Plan zu erzählen, den ich mit Aisha ausgeheckt habe. Danach kannst du entscheiden, ob du mitmachst oder doch lieber deinen Frieden allein in deiner Heimat suchst. Denn über eines musst du dir im Klaren sein, ihr werdet die erste Zeit vor Ali nicht sicher sein, ihr müsst immer damit rechnen, dass er euch aufspürt, und ich wandere ebenfalls auf sehr dünnem Eis. Ich werde alles leugnen und mich als ahnungslos geben, obwohl ich mich gegen meine Familie und meine Einstellung stelle. Wenn irgendetwas davon rauskommt, werde ich hier ebenfalls nicht mehr leben können und die Familie verlassen müssen. Hier ist dann mein Leben nicht mehr sicher."

Tom antwortet sofort: „Du kannst jederzeit zu uns kommen, das ist doch klar, dann wäre ein Teil der Familie wieder zusammen. So, nun lass deinen Plan hören, ich bin neugierig, was ihr euch ausgedacht habt."

Amir bewegt sich im Zimmer auf und ab und beginnt warnend zu berichten: „Du darfst mit niemandem aus meiner Familie darüber sprechen, auch mit Khalid nicht, niemand aus der Familie darf davon wissen. Jeder könnte den Plan zum Kippen bringen und uns alle in die größten Schwierigkeiten bringen." Tom nickte ihm stumm zu. „Also, pass gut auf. Ich werde in drei Wochen wieder nach San

Diego fliegen, weil mein nächstes Semester beginnt. Wenn ich weg bin, werde ich von San Diego aus, meine Mutter überreden, mich mit Aisha zu besuchen, damit sie auf andere Gedanken kommt. Meine Mutter leidet darunter, ihre einzige Tochter unglücklich und deprimiert zu sehen. Ich weiß, dass sie sich darauf einlässt, meine Mutter liebt Amerika. Wenn die beiden dann in San Diego sind, muss alles nach Plan ablaufen. Du musst das alles vorher planen, den zeitlichen Ablauf festlegen, Flugpläne studieren. Wenn meine Mutter sich vom Flug erholt hat, dauert es in der Regel nur einen Tag und sie will shoppen gehen. Das war bisher immer so, und es gibt keinen Grund, warum es diesmal anders sein sollte. Sie liebt shoppen. Aisha wird eine Krankheit vortäuschen und sich hinlegen, ich werde meine Mutter begleiten und sie so lange wie möglich beschäftigen. Dann kommst du ins Spiel. Ich werde dich rechtzeitig informieren, wann die beiden bei mir eintreffen und wann Shoppingtime angesagt ist. Du musst am Tag zuvor anreisen und für den Rückflug am nächsten Tag zwei Tickets kaufen. Sobald ich dann mit meiner Mutter das Haus verlassen habe, muss alles ziemlich rasch gehen. Postiere dich nach der Mittagszeit auf der gegenüberliegenden Seite meines Apartments und bitte so, dass man dich nicht direkt sehen kann", schmunzelt Amir. „Wenn wir gegangen sind, warte noch eine halbe Stunde, falls meiner Mutter irgendetwas einfallen sollte, was sie vergessen hat, und dann hol Aisha, sie wird bereit sein und dich erwarten. Ihr habt dann nicht sehr viel Zeit, fahrt sofort zum Flughafen. Bestellt kein Taxi zu meinem Apartment, lauft zwei Straßen weiter zum nächsten Taxistand und

fahrt von dort aus los. Ihr dürft euch auf keinen Fall noch länger in San Diego aufhalten, sonst bekommst du sie nicht mehr raus. Wenn meine Mutter merkt, dass Aisha weg ist, wird die Hölle ausbrechen. Sie wird sofort meinen Vater informieren und der wird sich an die Polizei wenden, die dann sicherlich den Flughafen checken werden. Ich möchte nicht wissen, wohin ihr

fliegt und wo ihr euch aufhalten werdet, mit dieser ganzen Geschichte werde ich nichts zu tun haben. Bei der Suche nach euch werde ich behilflich sein und den absolut Ahnungslosen spielen. Ich werde alle Hände voll zu tun haben, meine Mutter zu beruhigen und den Besorgten zu spielen. Nun, was sagst du zu diesem Plan, machst du mit?"

Tom schweigt, seine Gedanken schwirren in seinem

Kopf herum. Kann das funktionieren?? Wenn das die einzige Möglichkeit ist, Aisha zu bekommen, würde er es tun. Aber wo sollten sie hin, wo waren sie sicher? Die Lösung würde er sich in den nächsten Tagen ausdenken.

Amir reißt ihn aus seinen Gedanken: „Tom, sag etwas, oder ist dir der Plan zu gefährlich oder der Weg zu endgültig?“

Tom: „Nein, nein, der Plan ist gut, sehr gut sogar. Wenn ich dadurch mit Aisha vereint sein kann, ist dieser Plan sogar sensationell.“

Amir, der gleich misstrauisch wurde: „Warum hat es dann so lange mit deiner Antwort gedauert?“

Tom lächelt das erste Mal. „Ich war schon in der weiteren Planung, einen Platz zu finden, wo wir dann sicher sind. Im Moment ist mir noch nichts eingefallen, aber ich habe ja noch ein paar Tage Zeit, darüber nachzudenken.“

Amir, der wieder beruhigt ist: „Du wirst nicht nur ein paar Tage Zeit haben, sondern noch ein paar Wochen, da kannst du gut überlegen. Ich will und darf es nicht wissen, okay? Du musst sie auf jeden Fall so schnell wie möglich heiraten und dann einen Ort finden, der nicht direkt etwas mit deinem alten Leben zu tun hat. Du denkst wahrscheinlich an deine Eltern, doch das wäre gerade am Anfang unklug. Deine Eltern wird er schnell ausfindig machen und euch finden. Wenn ihr eine Zeit lang verheiratet seid und er euch nicht finden konnte, wird er irgendwann einsehen, dass es keinen Sinn hat weiterzusuchen, weil er dann auch kein Recht mehr hat, daran etwas zu ändern. Ali weiß sehr gut, wann er verloren hat, nur vergessen wird er es nie. Ihr solltet nie wieder nach Saudi-Arabien reisen, das könnte für euch beide gefährlich sein. Und denk immer daran, ich habe mit der ganzen Geschichte nichts zu tun. Ich werde in ein paar Jahren in das Unternehmen meines Vaters einsteigen, er darf das niemals erfahren."

„Mein Versprechen hast du, aber sag mir bitte, wie werden wir davon erfahren, dass dein Vater die Suche eingestellt hat? Wir können uns doch nicht den Rest unseres Lebens verstecken."

Amir sah ihn an und schaute auf den Boden, als er sagte: „Vertrau mir einfach, ich werde einen Weg

finden, euch zu informieren. Okay, Tom, hast du alles verstanden, ich muss jetzt zurück nach Hause. Aisha wartet bestimmt schon ganz aufgeregt auf meine Antwort. Ich werde es ihr sofort erzählen, damit sie wieder etwas glücklicher sein kann. Ich hoffe, sie bekommt das Spiel hin, noch eine Weile die todunglücklich Verliebte zu spielen."

Tom schaute ihn an. „Amir, ich vertraue dir, dass dieser Plan gelingt, enttäusche mich bitte nicht. Sag Aisha, dass ich sie liebe und die Tage zähle, bis wir wieder zusammen sein können."

Amir nickte. „Ich werde es ihr sagen, ihr wird es genauso gehen. Tom, versprich mir, dass du morgen früh sofort abfliegst und anfängst, die Vorbereitungen zu treffen. Denk bei deinen Zukunftsplanungen daran, dass Aisha ein hohes Niveau gewöhnt ist. Wenn sie schon ohne Familie leben muss, soll das nicht noch ein zusätzliches Problem in ihrem Leben sein."

Tom schaut wieder ärgerlich. „Das weiß ich, daran brauchst du mich nicht zu erinnern. Es wird ihr an nichts fehlen, dafür werde ich sorgen. Ruf mich an, wenn du wieder in San Diego bist, und informiere mich regelmäßig über den aktuellen Stand."

Amir nickt ihm zu. Bevor er geht, drückt er Tom fest an sich und verlässt ohne ein weiteres Wort das Zimmer.

Tom fällt auf sein Bett und muss sich das alles noch mal durch den Kopf gehen lassen. Er hat Amir die ganze Zeit im Gesicht ansehen können, dass ihm nicht sehr wohl bei dieser Sache ist. Warum nimmt er dieses Risiko auf sich?

Was hat Aisha zu ihm gesagt? Es muss auf jeden Fall so bedeutend gewesen sein, dass Amir sich gegen seine gesamte Familie stellt und sich für das Glück seiner Schwester einsetzt. Das Risiko, das er trägt, ist für ihn genauso groß wie für Aisha. Wenn Ali von diesem Plan erfährt, wird er Amir verstoßen, von der Familie ausgrenzen, dessen muss er sich bewusst sein. Ist ihm seine Familie egal und nur seine Schwester wichtig? Vielleicht lebt er schon zu lange in Amerika, um die Vorgehensweisen in seiner Familie einfach so hinzunehmen.

Tom hingegen fühlt sich jetzt glücklich, doch noch eine Chance zu haben, obwohl ein Funken Misstrauen immer noch da ist. Vielleicht ist das alles nur ein Trick, um ihn zum Abfliegen zu bewegen. Darauf wird er jetzt keine Antwort bekommen, ihm bleibt nichts anderes, als darauf zu hoffen, dass der Plan wirklich von Aisha kam und funktioniert.

Heiß war dieser Plan. Es konnte so viel schiefgehen oder sich verzögern, schon allein, wenn seine Mutter ihre Reise noch länger hinausziehen möchte, dass hieße für ihn, noch länger warten zu müssen. Tom lag auf seinem Bett und ließ sich den Plan nochmals genau durch den Kopf gehen. Vom Prinzip her war der Plan recht simpel, und wenn alles so lief wie vorgesehen auch einfach durchzuführen. Was er unbedingt direkt in Angriff nehmen muss, sind die rechtlichen Fragen. Ausreisevorschriften, Vorschriften, um zu heiraten. Es gibt sehr vieles, was er nicht weiß und noch geklärt werden muss. Zum Glück hat er noch ein paar Wochen Zeit, sich umfassend zu informieren und die Vorkehrungen zu treffen, damit alles glatt läuft. Langsam fällt der Frust etwas von Tom ab, seine Reise nach Riad war also doch nicht umsonst, er ist seinem Ziel ein Stück nähergekommen. Einen kleinen Beigeschmack hat die Geschichte noch immer, kann er Amir wirklich trauen?

./.

Inzwischen ist es bereits stockdunkel draußen. Er beschließt, zur Hotelrezeption zu gehen und das Hotelzimmer zu bezahlen. Der junge Mann bedauert, dass Tom schon abreisen will. Da er recht gut englisch spricht, fragt Tom ihn, ob er heute Abend noch nachfragen könne, ob früh morgens eine Maschine mit freien Plätzen nach Deutschland ginge, egal wohin. Der Mann zeigt sich sehr hilfsbereit und greift gleich zum Telefon und wählt die Nummer aus dem Kopf heraus, anscheinend muss er häufiger Anfragen starten. Es dauert eine Zeit, bis er den Hörer wieder auflegt, nachdem er mehrmals hin und her verbunden wurde und auf Arabisch heftig und lautstark, aber keineswegs unfreundlich, diskutiert hat. Dann sagt er lächelnd, die erste Maschine geht um 09.00 h morgens von Riad nach Frankfurt und es sind noch einige Plätze frei. Tom bittet ihn, einen Platz für ihn in der Maschine zu reservieren und ihn morgens um 6.00 Uhr wecken zu lassen, damit er um 06.30 Uhr mit einem Taxi zum Flughafen gebracht werden kann. Der Portier notiert sich alles auf einem Zettel, da er es in arabischen Schriftzeichen geschrieben hat, kann Tom nicht erkennen, ob er das alles richtig verstanden hat. Deshalb wiederholt er es ein weiteres Mal. Der Portier nickt freundlich und sagt, er habe alles notiert und werde gleich die Reservierung durchgeben. Tom bedankt sich und geht zufrieden zu seinem Zimmer zurück. Bei der Kürze seines Aufenthaltes hat es sich gar nicht gelohnt, seine Sachen auszupacken, denkt er, als er seine Kleider wieder in den Koffer zurücklegt.

Andererseits ist es ihm ganz recht, morgen wieder abzureisen. Bei dem, was ihm hier angedroht wurde, wäre er sonst doch noch im Gefängnis gelandet. Mit seinen Gedanken bei Aisha und ihrem ausgeheckten Plan, was er seiner kleinen Aisha gar nicht zugetraut hätte, schlief er ein.

Am nächsten Morgen läuft alles planmäßig. Um Punkt sechs Uhr geht der Weckruf ein. Nachdem er dann eilig geduscht hat, geht er nach unten und zu seiner Überraschung steht schon ein Taxi vor der Tür, das ihn zum Flughafen bringen soll.

Beim Einchecken bezahlt er sein Ticket und wartet darauf, dass seine Maschine aufgerufen wird. Er hatte noch etwas Zeit und schaute sich den Flughafen noch mal genauer an. Vieles, was ihm bei seiner Ankunft gar nicht aufgefallen war, erstaunte ihn nun. Einen solch prunkvollen Flughafen würde er bestimmt so bald nicht wieder sehen.

Seine Maschine nach Frankfurt hob pünktlich ab und Tom verabschiedete sich von Saudi-Arabien für eine lange Zeit, hoffentlich. Da er heute ohne Frühstück das Hotel verlassen hatte, nahm er den von der netten Stewardess angebotenen Kaffee gerne an und lehnte sich dann in seinem Sitz zurück, um seinen Gedanken nachzuhängen. Als das Flugzeug zum Landeanflug auf Frankfurt ansetzte, erwachte Tom aus seinen Tagträumen und hatte jetzt nur den Wunsch, so schnell wie möglich nach Hause zu kommen.

Nach der Landung eilte er zur Kofferausgabe, was ihm alles viel zu lange dauerte. Die Gedanken im Flugzeug, was alles noch zu erledigen, zu organisieren war, machten ihn ganz unruhig. Als er endlich seinen Koffer hatte, lief er schnell zu seinem Auto, das zum Glück unversehrt an seinem Platz stand. Auf dem Weg nach München wurde ihm bewusst, dass dies das letzte Mal war, dass er nach einer Reise in sein Zuhause zurückkehrte. Wenn er mit Aisha aus Amerika hier landet, wird er nicht mit ihr zu sich nach Hause fahren können. Die Gefahr, dass Ali schon seine Suchhunde in Bewegung gesetzt haben könnte, ist zu groß. Wahrscheinlich ist es am sinnvollsten, die Wohnung zu kündigen, bevor er nach Amerika abflog. Da die Wohnung möbliert war, hat er nicht viel auszuräumen und seine persönlichen Sachen könnte er rechtzeitig vorher zu seinen Eltern verschiffen lassen. Es gab also eine Menge zu überlegen und zu tun. Langweilig würde es ihm bis zu Amirs Anruf nicht werden.

Endlich zu Hause angekommen, sinkt Tom erschöpft, müde, aber glücklich auf das Sofa. Die Anstrengungen und Ängste der letzten drei Tage werden ihm jetzt erst richtig bewusst. Auch die Veränderungen, die in den nächsten Wochen anstehen, lassen ihn in sich zusammensinken. Das alles war etwas viel auf einmal, doch seine Liebe zu Aisha und die Gedanken, dann immer mit ihr zusammen sein zu können, würden ihm die Kraft, die er brauchte, geben. Für den heutigen Tag war es allerdings mit seiner Kraft dahin. Er packte seinen Koffer aus, ging kurz in die kleine Seeschänke ein paar Häuser weiter, um etwas zu essen, und setzte sich dann wieder mit einem Glas Wein auf das Sofa. Der Fernseher lief im Hintergrund, ohne dass er wusste, was da gerade an ihm vorbeirauschte. Seine Gedanken waren noch immer weit weg, bei Aisha und dem Plan. Morgen, wenn er ausgeschlafen hatte, würde er genauestens überlegen, was zu tun ist. Danach musste er dringend mit seinen Eltern telefonieren, die Teil des Planes sein werden. Morgen, morgen wird ein wichtiger

Tag sein in seinem Leben. Er musste ein Leben planen, nein, zwei Leben oder genau genommen ihr Leben, ihre Zukunft, die von Aisha und Tom.

Nach einer ruhigen Nacht, in der Tom wie ein Toter geschlafen hatte, erwachte er frisch und voller Tatendrang. Seit Langem hatte er eine Nacht ohne quälende Träume verbracht und seine Batterien wieder aufgeladen. Er könnte Purzelbäume schlagen vor Glück. Ab und zu überkommt ihn ein beklemmendes Gefühl, wenn ihm negative Gedanken in den Sinn kommen. Aber die dürfen einfach nicht überhand gewinnen, der Plan wird funktionieren, egal wie. Das größte Problem für ihn persönlich ist nun das Warten. Warten

auf den Anruf von Amir. Tom muss versuchen, seine Unbeherrschtheit in dieser Sache zu unterdrücken. Leider hat es ihm bisher noch niemand beibringen können, mit seiner Ungeduld fertig zu werden. Die hat schon oft zu unüberlegten Handlungen geführt, und das könnte den ganzen Plan zum Platzen bringen. Wenn Tom in vierzehn Tagen noch nichts von Amir gehört haben sollte, würde er in San Diego anrufen, aber keineswegs in Riad. Die Gefahr war zu groß, dort an den falschen Mann zu geraten. Die Zeit bis dorthin wird er sinnvoll nutzen müssen. Er wird sich mit vielem eingehend beschäftigen und so wenigstens

für eine Zeit lang seine Zweifel, Ängste und Sehnsüchte unter Kontrolle haben.

Zum Glück war noch Kaffee da, sein Müsli und Orangensaft ebenfalls, sodass er erst mal nicht raus musste. Tom bereitete sein Frühstück zu und setzte sich mit einem großen Blatt gewappnet an den Küchentisch. Was war alles zu tun? Im Moment hatte er noch absolut keinen Plan, wo er anfangen sollte. Zuerst sollte er im Hotel Bescheid geben, dass sie sich so schnell wie möglich einen neuen Golfpro suchen. Das dürfte kein Problem sein, es gibt genug davon. Die nächsten zwei Wochen würde er noch ein paar Stunden im Hotel geben, allerdings nicht in der Fülle wie sonst. Jetzt in der Herbst-/Winter-Saison ist sowieso nicht so viel los, weil es vom Wetter her nicht so angenehm ist, draußen zu spielen. Einige Stunden auf der Driving Ranch wird er noch mitnehmen, das Geld kann er auf jeden Fall brauchen. Es ist zwar genug Geld auf seinem Konto, und auch in Wales bei seinen Eltern hat er noch ein Konto mit einem Notgroschen drauf, aber es ist auch zurzeit nicht absehbar, wann er wieder richtig arbeiten kann. Von daher ist es nicht schlecht, noch ein paar Stunden zu geben und das Geld mitzunehmen. Außerdem lenkt es ebenfalls ab. Was Tom jetzt schon bedrückt, ist das Abschiednehmen vom Hotel und seinen Freunden. In den letzten Jahren hatte sich zum Beispiel mit Paula ein inniges Verhältnis entwickelt und mit einigen Kunden auch. Da wird ihm sicherlich sehr schwerfallen, goodbye zu sagen. Aber dafür wird er einen neuen, wertvollen, innig geliebten Schatz gewinnen, Aisha, die Liebe seines Lebens. Für sie würde er alles aufgeben und hinter sich lassen, was er jetzt auch tun wird. Aisha ist die Frau, die es geschafft hat, ihm das Gefühl zu geben, jede Minute, ja sogar jede Sekunde mit ihr verbringen zu wollen. Das Gefühl, das er früher immer hatte, vom Ort des Geschehens so schnell wie möglich verschwinden zu müssen, ist bei ihr nie da gewesen. Von Anfang an hatte er nur das Gefühl, in ihrer Nähe sein zu wollen. Diese innere Verbundenheit hatte er vorher noch nie empfunden.

Genug geträumt, denkt er, jetzt werde ich erst mal Paula informieren, dass sie mich ab morgen wieder für Stunden einplanen kann und erst mal nur für zwei Wochen. Alles andere werde ich ihr persönlich sagen.

Tom rief Paula an, die angenehm überrascht war, von ihm plötzlich wieder zu hören. Sie versprach, ihn wieder einzuplanen, aber im Moment wäre es sehr ruhig. Nur *wenige würden nach Golfstunden fragen, vielleicht hat es sich ja schon herumgesprochen, dass er nicht mehr oft da ist. Sobald sie etwas hört bzw. sich jemand meldet, würde sie direkt anrufen.*

„Okay, Paula, das ist sehr lieb von dir, ich komme auf jeden Fall morgen im Hotel vorbei, egal ob es Stunden für mich gibt oder nicht."

„Morgen bin ich hier", sagt Paula, „dann sehen wir uns ja. Bis dann."

Nach dem Telefonat setzt sich Tom wieder an den Tisch und starrt frustriert auf ein weißes Blatt Papier. Warum sprudelt kein Konzept aus ihm heraus, dass er auf dieses schreckliche Papier schreiben kann. Seine Gedanken sind zu konfus, um konkret denken zu können. Das Heiraten geht ihm nicht aus dem Kopf. Wo konnte das am schnellsten über die Bühne gehen, ohne langfristige Formalitäten erledigen zu müssen? In Deutschland dauert so was zu lange, mit Aufgebot bestellen und was sonst noch alles. Amerika ist mit Sicherheit am einfachsten, aber bleibt noch Zeit dafür, wenn sie schnell aus dem Land muss? Außerdem ist es nicht sinnvoll, nach der Rückkehr von Amerika sich länger in Deutschland aufzuhalten, das ist einfach zu gefährlich. Also, was ist der beste Weg, in welchem Land können sie heiraten und sich dann eine Weile verstecken? Toms Gedanken springen hin und her, so wird das nichts. Mum, genau, er wird seine Mutter anrufen, sie weiß immer einen Weg. Außerdem wird es sowieso Zeit, dass er sie über seine Pläne informiert. Über die Möglichkeit, vielleicht in Wales zu heiraten, hatte er noch gar nicht nachgedacht. Es würde ihm eine Menge organisatorische Arbeit ersparen und seine Mutter würde sich sicherlich nicht davon abhalten lassen, das in ihre Hand zu nehmen. Wenn er mit Aisha dann aus Kalifornien eintreffen würde, wäre alles vorbereitet und könnte recht schnell über die Bühne gehen. Heiraten war für ihn bisher nie ein Thema, deshalb war es ihm auch vollkommen fremd, was hier alles zu tun ist, und viel Zeit hatte er jetzt nicht mehr, um sich umfassend hierzu zu informieren. Hoffentlich ist Mum auf seiner Seite und fühlt sich nicht überrumpelt. Normalerweise war es für sie nie eine Frage, sich für Tom einzusetzen, und sie war immer für ihn da, egal was passierte. Aber nun ist sie schon um einiges älter und Tom ist sich nicht sicher, ob sie nicht einen Anflug von Eifersucht bekommt, wenn er ihr erklärt, dass er heiraten möchte. Die Idee mit Wales wächst langsam in seinem Kopf und er notiert Stichpunkte auf dem immer noch vor ihm liegenden Blatt. Inzwischen ist es schon später Nachmittag, vom vielen Überlegen und Planen verging der Tag wie im Flug und sein Magen fängt auch schon an zu knurren. Tom fährt zum kleinen Supermarkt im Ort und deckt sich mit Tiefkühlpizza ein, richtig kochen hatte er jetzt überhaupt keine Nerven. Ein paar Tage ungesundes Essen wird ihn nicht umbringen. Tom freute sich schon auf das gemeinsame Kochen mit Aisha.

Nachdem Tom seine Pizza verdrückt hatte und sich ein Glas Rotwein eingeschenkt hatte, beschloss er nun endlich, seine Mutter anzurufen. Noch länger aufschieben wollte er das Gespräch nicht, er brauchte jetzt einen Nagel, an dem er sich festkrallen konnte, um die nächsten Tage zu überstehen. Die Angst, dass der Plan nicht funktionieren könnte, nagte die ganze Zeit in seinem Inneren.

Tom machte es sich auf seiner Couch mit seinem Rotwein gemütlich und wählte die Nummer seiner Eltern. Nach dem vierten Klingeln war seine Mutter am Apparat. Zum Glück seine Mutter und nicht sein Vater, der hätte alles nur kompliziert. Nachdem das übliche Begrüßungsprozedere abgelaufen war und die neuesten Informationen aus der Heimat erzählt worden waren, berichtete Tom von seinem Ausflug nach Saudi-Arabien und dem Plan, den Amir und

Aisha ausgeheckt hatten. Als Tom mit seiner Geschichte zu Ende war, der seine Mutter ohne Unterbrechung zugehört hatte, kam erst mal kein Ton von ihr. Tom fragte langsam: „Mum, was meinst du dazu? Warum sagst du nichts?“

„Tom, ich überlege. Ist es das, was du möchtest, bist du dir des Risikos bewusst, auf das du dich da einlässt?“

Tom: „Ja, Mum, ich bin mir vollkommen sich, ich liebe Aisha, und da ist mir kein Risiko zu hoch. Ich wünsche mir nichts sehnlicher, als mit Aisha eine eigene Familie zu gründen.“

Seine Mutter lacht am Telefon: „Und das aus dem Munde meines Sohnes, jetzt bin ich ernsthaft erstaunt. Du hast doch nie nur einen Gedanken an Familie und geschweige denn an Heiraten verschwendet. Das muss eine bemerkenswerte junge Frau sein, die es schafft, meinen liebsten Sohn umzustimmen. Also, es ist dir wirklich ernst.“

Tom: „Ja, Mum, absolut.“

Mum: „Okay, lass mich einen kurzen Moment überlegen.“

Es trat wieder eine kleine Pause ein, die Tom aber wie eine halbe Ewigkeit vorkam. Dann sagt sie: „Ich denke, dass es zu gefährlich ist, wenn ihr nach Deutschland zurückkehrt. Ihre Brüder kennen deine Adresse und dort werden sie zuerst suchen, wenn ihnen klar wird, mit wem Aisha durchgebrannt ist. Hier in Wales könnt ihr auch nicht lange bleiben, das wird der nächste Ort sein, wo sie suchen. Aber die Adresse müssen sie erst mal rausfinden. Ich habe eine Idee. Ihr fliegt von Los Angeles nach London, das dürfte kein großes Problem sein, dorthin gehen sicherlich jeden Tag einige Maschinen. Dein Vater und ich holen euch dort ab und wir fahren zusammen nach Cardiff. Hier werde ich alles für eure Hochzeit vorbereiten. Dann könnt ihr euch ein paar Tage bei uns aufhalten und ich werde euch nach Strich und Faden verwöhnen."

Tom wirft ein: „Aber Mum, du hast doch selbst eben gesagt, dass es dort zu gefährlich für uns sein wird."

Mum: „Lass mich ausreden, Sohn, ich bin noch gar nicht fertig. Wenn dann alle Formalitäten erledigt sind, zieht ihr weiter. Dein altes Auto steht noch immer in unserer Garage, ich werde es wieder zulassen und in Ordnung bringen lassen, damit ihr mobil seid."

Tom: „Und wo sollen wir dann hin?"

Mum: „Tom, sei nicht so ungeduldig, ich habe mir da was überlegt. Kannst du dich an meine alte Freundin Maud erinnern, die früher oft zu Besuch kam und immer ganz verrückt nach dir war? Sie selbst hat nie Kinder bekommen, hat aber ein riesiges Haus und lebt immer noch in Dublin."

„Oh ja, die liebe Tante, die mir immer in die Wangen gekniffen hat, ich kann es heute noch spüren", stöhnte Tom.

Mum: „Genau, ich werde sie anrufen, und ich bin mir ziemlich sicher, dass sie euch eine Zeit lang aufnehmen wird. Inzwischen ist sie ganz allein und nicht mehr sehr beweglich. Es kann nichts schaden, wenn jemand im Haus ist, der zwischendrin nach ihr sieht. Mit der Fähre könnt ihr dann rüber nach Irland, da werden bei der Überfahrt keine Namen oder Kennzeichen notiert. Also wird man es nicht nachverfolgen können, und Tante Maud und uns in eine direkte Verbindung zu bringen, dürfte sehr schwierig werden. Sogar für gute Detektive, sollte ihre Familie einen einschalten."

„Mum, ich habe hier noch ein Auto, was soll ich denn damit machen, ich kann es nicht einfach hier stehen lassen."

„Dann, mein lieber Schatz, solltest du zusehen, dass du es loswirst, bevor du abfliegst. Das Auto ist deinem Freund Khalid bekannt, deshalb, weg damit. Okay, mein lieber Schatz, jetzt lege ich gleich auf, ich muss mir das alles noch mal durch den Kopf gehen lassen und heute noch Tante Maud anrufen. Sie wird sicherlich ganz begeistert sein, dass endlich noch mal Leben in ihr Haus einzieht. Und ich bin *froh, dass ich nach all den vielen Jahren endlich noch mal etwas für meinen allerliebsten Sohn tun kann. Aber, soll ich dir mal sagen, worüber ich mich am meisten freue?"*

Tom: „Klar, Mum."

Mum: „Dass du anscheinend endlich jemanden gefunden hast, den du wirklich liebst. Ich freue mich

so für dich. Es war richtig von dir, mich in euren Plan einzuweihen. Ich rufe dich in den nächsten Tagen an und informiere dich über den aktuellen Planungsstand und was Tante Maud gesagt hat."

Tom: „Mum, du bist einfach die Beste. Du hast immer die besten Einfälle, jetzt geht es mir schon viel besser. In meinem Kopf war alles durcheinander, nun sehe ich wieder klarer und kann mich an die Vorbereitungen machen."

Mum: „Dafür hat man doch eine Mutter, du brauchst nicht viel zu tun, ich kläre das alles für dich, auf jeden Fall hier zu Hause. Ach, Tom, du musst Amir noch anrufen, dass die Visumsfragen alle geklärt werden, damit es keine Probleme mit der Einreise gibt, da kenne ich mich überhaupt nicht aus."

Tom: „Kein Problem, Mum, er ruft mich an, wenn klar ist, wann sie nach Amerika fliegen, dann werde ich ihn fragen."

Mum: „Okay, mein Schatz, dann werde ich mal loslegen, auch ich muss mir alles noch ein weiteres Mal durch den Kopf gehen lassen. Ich rufe dich wieder an."

Tom: „Danke, Mum, ich wusste, dass ich mich auf dich verlassen kann. Bis bald."

Nach dem Telefonat mit seiner Mutter ist Tom glücklich und euphorisch, zum ersten Mal, seit er Riad verlassen hat, hat er das Gefühl, dass der Plan funktioniert.

So kann es klappen, auf die alte Tante Maud, die gar nicht wirklich seine Tante ist, wäre er nie gekommen. Das wird schwierig für Ali, hier die Zusammenhänge zu finden. Alte Schulfreundinnen, die sich darüber hinaus schon seit Jahren nicht mehr gesehen haben. Nun musste nur Amir seine Sache noch hinbekommen und die beiden Frauen nach Amerika schaffen. Hoffentlich schafft er es.

./.

Die nächsten Tage verliefen schleppend. Tom würde am liebsten sein Apartment nicht mehr verlassen, um nur nicht den Anruf zu verpassen. Mit Herrn Mayrhofer hatte er telefonisch vereinbart, dass er noch die eine oder andere Stunde geben würde, aber keine längeren Aufträge mehr *annehmen wird. Aus den Vorschlägen für seine Nachfolge hat Herr Mayrhofer bereits einen guten Pro im mittleren Alter ausgesucht, der in den nächsten Tagen eintreffen wird. Am Anfang wird er im Hotel wohnen und dann, wenn Tom abgereist ist, sein Apartment übernehmen. Für Tom gab es jetzt nicht mehr viel zu tun, die Sommersaison war längst vorbei und im Herbst war bei Weitem nicht so viel zu tun. Dadurch hat Tom genügend Zeit, um seine persönlichen Sachen auszusortieren und einzupacken. Er musste alles in Kisten verpacken und versandfertig machen, um es zu seinen Eltern zu senden. Wenn alles fertig ist, wird eine Versandfirma alles abholen und in Containern nach Wales verschiffen. Tom wollte mit allem fertig sein, wenn es losgeht.*

Nun sind schon acht Tage vergangen, seit Tom wieder in Deutschland ist, und er hat nicht ein Wort von Amir oder Aisha gehört. Inzwischen wächst seine Ungeduld ständig an, von Tag zu Tag wird er zappeliger. Wenn Tom in ein paar Tagen immer noch nichts gehört hat, wird er versuchen, Amir in Los Angeles zu erreichen. In Riad anzurufen könnte den ganzen Plan zum Platzen bringen, das ist zu gefährlich. Amir hätte ihm ruhig einen Zwischenbericht zukommen lassen können, damit er wieder entspannter schlafen kann. Bei ihm war inzwischen alles so weit organisiert, seine Mutter hatte auch wieder angerufen und mitgeteilt, dass alles in Ordnung geht, Tante Maud sich riesig freut, dass endlich wieder Leben in ihr Haus kommt. Sie war sofort aufgeregt und ist jetzt sicherlich dabei, alles zu renovieren und herzurichten. Tom kann sie sich lebhaft vorstellen, dieses nervöse rundliche, aber außerordentlich liebenswürdige Wesen. Früher als kleines Kind hatte Tom sich immer gefreut, wenn sie Tante Maud besucht haben. Sie hatte ihn immer verwöhnt und mit Süßigkeiten vollgestopft, wenn seine Eltern nicht dabei gewesen sind. Natürlich nur dann, sein Vater hätte sonst eine riesige Szene gemacht und so lange gestritten, bis sie nach Hause gefahren wären. Aber Tante Maud kannte die Ausbrüche seines Vaters und hat alles im Griff gehabt. Tante Maud hatte nie selbst Kinder bekommen und hat Tom immer mit ihrer Liebe und Fürsorge überschüttet. Als kleiner Junge fand er das großartig, doch als Jugendlicher nicht mehr. Damit konnte Tante Maud dann nicht umgehen. Das Verhältnis zwischen ihnen beiden kühlte dann merklich ab, später fuhr Tom nicht mehr mit seinen Eltern mit, wenn sie Tante Maud besuchten. Meist hatte Tom auch *einen wirklichen Grund. Schon damals hatte er sehr viel Zeit auf dem Golfplatz verbracht und Turniere gespielt. Und nun griff Tom auf die gute alte Tante zurück und wird ihr sicherlich jetzt eine Hilfe sein können.*

Am nächsten Tag geht Tom zum Hotel, um zu sehen, ob es noch etwas für ihn zu tun gibt. Die Warterei auf Amirs Anruf macht Tom verrückt. Vielleicht kann die Zeit sinnvoller genutzt werden, als ständig auf das Telefon zu starren. Paula stand an der Rezeption, strahlend wie immer. „Hallo Tom, schön dass du kommst, du wirst mir fehlen, wenn du dann nicht mehr durch diese Tür kommst. Willst du es dir nicht noch mal überlegen?“

„Nein, Paula, da gibt es nichts zu überlegen, meine Entscheidung steht schon seit Wochen fest, da gibt es kein Zurück mehr.“

„Hast du ein paar Minuten Zeit, ich würde gerne noch etwas mit dir besprechen.“

„Ja, klar, im Moment ist es recht ruhig, ich höre, was hast du mir zu sagen?“

„Hör zu, ich möchte mein altes Auto verkaufen. Du hast doch einen Führerschein, aber kein Auto. Wenn du eins hättest, könntest du fahren.“

Paula schüttelt gleich den Kopf. „Da bin ich die Falsche, Tom, ich kann mir ein Auto nicht leisten."

„Das habe ich mir gedacht", sagt Tom, „deshalb möchte ich dir ein Angebot machen, das du kaum ausschlagen kannst. Ich überlasse dir das Auto zu einem Minimalpreis, dafür musst du mir zwei kleine Gefallen tun."

„Und die wären?" Paula schaut Tom skeptisch an und hebt dabei ihre schönen Augenbrauen hoch.

„Wenn ich abreise, muss alles sehr schnell gehen. Ich möchte, dass du das Auto so bald wie möglich ummeldest, auf deinen Namen, ich werde dir dabei behilflich sein, alles zu organisieren; und zweitens möchte ich dich bitten, mich am Tag meiner Abreise zum Flughafen oder wenigstens zum Bahnhof zu fahren."

Paula schaut immer zweifelnder auf Tom. „Die beiden Gefallen sind nun wahrlich nicht der Rede wert, das ist eine Selbstverständlichkeit. Was stellst du dir als Kaufpreis vor, du weißt, dass ich hier nicht sehr viel verdiene."

Tom schaut nachdenklich auf Paula und reibt sich mit einer Hand das Kinn. Er tut so, als ob er ernsthaft überlegen müsste, und lässt Paula etwas zappeln. „500 DM, kannst du die aufbringen?"

Paulas Mund öffnet sich erstaunt. „Du bist verrückt, das Auto ist zehnmal, ja zwanzigmal so viel wert, das ist ja so gut wie geschenkt. Du willst mich wie immer auf den Arm nehmen. Hör auf damit, Tom, das mag ich nicht. Sag es mir."

Tom: „Nein, Paula, das ist ein ernst gemeintes Angebot, ich brauche dieses Auto nicht mehr, da wo ich hingehen werde, steht bereits ein anderes für mich bereit. Also brauche ich dieses hier nicht mehr und wüsste es gerne in guten Händen, in deinen Händen. Du hast mir immer geholfen und mich entschuldigt, wenn ich mal wieder zu spät hier war. Du warst in all den Jahren meine beste Freundin hier, ich möchte dir etwas Gutes tun, bevor ich für eine noch nicht definierte Zeit komplett aus deinem Leben verschwinde. Ist es nun okay für dich mit dem Preis oder soll ich noch etwas runtergehen? Du musst es mir nur sagen."

Paula verdreht die Augen. „Natürlich ist das okay, da brauche ich gar nicht nachdenken. Aber das ist mir schon etwas unangenehm, du brauchst doch sicherlich Geld, da wo du hingehst, für einen Neustart."

Tom: „Keine Sorge, Paula, um meine Finanzen ist es bestens gestellt, außerdem werde ich so schnell wie möglich dort wieder arbeiten."

Erleichtert verlässt Tom das Hotel und fährt wieder nach Hause. Jetzt wurde es langsam ernst. Sein Leben der letzten Jahre war bereits in Kisten verpackt und wartete darauf, verschifft zu werden, das Auto war verkauft, alles war bereit, nur der Anruf von Amir ließ immer noch auf sich warten. Die Zeit wurde immer länger, das Warten immer schwieriger. Einen Tag noch, dann versucht er es in Los Angeles, vielleicht sind sie ja schon dort eingetroffen und es hat sich ein Problem oder eine Änderung ergeben. Sein Leben hier war zu Ende, er konnte nichts mehr tun. Er saß nur noch herum und wartete auf den Anruf. Seine Konten waren gekündigt, sein Gespartes nach Wales überwiesen und er hatte genug Bargeld abgehoben, um die nächsten Tage damit über die Runden zu kommen, Kreditkarten würde er so gut wie gar nicht benutzen, um keine allzu leicht nachzuverfolgenden Spuren zu hinterlassen. Seit Tagen schon hatte er keinerlei Golfstunden mehr gegeben, alles seinem Nachfolger überlassen. Jetzt war es ihm schon langweilig. Warten ist ein Gräuel.

Nachdem Tom es sich an diesem Abend auf der Couch bequem gemacht hatte, klingelte sein Telefon. Er sprang sofort von der Couch und hatte bereits nach dem zweiten Klingeln das Telefon in der Hand. Es war Amir, endlich, er bestätigte Tom, dass die beiden Frauen bei ihm in Los Angeles waren, und gab ihm Instruktionen, die er genau einhalten sollte. Amir war aus Sicherheitsgründen in eine Telefonzelle gegangen, damit seine Mutter keinen Verdacht schöpfte. Aisha war sehr aufgeregt, spielte ihre Rolle ganz hervorragend. Amir vergewisserte sich, dass Tom alles richtig verstanden und notiert hatte, und erinnerte ihn noch mal daran, dass sie in den nächsten Tagen und auch dann für eine längere Zeit keinen telefonischen Kontakt haben dürfen. Tom bestätigte alles und sie vereinbarten ein Notfallszenario, sollte ein Teil des Planes

nicht funktionieren. Falls sich bei Amir ein Problem einstellt, wird er Tom so schnell wie möglich zu erreichen versuchen, falls bei Tom ein Problem auftaucht, vereinbaren die beiden ein Telefonzeichen. Zweimal in einem kurzen Abstand anrufen, dreimal klingeln lassen und dann wieder auflegen. Dann wird Amir schnellstmöglich zur nächsten Telefonzelle gehen und ihn anrufen. Auf keinen Fall mit Amir unter seinem Anschluss sprechen. Nachdem alles geklärt war, wünschte Amir Tom viel Glück und legte auf.

./.

Tom sprang von der Couch auf und hätte am liebsten Freudentänze vollführt. Endlich ging es los, es war kaum zu glauben. Nun hatte er morgen einiges zu organisieren, in drei Tagen sollte er zur Mittagszeit in Los Angeles sein. Inzwischen war es recht spät geworden, er beschloss aber, seine Mutter noch anzurufen und sie darüber in Kenntnis zu setzen, dass er in fünf Tagen mit seiner Braut in Wales eintrifft, soweit alles problemlos läuft.

In dieser Nacht schlief Tom vor purer Aufregung kaum. Sehr früh am nächsten Morgen steht er auf und fängt gleich an, seine letzten persönlichen Gegenstände in die großen Kisten zu packen und die wenigen Dinge, die er im Flugzeug mitnimmt, in seinen Trekkingrucksack. Dann rief er die Versandfirma an, dass seine restlichen Kisten am Nachmittag abgeholt werden sollten. Pünktlich um 10.00 Uhr stand Tom vorm Reisebüro in Sulzberg. Zu seiner Freude hatte eine Mitarbeiterin Dienst, bei der er immer seine Flüge gebucht hatte. Sie begrüßte ihn freundlich und bat ihn gleich an ihren Tisch. Er erzählte, was er brauchte, und es dauerte dann eine Weile, bis sie die richtigen Verbindungen gefunden hatte. Morgen, am frühen Nachmittag, startet seine Maschine von München nach Los Angeles, um am nächsten Tag rechtzeitig dort einzutreffen, wo er vor Amirs Haus wartet, bis Amir mit seiner Mutter das Haus verließ. Zurück hatte sie für zwei Personen einen Flug am gleichen Tag am späteren Abend nach Frankfurt herausgesucht. Von dort möchte Tom sich einen Mietwagen nehmen und ohne großen Aufenthalt gleich nach Wales

fahren, mit der Fähre bei Ostende übersetzen. Einen weiteren Flug von Frankfurt nach Cardiff lehnte Tom aus den bekannten Gründen ab. Am Abend informierte Tom Paula, dass es morgen losgehen sollte, sie müsse ihn nur zum Bahnhof fahren, damit er von dort mit dem Zug zum Flughafen fahren konnte. Zum Glück hatte sie morgens frei und hatte von daher keine Probleme im Hotel. Mit traurigen Augen holte sie ihn pünktlich ab und fuhr Tom zum Sulzberger Bahnhof. Sie ließ es sich nicht nehmen, Tom noch zum Bahnsteig zu begleiten. Sie unterhielten sich noch eine Weile, bis endlich der Zug nach München einfuhr. Mit Tränen in den Augen verabschiedeten sie sich voneinander und Tom versprach hoch und heilig, dass er sich bei ihr meldet, sobald er in seiner neuen Heimat Fuß gefasst hatte.

Paula winkte, bis der Zug nicht mehr zu sehen war. Tom saß in seinem Waggon und wurde von unterschiedlichsten Gefühlen gemartert. Traurigkeit und Glücksgefühle wechselten sich ständig ab. Tom war auf der Fahrt so in seine Gedanken versunken, dass er von der vorbeirauschenden Landschaft gar nichts mitbekam. Am Flughafen angekommen, geht Tom sofort zum Check-in und war froh, dass alles reibungslos funktionierte. Da er noch um einiges zu früh war, setzte Tom sich in ein Bistro und bestellte einen Kaffee. Hoffentlich ging der Rückflug genauso reibungslos vonstatten. Die vielen Fragen, die in seinem Kopf kreisten und nicht beantwortet werden konnten, machten ihn immer nervöser. Tom versuchte sich darauf zu konzentrieren, die vielen Menschen, die geschäftig hin und her liefen, zu beobachten. Aber es gelang ihm nicht, seine Gedanken kreisten immer wieder um Aisha. So wie es aussah, war es unmöglich, die Gedanken an Aisha in den Hintergrund zu drängen. Bestimmt zum zwanzigsten Mal kontrollierte Tom, ob auch alle Tickets in seinem Rucksack steckten und an alles gedacht wurde. Die Zeit schien sich kaum weiter zu bewegen.

Endlich, der Aufruf für seinen Flug erklang. Als Tom im Flugzeug saß, ließ seine Anspannung etwas nach. Die erste Hürde war genommen. Die Maschine stieg langsam in die Wolken und Tom besorgte sich ein Kissen, um ein paar Stunden zu schlafen. Die Zeit von seiner Ankunft in Los

Angeles und bis zum gemeinsamen Rückflug würde recht aufregend werden.

Nach der Landung in L. A. geht Tom sofort zum Taxistand und lässt sich in die Via Gabbaldon 56 bringen, bat den Taxifahrer, zwei Blocks vorher anzuhalten und ihn aussteigen zu lassen. Das Risiko, dass er aus dem Taxi steigt, wenn Amir mit Elisha das Haus verlässt, möchte Tom nicht eingehen. Langsam geht Tom in Richtung der Nr. 56, ein ziemlich großes Apartmenthaus im einfachen neumodischen Stil. Tom versteckt sich auf der gegenüberliegenden Seite in einer Häusernische, von dort kann er das Haus hervorragend beobachten und selbst nicht gesehen werden. Tom war zwei Stunden zu früh hier, es war vereinbart, dass Amir gegen 14.00 Uhr mit seiner Mutter das Haus verlassen würde. Amir würde schon morgens seiner Mutter einen Einkaufsbummel vorschlagen, Elisha liebte einkaufen. Es sei denn, sie wollte erst später los. Tom machte es sich in der Häusernische bequem, zum Glück war diese schattig, sonst wäre es wohl kaum erträglich, hier so lange zu warten. Tom musste sich stark konzentrieren, damit ihm nichts entging oder ihm bei der Hitze die Augen zufallen würden. Hoffentlich verlief alles gut. Hoffentlich war es Elisha nicht zu heiß zum Einkaufen. Wenn es später wurde mit der Shoppingtour, hatten sie nicht mehr viel Zeit, den Flughafen rechtzeitig für den Rückflug zu erreichen. Inzwischen ist Toms Hemd bereits schweißnass, obwohl er im Schatten wartete. Die unerträgliche Hitze machte ihn komplett kirre. Alles vor seinen Augen schien zu flimmern und zu verschwimmen. Als Tom meinte, seine Augen könnten keine Sekunde länger auf das gegenüberliegende Haus starren, ging die Tür auf. Tom verkrampfte sofort, und tatsächlich, Amir und Elisha verließen das Haus und stiegen in einen schwarzen Mustang, der direkt vor dem Haus parkte. Die beiden waren guter Stimmung und lachten und redeten die ganze Zeit. Aisha scheint sehr überzeugend gewesen zu sein, dass sie allein zu Hause bleiben darf, dachte Tom. Nachdem die beiden losgefahren waren, wartete Tom noch ein paar Minuten, um sicherzugehen, dass sie nicht zurückkommen, bevor er sich auf die andere Straßenseite begab. Tom schaute sich mehrmals nach allen Seiten um, in der Hoffnung, dass kein schwarzer Mustang um die Ecke gebraust kam und der Plan doch noch scheiterte. Nun stand Tom vor der Eingangstür zu Amirs Apartment und sein Herz pochte hemmungslos. Vor Aufregung hatte er das Gefühl, sein Kopf würde glühen. Er schaute sich nochmals um und drückte dann das besprochene Klingelzeichen. Sofort wurde der Türöffner betätigt, Tom stieß die Tür auf und im gleichen Moment lief Aisha auf ihn zu

und fiel ihm in die Arme. Tom stieß die Tür mit seinem Fuß zu und drückte Aisha ganz fest an sich. Alle aufgestauten, zurückgehaltenen Gefühle lagen in dieser innigen Umarmung. Sie blieben einige Minuten so stehen und hatten das Gefühl, sich nie wieder loslassen zu können. Tränen liefen beiden über das Gesicht. Endlich hatten sie sich wieder. Nach ein paar Minuten schob er Aisha sanft ein kleines Stück von sich weg. Mit seinem Finger wischte Tom die Tränen aus Aishas Gesicht. „Wir sollten uns beeilen, Aisha, mein Liebling, ich möchte nicht, dass Amir vielleicht schneller als geplant zurückkommt, und wir sind noch hier. Das würde unsere ganze Zukunft zerstören. Jetzt, wo ich dich wieder habe, werde ich dich unter keinerlei Umständen wieder loslassen."

„Ich weiß, mein Liebster", Aisha lächelte ihn an, „ich bin bereit, meine Sachen stehen oben bereit. Pass und Visa sind in meiner Tasche, wir müssen alles nur noch holen." Eng umschlungen stiegen die beiden die Treppe nach oben, um Aishas Sachen zu holen.

Oben angelangt, konnten sie sich erst mal wieder nicht voneinander lösen. Sie küssten sich ununterbrochen und Tom hatte das Gefühl, nie wieder damit aufhören zu wollen. Atemlos lösten sie sich voneinander. Aisha hatte einen

Brief an Elisha geschrieben, den sie in einem geschlossenen Umschlag auf den Tisch gelegt hatte.

Tom nahm Aisha wieder in die Arme und schaut ihr grinsend in die Augen. „Was hast du Elisha eigentlich vorgeschwindelt, warum du nicht mit zum Shoppen gehen kannst?"

„Oh, das war ganz einfach. Hier ist meine Mutter ein anderer Mensch. Ich habe starke Kopfschmerzen vorgetäuscht und gebeten, dass sie allein gehen sollen, da ich mich etwas hinlegen wollte. Dafür hatte sie volles Verständnis. Wir sollten

jetzt hier verschwinden", sagte Aisha mit einem schelmischen Lächeln, bevor Tom es sich anders überlegte. Aisha schaute sich noch mal mit leicht traurigem Blick um. Dieses Apartment würde sie nie wieder sehen, und wann sie Amir oder ihre Mutter wieder sehen würde, stand auch in den Sternen. Aisha atmete tief durch und nickte Tom zu. Er nahm ihre Taschen und legte den Arm um sie und so gingen sie nach unten zum Ausgang. Tom öffnete vorsichtig die Tür und vergewisserte sich, dass die Luft rein war, und lief dann mit Aisha zum nächsten Taxistand. Am Flughafen angekommen, konnte man die Aufregung bei beiden nicht übersehen. Sie hatten noch reichlich Zeit, aber Angst, sich irgendwo niederzulassen. Sie checkten ein, was zum Glück ohne Probleme verlief, und gingen dann langsam im Flughafengebäude auf und ab und behielten den Eingang immer im Auge. Tom hatte noch immer Angst, dass Amir und Elisha gleich in den Flughafen hereingestürmt kämen und alles noch zunichtemachten und ihm Aisha wieder wegnahmen. Die gleiche Angst war bei Aisha zu spüren. Sie redete ununterbrochen, um ihre Angst zu verbergen, doch Tom konnte sie körperlich fühlen. Sie sprach von vielen schönen gemeinsamen Jahren und ganz besonders von der Wiederholung unserer Golfstunden im Sommer. Im nächsten Sommer wird uns keiner mehr auseinanderreißen. Dieser und noch viele Sommer werden nur uns gehören.

Stunden später, als ihre Maschine in den Abendhimmel abhob, schauten sich die beiden tief in die Augen und lächelten sich an. Dann schauten sie zum Fenster hinaus in den klaren dunkler werdenden Himmel, in eine gemeinsame glückliche Zukunft.

Der nächste Sommer gehört uns

Kathy Lang

Crossover Verlag

by Procon Lang GmbH

Printed in Poland
by Amazon Fulfillment
Poland Sp. z o.o., Wrocław

37040510R00176